Hasta que
LA BODA
NOS
SE[illegible]

· **Título original:** *The Worst Best Man*
· **Dirección editorial global:** María Florencia Cambariere
· **Edición:** Florencia Cardoso
· **Coordinación de arte:** Valeria Brudny
· **Coordinación gráfica:** Leticia Lepera
· **Diseño de interior:** Florencia Amenedo
· **Diseño e ilustración de tapa:** Nathan Burton

www.vreditoras.com

Publicado originalmente por Avon un sello de HarperCollins Publishers.
Derechos de traducción y publicación gestionados por MB Agencia Literaria.

-MÉXICO-
Dakota 274, colonia Nápoles - C. P. 03810
Alcaldía Benito Juárez, Ciudad de México
Tel.: 55 5220-6620 • 800-543-4995
e-mail: editoras@vreditoras.com.mx

-ARGENTINA-
Florida 833, piso 2, of. 203 (C1005AAQ) Buenos Aires
Tel.: (54-11) 5352-9444
e-mail: editorial@vreditoras.com

Primera edición: septiembre de 2023

ISBN: 978-607-8828-79-1

Impreso en México en Litográfica Ingramex, S. A. de C. V.
Centeno No. 195, colonia Valle del Sur, C. P. 09819,
alcaldía Iztapalapa, Ciudad de México.

Traducción: María Laura Saccardo

Hasta que LA BODA NOS SEPARE

MIA SOSA

Toda una comunidad nos crio; esta historia
es para los mayores de la comunidad:
Mãe, Ivany y Reni.

PRÓLOGO

HOTEL STOCKTON, WASHINGTON, DC
HACE TRES AÑOS

MAX

El tono de mi móvil anuncia un nuevo mensaje como si fuera un petirrojo, lo que no me ayuda a prepararme para el desmadre que veo en la pantalla.

Andrew
Tenías razón en todo lo que me dijiste anoche. Gracias a ti, ahora veo la verdad. No puedo casarme con Lina. Anúncialo por mí, por favor. Y no te preocupes, ella podrá manejarlo. Voy a desaparecer unos días para aclarar mi mente. Diles a mamá y a papá que los llamaré pronto.

Soy demasiado joven y tengo demasiada resaca para lidiar con esto.

Pongo a funcionar las escasas neuronas que sobrevivieron al tour de bares de anoche para procesar la escueta información que poseo. Primero, mi hermano mayor, Andrew, un hombre complaciente por excelencia, que siempre hace lo planeado, debe contraer matrimonio esta mañana. Segundo, no está en nuestra habitación de hotel, lo que significa que se ha ido después de que perdí el conocimiento. Y tercero, él nunca bromea; el palo que tiene metido en el trasero no se lo permite. Por mucho que mueva las piezas en mi mente, estas se rehúsan a encajar.

¿Es posible que de pronto se haya despertado el sentido del humor dormido (y pésimo) de Andrew? Dios, espero que ese sea el caso.

Tras una batalla con la sábana que se me había enroscado en el torso, me siento en la cama para escribir una respuesta rápida.

Max

No es gracioso. Llámame ya mismo.

Como no responde, lo llamo. Al recibir la respuesta inmediata del buzón de voz, acepto el hecho de que no quiere hablar con nadie y le deseo un rápido viaje directo al infierno.

¿No te preocupes? ¿Ella podrá manejarlo? Mi hermano está loco si cree que Lina no perderá la cabeza cuando sepa que no aparecerá. Puedo imaginarme con facilidad a la novia devastada, así que me concentro en las dos oraciones del mensaje que me resultan más inquietantes: «Tenías razón

en todo lo que me dijiste anoche. Gracias a ti, ahora veo la verdad». El problema es que no recuerdo mucho lo que pasó (una botella entera de tequila Patrón suele afectar la memoria a corto plazo), mucho menos recuerdo las estupideces que le pude haber dicho durante sus últimas horas de soltería. Pero si tengo que adivinar, es probable que haya afirmado que estar soltero es mejor que casarse y que yo haya actuado como si le hubiera ganado en el juego de la vida.

Tengo veinticinco y él es mi hermano mayor. Eso es lo que hacemos los hermanos.

Por todos los cielos. Me desplomo en el colchón a evaluar qué hacer a continuación. Alguien debe decírselo a la novia. Mi madre *no* es una opción, no tiene tacto. Durante la celebración del aniversario de veinte años de casados con mi padre, le dijo a la abuela Nola (y a un salón lleno de invitados) que su única preocupación antes de casarse con él había sido que era un niñito de mamá, problema que atribuyó a que la abuela «había permitido que tomara el pecho demasiado tiempo». Palabras exactas.

Por otro lado, mi padre tampoco es una opción. Se pondría el sombrero de reportero de investigación y se daría a la tarea de descubrir por qué mi hermano abandonó a su prometida. Su mano dura solo empeoraría la situación. Lo sé de primera mano, es uno de los motivos por los que mis padres se divorciaron hace un año. Dado que mi bocota es en parte responsable de desencadenar esta serie de eventos desafortunados, soy el candidato indicado. Pero no quiero serlo, demonios.

Mientras me masajeo las sienes, me levanto de la cama y voy al baño arrastrando los pies. Unos minutos después, mientras estoy cepillándome los dientes e ignorando mi reflejo desaliñado y de ojos rojos en el espejo, el teléfono móvil vuelve a sonar. *Andrew.* Escupo el enjuague bucal, corro de vuelta a la habitación y tomo el móvil de la mesita de noche, pero me decepciono al encontrar un mensaje de mi padre.

Papá
Traigan sus traseros aquí. Tu hermano llegará tarde a su propia boda si no aparece en cinco minutos.

Todo mi interior se congela: los átomos, la sangre, el sistema completo. Debo estar clínicamente muerto. Para peor, me quedé dormido, con lo que arruiné la posibilidad de desviar a los invitados antes de que lleguen y sumen otra capa al pastel de mierda que es este día.

La alarma estruendosa del reloj digital del hotel me saca del estupor y me perfora el cráneo. La apago de un manotazo y fulmino con la mirada el ícono diminuto para posponerla, que se burla de mí en la esquina de la pantalla. ¿Saben qué? Nunca volveré a beber. No, esperen, es la promesa más vacía que he hecho. Beberé solo en ocasiones especiales. Sí, eso funcionará. ¿Informarle a una novia que el novio se fue cuenta como una de esas ocasiones? Probablemente no. ¿Quiero que cuente? Claro que sí.

LINA

Pena. Eso es lo que veo en los ojos color miel de Max, en su postura desanimada y en su esfuerzo por evitar hacer pucheros.

–¿Qué pasa? –le pregunto al hacerlo pasar a mi habitación de novia. Mi tono fue justo como tenía que ser: tranquilo y estable. La verdad es que controlo mis descargas emocionales diarias del mismo modo que otras personas miden la ingesta de calorías; dado que compartí unos minutos de ojos llorosos con mi madre, ya he agotado la cuota de demostraciones de sentimientos del día, o estoy a punto de excederla.

Tras caminar hasta el centro de la habitación, Max gira despacio, jugueteando con el cuello de la camisa. Esa es la mayor señal de que algo anda mal: no lleva puesto el traje gris que Andrew seleccionó para sus invitados.

Intento con otra pregunta:

–¿Andrew se encuentra bien?

Si Max está aquí, no puede haber pasado algo tan malo. No lo conozco muy bien (vive en Nueva York y faltó a casi todos los festejos previos a la boda), pero es el único hermano de Andrew y si hubiera pasado algo terrible, estaría con él, ¿no? Aunque si tengo en cuenta que fue la tercera opción para padrino de bodas, después de que las dos primeras lo rechazaran con amabilidad, no creo que sea seguro asumir nada.

Max frunce el ceño, y las líneas en su frente me recuerdan a ondas en el agua.

–Sí, sí. Andrew está bien. No es nada de eso.

–De acuerdo, bien. –Me llevo una mano al estómago y suelto una exhalación temblorosa–. Entonces, ¿qué está pasando?

Traga saliva. Con fuerza.

–No vendrá a la boda. Dice que no puede hacerlo.

Durante varios segundos, me limito a parpadear y a procesar la información. Parpadeo, parpadeo, parpadeo, proceso. *Dios*. Tantos preparativos, los invitados, los familiares que viajaron desde cerca y desde lejos para estar aquí. Puedo anticipar el caos y la vergüenza. Mi madre y mis tías quedarán lívidas por mí y, antes de que termine el día, organizarán un escuadrón de búsqueda para encontrar a Andrew y patearle las pelotas, con la agilidad y precisión de Las Rockettes. Y si considero su espíritu emprendedor, no me sorprendería que vendieran boletos para el espectáculo y lo llamaran *El Cascanueces*.

Max carraspea. El sonido interrumpe mi corriente de pensamientos y tomo consciencia real de la situación.

No me casaré hoy.

Se me cierra la garganta y siento presión en el pecho. *No, no, no, no. Contrólate, Lina. Eres experta en esto.* Lucho contra las lágrimas hasta que las devuelvo al lugar al que pertenecen.

–¿Qué puedo hacer? –Max se acerca–. ¿Necesitas un abrazo? ¿Un hombro donde llorar?

–No sé qué necesito –respondo con voz ronca, incapaz de exhibir la imagen serena que quiero transmitir.

Me mira a los ojos con los brazos abiertos y voy hacia él, desesperada por conectar con alguien para sentirme menos... a la deriva. Me abraza con delicadeza y, de algún modo, sé que se está conteniendo, como si quisiera mantenerme a flote en lugar de hundirme. Entre la bruma, noto que tiene el cabello húmedo, es probable que recién se haya duchado, y me sorprende no percibir ningún aroma en su piel. Por un instante, me pregunto si se le pegará mi perfume. Luego me pregunto, por un instante igual de breve, si mi cerebro ha hecho cortocircuito.

–¿Estás bien? –susurra Max.

Me quedo inmóvil mientras considero la pregunta, quizá eso me ayude a evaluar los daños. Tengo derecho a sentirme lastimada, enojada y lista para revelarme contra la injusticia de lo que Andrew ha hecho, pero no siento nada de eso. Todavía. La verdad es que estoy adormecida y bastante confundida. Se suponía que Andrew era «el indicado». Hemos tenido conversaciones interesantes, buen sexo y estabilidad durante dos años. Y, lo más importante, nunca me ha puesto a prueba, ni una sola vez, y no puedo imaginar elegir a un mejor compañero de vida que a alguien que no despierta mis peores impulsos. Hasta esta mañana, ambos parecíamos estar en la misma página respecto a los beneficios mutuos de nuestra unión. Sin embargo, según parece, él cambió de libro por completo esta mañana y no tengo idea de por qué.

–No sé qué le pasa. –Max llena el silencio balbuceando–. Estaba bien hasta que hablamos anoche. Fuimos a un tour de bares, ¿sabes? En algún momento, entre los shots de tequila, dije algunas tonterías y todo se salió de control. Lo siento muchísimo.

La angustia en su voz capta mi atención y me da algo en lo que ocupar la mente. Está disculpándose por algo en lugar de consolarme; eso no tiene sentido. Me libero de sus brazos para alejarme.

–¿Cómo que dijiste algunas tonterías?

–A decir verdad, no recuerdo mucho. Estaba ebrio. –Deja caer el mentón y fija la vista en el suelo.

Lo rodeo para que el sol que entra por la ventana no me encandile y pueda ver mejor esta porquería. Ah, el cielo despejado también es un fastidio; desperdiciar el clima perfecto para una boda debería ser un crimen que merezca varios días de cárcel.

–¿Cómo lo sabes? ¿Te lo dijo mirándote a los ojos?

–Me envió un mensaje de texto –responde en voz baja, sin apartar la vista del suelo.

–Déjame verlo –exijo.

Levanta la cabeza de forma abrupta ante la orden. No hacemos más que mirarnos durante unos segundos. Abre las fosas nasales; yo... no. Su mirada baja a mis labios, que se separan por voluntad propia, hasta que me doy cuenta de lo que estoy haciendo y cierro la boca. Mi temperatura corporal aumenta, por lo que estoy tentada a rasgar el encaje que me cubre los brazos y el pecho. Me pica todo, como si miles de hormigas marcharan sobre mi piel al ritmo de *Formation* de Beyoncé. Hago a un lado la incomodidad y extiendo la mano.

–Necesito ver lo que ha escrito. –Como él no cede, agrego–: Por favor.

Max suspira profundamente, mete la mano en el bolsillo trasero de sus pantalones para sacar el móvil y busca el mensaje.

–Ten.

Con los labios apretados por la concentración, leo ese conjunto de oraciones que confirman que yo, Lina Santos, de veinticinco años, una prometedora organizadora de bodas de Washington, soy una novia a la que han dejado plantada. *Vaya. De acuerdo. Sí.* No podría arruinar más mi marca aunque lo intentara.

Sigo analizando el mensaje de Andrew. Al llegar a la oración que más me irrita, entorno los ojos: «Gracias a ti, ahora veo la verdad».

Ah, ¿sí? ¿Y qué verdad ayudaste a ver a mi prometido, Max? ¿Eh? Dios, me los imagino hablando mal de mí en uno de esos bares apestosos y quiero gritar.

–Entonces, en resumen, anoche se emborracharon, conversaron sobre algo que dices no recordar y, basándose en esa conversación, Andrew decidió no casarse conmigo. Y ni siquiera tuvo la delicadeza de venir y decírmelo en la cara.

Max tarda en asentir, pero eventualmente lo hace.

–Eso es lo que entiendo, sí.

–Es un maldito –digo sin más.

–No lo puedo negar –coincide, y se atreve a esbozar una sonrisa con esos labios de embustero que tiene.

–Y tú eres un idiota.

Su expresión se torna amarga, pero me rehúso a darle importancia a sus sentimientos. La estupidez que le dijo anoche a mi prometido lo convenció de escaparse de nuestra boda. Estaba *tan cerca* de casarme con el hombre indicado, pero una sola conversación de borrachos lo arruinó todo.

Me paro derecha, tomo mi móvil del tocador y les envío un mensaje de auxilio a mi madre, mis tías y primas.

Lina

Eu preciso de vocês agora.

Decirles que las necesito llamaría su atención, hacerlo en portugués hará que estén aquí en cuestión de segundos. Mientras tanto, miro con rabia al peor padrino que hubiera podido tener.

–Max, ¿me harías un favor?

–Lo que sea. –Da un paso hacia mí, suplicando perdón con la mirada.

–Lárgate de aquí.

· CAPÍTULO UNO ·

Presente

LINA

Cuando la puerta de la limusina se abre, se oye un jadeo colectivo entre los invitados a la boda.

La novia lleva un vestido verde claro; amarillo verdoso para ser más precisa.

Bliss Donahue baja del vehículo con elegancia y esponja las capas de tafeta de la falda que cubre la mitad inferior de su cuerpo, ajena a las expresiones boquiabiertas de quienes atestiguan su llegada a la posada en Virginia del Norte que eligió para el evento.

Como si fuera una veterana de la familia real, se para frente a sus súbditos imaginarios y agita una mano, con el rostro apenas elevado para captar el brillo del sol. Después de una pausa de treinta segundos para acentuar el dramatismo, da varios pasos majestuosos sobre el camino de grava, con los volados del vestido agitándose en la brisa de abril. Algunas de las mujeres mayores chasquean la lengua desaprobando el vestido de novia. Otras es evidente que están espantadas.

Me mantengo a unos metros de distancia, discreta como siempre, lista para enfrentar cualquier contratiempo que amenace con arruinar el día de Bliss. A pesar de que le advertí que el vestido podría opacar los detalles elegantes del evento, ella estaba convencida de que el color inusual acentuaba sus mejores rasgos. En mi opinión, solo acentúa su estilo cuestionable, pero, como organizadora de bodas, mi trabajo es darles vida a las ideas de la pareja, sin importar cuán extrañas sean. Para ser clara, expreso mi preocupación si la situación lo amerita, pero, a fin de cuentas, no es mi día, y si Bliss quiere caminar al altar con un vestido que parece hecho de notas adhesivas para cumplir con un desafío de materiales no convencionales de *Project Runway*, no puedo detenerla.

Eso no quiere decir que no aprecie los sucesos inesperados. He tenido experiencias gratas con atuendos creativos (mi preferida fue una boda en la que la pareja de lesbianas usó trajes de tres piezas de color crema), y apoyo con gusto los planes no convencionales siempre que es posible, más que nada porque preferiría que no existieran las convenciones. Solo que a veces, un vestido amarillo verdoso con volados es simplemente… de mal gusto.

Ya que Bliss logró entrar a la posada sin incidentes, tomo el móvil para revisar el itinerario de la ceremonia. Estoy leyendo la segunda línea cuando Jaslene, mi asistente y mejor amiga, aparece detrás de mí.

–Lina, tenemos un problema –dice.

La noticia dispara una descarga de adrenalina por mis venas. *Por supuesto que tenemos un problema. Para eso estoy aquí.* Con renovada motivación, giro y llevo a Jaslene lejos de la entrada.

–¿Qué ocurre? –le pregunto. Su rostro luce relajado. *Eso es bueno.* Aunque noto un dejo malicioso en sus ojos oscuros. *Eso no es bueno*–. Ay, no. Te brillan los ojos. Si para ti es gracioso, para mí será aterrador.

–Ven. –Con una sonrisa de oreja a oreja, me toma del brazo y me guía hacia las escaleras–. Es el novio. Tienes que verlo tú misma.

La sigo hasta la habitación del novio y golpeo tres veces. Me cubro los ojos antes de abrir un poco la puerta.

–Si no están presentables, tienen quince segundos para cubrir sus partes importantes. Ustedes deciden cuáles son. Uno, dos, tres, cuatro, cinco...

–Estamos presentables, pasa –anuncia Ian, el novio.

Su voz afectada advierte que las cosas no están para nada bien, algo que confirmo por mí misma al entrar y destaparme los ojos. Parpadeo. Trago saliva. Luego, suelto una pregunta obvia pero tonta:

–¿Dónde están tus cejas?

–Pregúntales a estos idiotas –bufa señalando a los otros tres hombres presentes–. Pensaron que sería muy divertido afeitarlas la noche antes de mi boda.

Dos de los acompañantes miran hacia abajo. Como necesito un objetivo, fijo la vista en el único hombre que no evita mi mirada. El padrino, desplomado en un enorme sillón, con el cabello rubio ceniza despeinado, eructa y se encoge de hombros.

–Estábamos borrachos, ¿qué puedo decir? –Dirige los ojos rojos e irritados hacia el novio–. Lo siento, amigo.

–¿Disculpa? –Avanzo hacia el cavernícola y me inclino para quedar a su nivel, con los puños apretados como prevención–. ¿Eso es todo lo que puedes decir? Allí afuera hay una novia que sueña con este día hace meses y que quiere que sea perfecto. Quiere recordarlo por el resto de su vida, y ahora tendrá que hacerlo como el día en que se casó con un hombre al que le han dejado la cara como un hámster recién nacido. ¿Y lo único que puedes decir es que lo sientes?

–Lina, eso no ayuda. –Jaslene jala la tela de la espalda de mi vestido para enderezarme.

–Tienes razón –admito y me muerdo el interior de la mejilla para recuperar la expresión tranquila y controlada–. Bien, vuelvo en un segundo.

Mientras maldigo por dentro a la hermandad mundial de padrinos estúpidos, salgo de la habitación, bajo las escaleras a toda prisa y corro hasta mi automóvil. Una vez dentro de mi Volvo, viejo pero confiable, busco en el asiento trasero hasta encontrar el kit de emergencias. Lo abro para confirmar que mis elementos de maquillaje estén dentro. Vuelvo a la habitación tan rápido como mis piernas y mis zapatos lo permiten, sin animarme a mirar a ninguno de los invitados que esperan en el vestíbulo. En la habitación, veo a una mujer que parece haberse sumado al séquito del novio durante mi ausencia, pero no me molesto en preguntarle quién es ni qué hace aquí; conversar no arreglará las cejas de Ian, así que no tengo tiempo para eso.

Después de desplegar el contenido de mi bolso de maquillaje sobre el tocador, llevo una silla frente al espejo y palmeo el asiento.

–Siéntate –le indico.

–¿Qué harás? –pregunta con recelo.

–¿Qué haré? Arreglar el desastre que han hecho tus padrinos, por supuesto.

–¿Funcionará? –insiste.

Es probable que no, pero parte de mi trabajo es transmitir seguridad en situaciones desafiantes. Le muestro un pequeño producto.

–Este es un delineador de cejas. Sirve para rellenarlas, no para dibujarlas desde cero, pero espero que sirva. Aunque no se verá lindo, al menos tendrás algo sobre los ojos al momento de decir «Acepto».

Cual hienas con la lengua afuera, los padrinos se amontonan para burlarse del predicamento de Ian. Con amigos como esos, ¿quién necesita enemigos? Cuando les dirijo una mirada letal, se enderezan y vuelven a mirar el suelo con atención.

–Mi cabello es castaño, eso es rubio –señala Ian después de mirar el producto con más detenimiento.

–Bueno, los novios cuyos amigos les afeitaron las cejas

antes de la boda no pueden darse el lujo de elegir de una amplia paleta de colores. Es esto o un marcador. Puedo ponerle encima una sombra más oscura. No tenemos mucho tiempo, ¿qué prefieres?

–Está bien, hazlo. –Se pasa una mano por el rostro–. Pero no me conviertas en Spock, por favor.

–Hecho. –Tras negar con la cabeza y rogarles a los dioses de las bodas, me pongo manos a la obra mientras contengo la risa lo más posible. *Buena suerte.*

De más está decir que mi trabajo a veces es un ridículo desastre, y me encanta.

Desde una esquina de la carpa, veo a los invitados reunidos y bailando, tranquila de haber evitado otra crisis. Sí, puede que parezca que el novio tiene dos trozos de alfombra sobre los ojos; y *sí*, la niña de las flores comentó: «Oye, luce como uno de los *Angry Birds*», pero mis clientes están felices y eso es lo que importa. Teniendo en cuenta que trabajé sin recursos, diré que el bótox de cejas fue un éxito.

Ahora puedo disfrutar de mi parte preferida del evento: la que viene después de que la pareja honre las tradiciones que hayan elegido. A partir de ese momento, yo ya no tengo nada más que hacer, solo vigilar por posibles problemas técnicos de último minuto. Por fin puedo relajarme un poco, aunque no *demasiado*. Muchas bodas se arruinaron por una barra de alcohol libre. Todavía se me eriza la piel al recordar al novio que le sacó la ropa interior a la novia en lugar de la liga. *Uff.*

–Bien salvado allí arriba –dice alguien a mi izquierda.

–Gracias. –Giro para ver quién es y la reconozco de inmediato–. Estabas en la habitación del novio, ¿no?

–Así es –responde la mujer.

–¿Eres familiar de él?

Asiente con la cabeza, presiona los labios y suspira resignada.

–Ian es mi primo.

–Es un buen hombre.

–Un buen hombre que pierde el encanto por completo cada vez que está con los idiotas de sus amigos –protesta arqueando una de sus perfectas cejas.

Como para confirmarlo, uno de los padrinos muestra los dientes y comienza a menear las caderas al pasar junto a nosotras. Otro se tira al suelo y se arrastra como un gusano sobre el piso de madera. El último baila como un robot.

Aunque el comentario de la mujer es acertado, los miro sin inmutarme.

–No puedo afirmarlo ni negarlo.

–No tienes que decir nada en realidad, se avergüenzan por sí solos. –Gira para enfrentarse a mí y me extiende una mano con manicura delicada. El movimiento hace que el cabello rubio de corte carré, sencillo pero arreglado con expertcia, se sacuda contra su mejilla–. Rebecca Cartwright.

–Lina Santos.

Mientras estrechamos las manos, me maravilla su cabello

lacio, algo que nunca pude tener. Incluso ahora, mis rizos están luchando contra la infinidad de horquillas que intentan sostener mi recogido en su lugar. Me encanta la versatilidad de mi cabello, así que no la envidio, pero me *fascina* lo simétrica que es. Estoy segura de que, si la divido a la mitad y comparo ambas partes de su cuerpo, serían idénticas.

–Me impresionó lo que hiciste arriba –repite, inclinada ligeramente para ofrecerme una sonrisa cómplice–. No debe ser algo que veas todos los días, ¿no? ¿A un novio con las cejas rasuradas?

–Créeme, lidiar con disparates como ese es un gaje del oficio. –No puedo evitar sonreír al hablar. Rebecca se acerca un poco más.

–Pero estoy segura de que hay una historia detrás del vestido de la novia.

–Esta vez, apelaré a la quinta enmienda.

Sus ojos azules danzan por el lugar, luego asiente con firmeza como si hubiera tomado una decisión.

–También eres discreta. ¿Alguna vez pierdes la compostura?

Me estudia el rostro con tal detenimiento que no me sorprendería tener el punto rojo de la mira láser de un francotirador en la frente. Pero no puedo decir que sea espeluznante, solo intensa, así que ignoro la energía extraña y me concentro en la pregunta. ¿Si pierdo la compostura? Rara vez. Sin embargo, el momento en el que quise ahorcar al padrino hace un rato viene de inmediato a mi mente.

–Por desgracia, tengo deslices algunas veces, pero suelo

ser la que mantiene las cosas bajo control. Si yo pierdo la compostura, mis clientes también lo harán.

–¿Cuánto tiempo llevas planeando bodas? –quiere saber. Ah, ¿allí apunta esta conversación? ¿Estará buscando una organizadora para su propia boda? Les echo un vistazo a sus manos–. No estoy comprometida –advierte y agita los dedos–. Solo tengo curiosidad.

–Perdón, es una costumbre profesional. –Se me acaloran las orejas–. Llevo un poco más de cuatro años en el negocio. Del Te quiero al Sí quiero, así lo llamé.

–Qué ingenioso –afirma con una sonrisa–. ¿Y te gusta?

Me quedo mirándola porque la pregunta me tomó por sorpresa. Nadie se había molestado en preguntarme eso antes, pero sé lo que le diría a un potencial cliente, así que el discurso sale con naturalidad:

–Disfruto el desafío de ayudar a una pareja a escoger un tema significativo para su boda. Me gusta tener la oportunidad de organizar ese día especial hasta el más mínimo detalle. Si algo sale mal, y *siempre* algo sale mal, me enorgullece encontrar soluciones viables y hacer felices a todos. Locaciones desafiantes, programaciones caóticas, errores con el servicio de catering... Son prisas más que cargas.

Rebecca inclina la cabeza y me analiza, aparece una arruga entre sus cejas.

–Pero debe haber un lado amargo. O algo que te frustre sin remedio. Ninguna vocación, ni siquiera una que te apasiona, está libre de desafíos.

Jamás lo admitiría delante de ella, pero organizar bodas

fue mi segunda opción, un esfuerzo por reinventarme después de que mi carrera como asistente legal fracasara de forma terrible. Soy hija de inmigrantes brasileños, ambos de origen humilde. Cuando mi padre nos abandonó, mi madre nos crio sola a mi hermano y a mí, trabajando sin descanso para darnos un futuro mejor. Le debo a ella y a mis tías haber podido superar las adversidades y tener éxito en la profesión que elegí. A fin de cuentas, pude empezar mi negocio gracias a sus ahorros, reunidos con mucho esfuerzo. Ya no queda lugar para cometer errores, y saberlo me agobia. Me agobia tanto que temo arruinar esta oportunidad igual que a la primera. Ese es el lado amargo: la presión por tener éxito puede llegar a ser paralizante. Pero no compartiré mis cargas con una extraña. «No dejes que te vean débil» es mi mantra y me ha funcionado durante años. Reviso las quejas que podría compartir con Rebecca y elijo una inocua.

–Los clientes indecisos suelen poner a prueba mi paciencia, pero en líneas generales, es un buen negocio.

–Debo admitir que has hecho un gran trabajo aquí –dice al señalar la pista de baile con el mentón–. Sin contar a la novia, que luce como un apio, es una boda adorable.

–Oye, esa no es forma de hablar de alguien que está celebrando su día especial –advierto negando con la cabeza–. Bliss es encantadora en todos los aspectos importantes.

–Tienes razón, lo es. –Las mejillas de la mujer se sonrojan, pero luego se encoge de hombros–. A partir de hoy, somos familia y eso significa que hablaremos a sus espaldas cuando la situación lo amerite. Eso es lo que hacemos.

Para ser honesta, la entiendo. Con los años, mis primos y yo hemos desarrollado una serie de señas con las manos y con la mirada para criticar a la cita de otro o a alguno de nuestros parientes sin que lo noten. Como solemos usarlas durante reuniones familiares, suele haber música de fondo y, a estas alturas, mi madre y mis tías creen que el sistema de comunicación es una versión actualizada del baile del pollito.

–Te preguntaré algo –continúa–, ¿alguna vez pensaste en expandir el negocio? ¿En tener un socio, tal vez?

No, no, no. A pesar de los desafíos de ser independiente, mi negocio crece a un ritmo aceptable y no quiero que nada arruine el delicado equilibrio que mantengo. Solo alteraría el *statu quo* por una oportunidad que llevara la empresa a otro nivel, y no imagino que una persona encaje en esa condición. Con eso en mente, decido desviar el tema.

–Bueno, háblame un poco de ti, Rebecca. ¿Alguna vez has planeado una boda?

Ella retrocede boquiabierta mientras me evalúa.

–Nunca he tenido el honor. Pero suena divertido.

Ah, ya veo. Experimento la misma reacción al menos una vez durante cada boda. Las personas quedan impresionadas por el producto final (los arreglos florales deslumbrantes, la música sincronizada a la perfección, las locaciones imponentes, el embriagador aroma a romance en el aire), y se convencen de que también pueden hacerlo.

–*Es* divertido. También requiere de una capacidad organizativa excepcional y una minuciosa atención al detalle. Por suerte, mi asistente y yo tenemos un buen sistema. Espero que algún día acepte trabajar conmigo a tiempo completo. –En el momento perfecto, como siempre, Jaslene atraviesa la pista de baile hacia la cabina del DJ, con la carpeta sujetapapeles que me robó de debajo del brazo, y sé por qué: *Baby Got Back* está en la lista negra musical de la pareja–. Si te interesa iniciar una carrera como organizadora de bodas, hacer un curso en línea sería un buen comienzo.

Rebecca aprieta los labios, es evidente que quiere ocultar una sonrisa.

–Para ser honesta, estás poniendo de cabeza los planes que había puesto en marcha, pero creo que teníamos que conocernos hoy.

–No entiendo. –¿Qué quiere esta mujer? Nada de lo que dice tiene sentido.

–Perdón. –Suspira y niega con la cabeza, como si estuviera frustrada consigo misma–. Estoy siendo críptica y debes estar buscando la salida más cercana. En resumen, tengo una propuesta para ti, pero no creo que sea el momento ni el lugar para discutirlo. –Busca algo en su bolso y me lo entrega–. Aquí está mi número. Si quieres, te puedo invitar a almorzar y te cuento más detalles.

Con eso se aleja y desaparece entre los invitados que están en el otro extremo de la pista de baile. Bajo la vista hacia la tarjeta de presentación labrada y de papel texturado, tan elegante como la invitación a una boda. Además del teléfono, con número de área 202 de Columbia, dice:

Rebecca Cartwright

Directora ejecutiva

GRUPO HOTELERO CARTWRIGHT

Hotel con certificación Forbes

¿Vieron ese momento en el que te das cuenta de que acabas de quedar como una idiota? Sí, este es uno de esos momentos.

· CAPÍTULO DOS ·

MAX

Desde su trono (en realidad, no es más que un conjunto enorme de silla y escritorio, ubicados estratégicamente por encima de la vista de una persona promedio), mi madre nos mira a mi hermano y a mí.

–Me sorprende que el hotel Cartwright esté haciendo cambios radicales. Rebecca Cartwright, nieta del dueño original, acaba de ser ascendida y ahora es quien está al frente. Intenta atraer otra clase de clientela y para eso se está enfocando en expandir el restaurante de lujo, en conseguir más celebraciones de bodas y en convertir el hotel en el lugar preferido del distrito para fines de semana de spa. Tiene muchas ideas y quiere contar con nuestra experiencia para promocionarlas, y lo quiere de inmediato. Necesito a mis mejores empleados en esto, y ustedes dos *juntos* brindarán la combinación perfecta de encanto y conocimiento a esta colaboración.

Yo tengo el encanto, Andrew el conocimiento. O eso es lo que todos creen.

La verdad es que mi madre es una auténtica embaucadora, capaz de lograr lo que quiere. Sin embargo, esta vez, la explicación que nos dio es pura basura sin adulterar. Desearía que dijera las cosas como son: no confía en que yo solo pueda manejar a un cliente tan importante.

No puedo decir que me sorprenda. Por desgracia, es territorio familiar, derivación de otra obviedad que he llegado a aceptar: cuando mi hermano y yo competimos (y, para ser honesto, no sabemos hacer otra cosa), él siempre gana. Sin el más mínimo maldito esfuerzo. Y, lo que es peor, aunque no compitamos a sabiendas, él siempre sobresale. Mi exnovia Emily está de acuerdo, eso es seguro: después de pasar un día con mi hermano mayor, llegó a la conclusión de que estar conmigo era conformarse con alguien mediocre, así que fue a ver a mi madre y se marchó con un nuevo paradigma de citas. Fue un día de Acción de Gracias muy entretenido.

–Ya hemos trabajado con Rebecca Cartwright. Suena fantástico –comenta Andrew mientras repiquetea el bolígrafo contra el anotador que tiene sobre la pierna.

Quiero imitar su actitud alegre, pero sería infantil y, además, intento actuar como un profesional. Se lo he prometido a mi madre. Hace un año, ella nos empleó en su firma Comunicaciones Atlas, un negocio integral de marketing, publicidad y gestión de marcas ubicado en Alexandria,

Virginia. Lo hizo después de que aprendiéramos lo básico en otras empresas, yo en Nueva York y Andrew en DC y Atlanta, porque no tenía tiempo para principiantes en marketing y publicidad, aunque fueran sus hijos. Cuando por fin nos ofreció unirnos a la firma, puso dos condiciones: primero, teníamos que aceptar ser un combo, con la teoría de que inspiraríamos lo mejor el uno en el otro y, algún día, nos haríamos cargo del negocio juntos; segundo, una vez que atravesáramos las puertas de la empresa, debíamos olvidarnos de que ella nos había dado a luz.

Entiendo por qué le preocupa que otros crean que tiene favoritismos, y concuerdo en que, si cometo errores, merezco enfrentar las consecuencias como todos los demás, pero no existe capacidad actoral que oculte el hecho de que es nuestra madre. Además, la forma en que nos trata aquí es igual a como lo hacía cuando éramos niños. Por ejemplo, hoy en particular, no vio nada de malo en llamarnos a la oficina un domingo por algo que no es una emergencia. Solo eso me irrita, y que insista en que mi hermano y yo trabajemos juntos otra vez presiona los límites de mi paciencia, que suele ser abundante. «No somos un equipo ni siameses. Podemos funcionar de forma independiente si nos lo permites», le dije en su momento.

La realidad es que Andrew no es tan perfecto como finge ser, y gran parte de nuestras ideas brillantes se me ocurre a mí. No es que quiera presumir, solo digo las cosas como son, cosas que mi madre también habría notado si alguna vez me hubiera liberado del robot que dice ser mi hermano. Sin embargo, tomando el pasado como parámetro, eso tampoco sucederá en un futuro cercano porque para ella *mayor* significa 'más inteligente' y, por mucho que me esfuerce, Andrew siempre me llevará dos años de ventaja.

–No pongas esa cara, Max –me regaña observándome con mirada de halcón por sobre la montura roja de sus gafas–. Este cliente tiene un objetivo puntual que requiere que dos personas trabajen en proyectos separados, así que los enviaré a ustedes. No hay nada más detrás de mi decisión, solo cumplir con los deseos del cliente.

Esas son excelentes noticias. Mi mente ya es un remolino de ideas para convencer a Rebecca de que me necesita a mí; como su gerente de cuentas, claro. Si logro dejar de estar bajo la sombra de Andrew e impresionarla, el siguiente paso lógico sería hacerme cargo de la cuenta Cartwright. Y si eso sucediera, quizá mi madre por fin reconocería el valor que aporto a la firma.

–Si ambos están desocupados –continúa–, le gustaría reunirse con ustedes en la semana para explicarles sus planes. Dada la cantidad de trabajo que su empresa nos da, creo que no es necesario que enfatice que *deben* estar disponibles cuando ella los necesite.

–Por supuesto. –Andrew asiente como un cachorrito obediente–. Nos aseguraremos de eso, ¿verdad, Max?

Mi madre me analiza el rostro con los ojos entornados, como si esperara que causara problemas. ¿Por qué pensaría algo así?

–Por supuesto –afirmo con tono amable.

Entonces, mi madre se levanta y da un aplauso, señal para que nos retiremos.

–Muy bien, caballeros, valoro mucho que hayan venido un fin de semana. El cliente está ansioso por avanzar con esto lo antes posible, por eso no quería perder tiempo.

–Hasta mañana –saludo. Me tienta señalar que podría habernos informado por e-mail, pero hoy no tengo energía para discutir. Casi estaba llegando al elevador cuando Andrew aparece detrás de mí.

–Oye, Max, espera un minuto.

–¿Qué pasa? –pregunto y reduzco la marcha.

Al alcanzarme, se para con las piernas separadas y se arremanga el suéter beige de cachemira. Yo tengo una maldita sudadera. Me muero por señalar que tiene el hombro derecho desgastado, seguramente por el roce del morral de diseñador, pero es uno de esos detalles que le arruinarían el día, e intento no comportarme como un desgraciado.

Inclina la cabeza para analizarme antes de responder.

–Escucha, sé que es probable que el cliente quiera que trabajemos en proyectos diferentes, pero compartiremos ideas de todas formas, ¿no? Creo que sería bueno para el producto final que presentemos.

Lo ideal sería hacer lo opuesto. Quiero trabajar solo y demostrarle al cliente que yo soy la mejor apuesta de los dos. ¿De qué otra forma voy a separarme de él?

Nos miramos el uno al otro en silencio mientras espera mi respuesta, hasta que la llegada del elevador interrumpe el incómodo momento.

–Supongo que dependerá de lo que quiera el cliente. Pronto lo descubriremos. ¿Entras?

–No, responderé algunos e-mails antes de irme. –Da un paso atrás. Luego, con una sonrisa engreída, se toca la sien con un dedo–. Ya que estoy aquí, podría trabajar un poco. Ser diligente no es algo que esté en tu instinto, ¿no? –agrega, incapaz de contenerse.

Ignoro la provocación. *Eres mejor que eso, Max.*

–Iré a jugar baloncesto, ¿quieres venir?

Su reacción es invaluable; se estremece y arruga la nariz como un perro pug. Sí, no creí que fuera a aceptar, pero lo correcto era preguntar.

–Paso –dice con una risa; una risotada. Andrew es de los que sueltan risotadas.

–Está bien. Te veré en… –miro la hora– menos de veinticuatro horas.

–Sí, claro –afirma desganado. Cuando las puertas del elevador se cierran, sigue parado en el mismo lugar.

Me gustaría que fuéramos más cercanos, pero no tenemos los mismos intereses y nunca hemos sido amigos. Sería genial que no solo interactuáramos para competir. Cuanto nuestros padres más intentaban unirnos, nosotros más intentábamos alejarnos. Bueno, eso era mi culpa en mayor parte, ya tengo la madurez suficiente para aceptar la responsabilidad.

¿Quién sabe? Tal vez este proyecto nos dé la distancia que necesitamos para acercarnos de otras formas. O tal vez nos matemos el uno al otro. Para ser sincero, cualquier opción es posible.

· CAPÍTULO TRES ·

LINA

Bliss e Ian están en algún lugar del Atlántico, de camino a su luna de miel, así que estoy oficialmente libre por el fin de semana. Mi lista de quehaceres de hoy es breve: rellenar el congelador, estar en ropa de entrecasa y mirar Netflix. Pero primero... *pão com manteiga y cafezinho.*

Por consenso, los brasileños todos los días deben desayunar dos cosas, *solo dos*: pan con mantequilla y café. Si alguien se desvía del menú, es probable que esté encabezando una rebelión. O que sea de la primera generación brasileñoestadounidense, como yo. En ese caso, se incorpora el sándwich de tocino y huevo. Sin embargo, esta mañana me desperté con antojo de un desayuno brasileño tradicional, y el mejor lugar para conseguirlo es Río de Wheaton, la tienda de mi madre y mis tías que queda justo al lado de un centro comercial en la avenida Georgia, en Wheaton, Maryland. Nota al margen: les he rogado durante años para que cambiaran el nombre, y siempre me han ignorado.

No tardo mucho en llegar a la tienda desde mi apartamento en College Park. La campana sobre la puerta tintinea con mi entrada y todos los presentes se detienen para ver quién ha llegado. Al pasar frente a un exhibidor de sandalias Havaianas, ubicado entre la harina de mandioca y la cinta de pintor, siento el aroma dulce y mantecoso del pan recién horneado que permea el aire. Un tercio de la tienda está ocupado por una cafetería pequeña (tres mesas redondas con unas pocas sillas), en donde las hermanas sirven *cafezinho brasileiro,* o el equivalente a Starbucks con esteroides, y *pão,* que en este caso es un rollo hojaldrado caliente recién hecho.

–*Bom dia* –saludo–. *Como vai?*

–*Filha, um minuto* –responde mi madre con una sonrisa, antes de volver a concentrarse en el cliente que está delante de la caja. Al darle el cambio al hombre, le guiña un ojo–. *Obrigada.*

Un momento. ¿Mi madre está coqueteando? Es la primera vez que la veo hacer algo así y me *encantaría* que volviera a suceder. No creo que haya salido con nadie desde que se divorció de mi padre hace más de diez años. El rubor en sus mejillas es una buena señal, y la forma en que se inclina hacia delante con la cabeza de lado sugiere que le gusta ese hombre. ¡Aleluya! Creo que mi madre se merece todos los encuentros casuales que quiera para compensar la falta de afecto de mi padre durante el matrimonio.

Viviane, la hermana mayor de mi madre, matriarca de la familia, camina hacia mí con un pack de veinticuatro latas de Guaraná Brazilia en las manos y me da un beso rápido en cada mejilla. La tía Viviane funciona en dos modos: «ocupada» y «frenética». Sin dejar de caminar hacia su destino, me mira sobre un hombro.

–*Tudo bem?*

–Sí, todo bien –respondo. Por unos segundos, me quedo paralizada en el pasillo central mientras las personas pasan junto a mí sin rumbo aparente. No parecen interesadas en comprar nada, solo están... aquí. Jaslene dice que las tiendas de Puerto Rico suelen tener gatos de bodega; bueno, las brasileñas parecen atraer personas de bodega. Como el chico del vecindario que está enamorado de mi prima menor, Natalia. En este momento, finge ver el partido de fútbol en el televisor que cuelga del techo en una esquina de la cafetería, mientras su amada, que está a punto de casarse con otro, limpia los *salgadinhos* en exposición. ¿Coincidencia? No lo creo.

–*Oi mulher!* –exclama Natalia al colgarse el trapo del hombro–. ¿En busca de comida gratis otra vez?

–Respeta a tus mayores, mocosa.

A toda velocidad, recupera el trapo, me da un latigazo en el pecho y se acerca para decirme al oído:

–Tienes algo blanco alrededor de la boca, ¿qué es? ¿Azúcar? ¿Semen?

Me alejo de un salto para limpiarme el rostro de prisa, hasta que la veo doblada de la risa.

–Ja, ja. Siempre tan graciosa.

–¿Qué? ¿Acaso mi broma puede ser verdad, prima? –pregunta entre risas–. ¿Qué has estado haciendo en tu tiempo libre?

Nada. Nada en absoluto. La verdad es que, si tuviera una marca blanca alrededor de la boca, jamás podría ser por haber practicado sexo oral ya que hace más de un año que no estoy con alguien. Y teniendo en cuenta que ganarme la vida depende de que trabaje la mayoría de los fines de semana desde marzo hasta septiembre, tampoco me deja tiempo para conocer candidatos potenciales. Así que por estos días mis orgasmos son autoinducidos, a batería y alcanzados en menos de cinco minutos; si me siento muy pícara, lo extiendo hasta diez minutos. En conclusión, no es posible que sea semen. En cambio, ¿restos de azúcar? Puede ser.

–Natalia, mi vida amorosa, o la falta de ella, no está abierta a discusiones ni disecciones –afirmo señalándola con un dedo–. Ahora tráeme el café y el pan. Y que sea rápido.

–*Pff.* Búscalo tú misma. Es mi hora de descanso y tengo que llamar a Paolo. –Se quita el delantal y me lo entrega, con su perpetua sonrisa burlona–. Puedes tomar mi lugar por un rato. Si es que quieres ser útil. –Acentúa el final chasqueando los labios brillantes y se despide de camino a la puerta.

–No te olvides de que tenemos una cita el miércoles –digo tras ella.

–Es mi prueba de vestido, claro que estaré ahí –grita antes de salir.

Me paso el delantal sobre la cabeza, me lo ato a la cintura y espero... tres, dos, uno...

–Lávate las manos –advierte mi madre.

Lo dice en cada oportunidad. Como si no lo supiera. ¿Le respondo? Por supuesto que no. Valoro mi vida tanto como la del prójimo.

–Lo haré, *mãe*. –Miro alrededor en busca de la mullida melena de rizos cortos de mi tía–. ¿Dónde está la tía Izabel?

La otra hermana mayor de mi madre es la más tranquila de todas; y la menos interesada en administrar la tienda.

–Fue a hacer una diligencia –dice mi madre.

Como sigue ocupada en la caja, le doy un beso en la mejilla y voy al fondo. Una vez que me limpié y desinfecté las manos, vuelvo al mostrador y uso unas pinzas para tomar un pancito. Tras probar un bocado, suspiro de placer. *Sin duda, el viaje ha valido la pena.*

Cuando mi madre por fin se desocupa, me abraza por la cintura.

–¿Cómo estuvo la boda? Era la del vestido verde, ¿no? –Le encanta vivir a través de las personas que me contratan y, además, tiene muy buena memoria.

–Estuvo bien –respondo al terminar de masticar el pan–. El vestido fue tan curioso como creíste que sería. Ah, y los padrinos del novio le afeitaron las cejas la noche anterior a la boda.

–Vaya, nunca me imaginé que pudiera pasar algo así. –Tiene los ojos grandes como platos–. Pero ¿pudiste solucionarlo?

–Por supuesto que sí. –La miro como preguntándole si

no sabe con quién está hablando, con el ceño fruncido de forma burlona.

–Estoy orgullosa de ti, *filha* –afirma y me abraza más fuerte.

–Gracias, *mãe.* –Sus palabras hacen que me pare un poco más erguida, eso fue lo que siempre quise: enorgullecer a mi madre y a mis tías. Cuando sus respectivos matrimonios implosionaron, las hermanas formaron un equipo para criarnos, turnarse en la cocina, cuidarnos y llevarnos a la escuela y a las actividades extracurriculares. El tiempo restante se lo pasaban limpiando casas ajenas, hasta que ahorraron lo suficiente como para abrir la tienda. Gracias a ellas, me gradué de la universidad; mi hermano mayor, Rey, es asistente médico; y Natalia es una maquillista independiente muy solicitada. La última, pero no menos impresionante, es Solange, hija de la tía Izabel, que está terminando la universidad y preparándose para cambiar el mundo.

–¿Crees que conseguirás más trabajo gracias a esta boda? –pregunta mi madre.

–¿Más trabajo? Puede ser. Dependerá del momento. Si había alguien comprometido que aún no ha contratado a una organizadora de bodas, es probable que me llame para ponerme a prueba.

Y luego está Rebecca Cartwright. Ella mencionó que tenía una propuesta, y me da curiosidad saber cuál es, así que hago una nota mental para llamarla el lunes a primera hora y concertar una cita. Por lo menos, podré sumarla a mi lista creciente de contactos en la zona. Aunque sea mínima, tener una conexión con la directora de un hotel de tanta reputación como el Cartwright podría ser de utilidad algún día.

Cuando una nueva cliente se acerca al mostrador con productos en las manos, mi madre se aleja para ayudarla, y yo puedo volver a mi amorío con el pan que tengo en la mano. Mientras mastico con alegría, entra Marcelo, un amigo de la familia y el dueño de Algo Fantástico, la tienda de vestidos en la que alquilo un espacio para mi negocio.

–*Olá, pessoal* –saluda con una voz firme que resuena sobre los aplausos del partido en el televisor–. *Tudo bem?*

–*Tudo* –responde la tía Viviane, que tiene medio cuerpo dentro del refrigerador de bebidas que está reabasteciendo–. *E você?*

Mueve una mano para indicar que está más o menos, luego camina hacia ella y la besa en la frente. Son amigos hace siglos, desde que se conocieron por la extensa red de conexiones que ayuda a los inmigrantes brasileños a adaptarse al país. La misma red en la que las tres hermanas consiguieron esposos, aunque ninguno siguió presente después de que sus matrimonios terminaran.

En cuanto a Marcelo y Viviane, sospecho que tienen una amistad con beneficios, pero nunca tuve las agallas para confirmar mis sospechas. Viviane es letal cuando tiene un par de Havaianas al alcance.

Cuando Marcelo me ve en el mostrador, su mirada se apaga, por lo que dudo de la veracidad de lo que dice a continuación:

–Carolina, esperaba verte aquí. Tengo noticias.

Mastico más lento, dejo el resto del pan sobre una servilleta y me sacudo las migajas de la camiseta.

–¿Qué noticias, Marcelo?

Apoya los codos sobre el mostrador de forma casual.

–El viernes por la tarde, la oficina de bienes raíces notificó que la renta aumentará en el próximo período de alquiler. Un siete por ciento. –Con un suspiro, retrocede y frota las manos como si se desligara de la situación–. En lo que a mí me concierne, se acabó. No puedo seguir. Ahora todos compran vestidos de novia por internet o los rentan. Así que me iré a vivir a Florida, con mi hija. Buscaré una tienda pequeña allí y venderé lo que tengo en el inventario, cosa que me tomará unos años más. Llegado el momento, me retiraré y pasaré mis días pescando. Ya es hora. –Se extiende para apoyar una mano sobre la mía–. Sé que esto también te afecta. Si pudiera costearlo, me quedaría, pero ya venía teniendo dificultades, y esto solo empeorará las cosas.

Me esfuerzo por hablar a pesar de la decepción que me cierra la garganta:

–¿Cuándo termina este período de alquiler? –Ya sé la respuesta, pero escucharla me obligará a enfrentar la realidad de la situación en lugar de ignorarla.

–En sesenta días. –Suspira.

Bien, es suficiente realidad para mí, y no es algo irrelevante. Tener una oficina en el distrito es esencial para mi negocio, ya que la mayoría de mis clientes son profesionales ocupados, a quienes les resulta conveniente tener un lugar de reunión en el centro, donde también pueden ir a otras tiendas, restaurantes y seguir con sus planes nocturnos. Tener una base de operaciones cerca de la avenida Connecticut transmite estabilidad, cierta seriedad que no hace falta explicar. Cualquier charlatán puede imprimir tarjetas de negocios en una tienda de copiado y autoproclamarse organizador de bodas; en cambio, tener un domicilio registrado le asegura a la pareja que el organizador no recogerá la oficina portátil y escapará con su dinero.

La verdad es que no necesito mucho, con una oficina y un escritorio es suficiente, por eso mi arreglo con Marcelo era perfecto para mis necesidades. Además, como no necesitaba muchos metros cuadrados, podía cobrarme menos que el precio del mercado. Hace unos años, intenté encontrar una oficina y fracasé en la búsqueda, claro. Así que sé que rentar un espacio, aunque sea un armario en el centro, me haría imposible pagar mi propio apartamento. Y aunque pudiera encontrar una alternativa a un precio razonable, seguro quedaría en un lugar peor, y cambiarme de ubicación tampoco me haría ningún favor.

Mierda. No puedo arruinarlo otra vez.

El anuncio de Marcelo me ha sacado de eje y no sé qué hacer para volver a centrarme. Las lágrimas amenazan con derramarse, pero al mirar a mi madre y a Viviane, que tiene una expresión seria, los ojos se me secan de inmediato. Cierto. Aprendí las lecciones más duras cuando era una joven de mirada inocente, así que ahora conozco bien las reglas: nunca debemos dejar que nuestras emociones se lleven lo mejor de nosotros. Permitirlo es una señal de debilidad que nos hace perder el respeto que nos hemos ganado, o una señal de combatividad, que hará que los demás crean que somos irracionales. Como mujeres (mujeres de color para ser más específica), no podemos permitirnos que nos vean de ese modo.

Es una pena que yo sea tan débil, que esté lista para llorar o sollozar en cuanto alguien logra inspirarme la más mínima emoción. Cuando era joven, mi hermano y mis primas me molestaban por eso sin piedad. Me cantaban *bebê chorão*. Bebé llorón. Entonces no me molestaba tanto; ¿qué daño podía hacer un rasgo entretenido? Sin embargo, de adulta descubrí que la respuesta es *mucho*, y más del que puedo manejar. En consecuencia, con los años he desarrollado un personaje que me ayuda a manejar los sentimientos. Soy inmune a las tonterías. Soy dura, estoy hecha de teflón, repelo insultos y ofensas menores. Nunca volveré a ser la mujer que llora como una tonta por un hombre; nunca volveré a colapsar en mi entorno profesional ni a perder el respeto de mis colegas. La fuerza es un estado mental, y lo estoy haciendo realidad, maldita sea.

–No es tu culpa, Marcelo. –Me pongo firme y le ofrezco una sonrisa–. No tenías forma de anticipar un aumento tan terrible. Estoy segura de que podré encontrar otro lugar, no te preocupes por mí. Todo estará bien.

–¿Estás segura, querida? –Me analiza el rostro con los labios apretados y el ceño fruncido; sin duda ha detectado la mentira, pero no lo dice.

–*Certa*. –Su tono cariñoso amenaza con atravesar mis

defensas, pero construyo una barricada mental para evitar mostrar cualquier emoción.

Todos los que me rodean (Marcelo, Viviane, mi madre e incluso el chico que finge estar mirando el partido en la televisión mientras escucha nuestra conversación) se relajan de forma visible. Mi afirmación de que todo estará bien corta la tensión del momento. Y así será: todo irá bien. No tengo otra opción, mi carrera y mi fuente de ingresos están en juego.

Suspiro por dentro por esta desviación en mi día y añado una actividad de último minuto a mi lista de quehaceres: comerme mis sentimientos. Dirijo la mirada hacia el bollo a medio terminar, pero eso no servirá; es demasiado ligero. Necesito grasa, carbohidratos y mucho azúcar. ¿Dónde están las malditas donas glaseadas cuando una las necesita?

· CAPÍTULO CUATRO ·

LINA

Nota mental: una docena de donas glaseadas puede hacer maravillas en el estado de ánimo.

Después de una noche de televisión y dulces, recibo la nueva semana con optimismo y un plan, que incluye una reunión temprano con Rebecca Cartwright. Ahora más que nunca, tengo que cultivar las relaciones con mis contactos y mantener los ojos abiertos por si aparecen nuevas oportunidades de negocios. Por eso, cuando la llamé anoche y me ofreció que nos viéramos a primera hora de la mañana, acepté de inmediato.

Según la búsqueda rápida que hice durante el viaje en metro hasta aquí, el Cartwright es uno de los tres hoteles boutique del Grupo Cartwright. El hotel insignia se encuentra en el distrito, los otros dos están en Virginia del

Norte. En otra vida, este edificio era sede de un banco y aún quedan rastros de ese comienzo austero, tales como las columnas blancas que flanquean la entrada descomunal y complementan el diseño interior simple pero ecléctico. Gracias al enorme tragaluz en el centro de la recepción circular, el suelo de mármol brilla y el sol resalta todos los detalles, desde el arte abstracto que decora las paredes texturadas, hasta las líneas metálicas de los muebles modernos. Todo se une para darle al hotel una vibra lujosa pero sin ser pretenciosa.

El repiqueteo de los tacones de Rebecca llega antes que ella y, mientras se acerca, su voz suave flota en el aire.

–Lina, muchas gracias por venir con tan poca anticipación.

Me levanto del elegante sofá de cuero amarillo y le extiendo la mano. Su apretón es firme, aunque no avasallante. Nos miramos unos segundo a los ojos, tal como se acostumbra a hacer, y sacudimos las manos tres veces; apuesto a que ambas asistimos a talleres de etiqueta de negocios en la secundaria.

–Es un gusto verte otra vez, Rebecca.

–Sentémonos un momento –indica señalando una mesa pequeña junto a la ventana, por la que apenas se oye el ajetreo de la avenida Nuevo Hampshire–. La cosa es así: nos estamos renovando en varias áreas, y una de ellas es el servicio de bodas. Estoy buscando a una organizadora de bodas que pueda dirigir la nueva visión para nuestros hoteles, que sea el rostro visible y que planee estos eventos, por supuesto. El sábado me impresionaste, tanto que me gustaría que te postularas para ocupar esa posición, siempre que dirigir el servicio de bodas para un hotel de cinco estrellas Forbes, con un restaurante premiado, sea de tu agrado.

A pesar de estar impactada, logro elaborar una pregunta coherente:

–No buscas a alguien que organice eventos generales, ¿verdad?

–No –asegura con una sonrisa–. Busco a alguien que se especialice en bodas y construya una marca en esa área en particular.

–Bien, lo entiendo. –Me seco las manos en la falda y exhalo despacio–. Otra pregunta: trabajo con una asistente que tendrá que ser parte de cualquier oferta que considere. ¿Es posible?

Rebecca asiente con más energía ante la pregunta.

–Si ocupas el puesto de directora, podrás contratar a tu propio personal. Si quieres contratar a tu asistente actual, no tengo ningún problema con eso. Autorizaré un salario de cincuenta mil para un asistente de tiempo completo.

–¿Y mi salario?

–El doble. Para trabajar en los tres hoteles, claro.

Por dentro, estoy festejando como una niña. *Cien mil dólares. Santo Dios.* ¿Esto es real? Quiero chillar, pero contengo la emoción y evalúo las posibilidades. Si consigo este trabajo, el problema con el alquiler sería insignificante. Me trasladaría a un lugar más grande y cómodo en el Cartwright, y también duplicaría mi salario. Es la oportunidad que nunca imaginé que tendría, y mi madre y mis tías estarían extasiadas, pero no puedo apresurarme. Tengo que seguir buscando una oficina alternativa en caso de que esto no funcione. ¿Intentaré conseguir el trabajo de todas formas? Por supuesto que sí.

–¿Quieres que haga una entrevista para el puesto? ¿Hoy?

Hasta recién, Rebecca se movió con confianza, pero ahora parece más insegura y mueve las manos como si estuviera nerviosa. Veo que mi pregunta, a pesar de ser simple, no es fácil de responder.

–Seré honesta. En el momento en que te conocí, supe que sería difícil elegir entre tú y mi candidato predilecto hasta ahora.

Vaya, qué fiasco. Hay alguien más (seguro alguien tan impresionante y calificado como yo) que ha despertado su interés. Bueno, supongo que tendré que esforzarme el doble para probar que soy la mejor opción.

–Aquí es donde el equipo de marketing entra en la ecuación –continúa ella, luego mira el reloj y se pone de pie–. Pasemos a una de las salas de conferencias, así hablamos más tranquilas.

Me levanto de un salto, hecha un manojo de energía a punto de explotar, pero me obligo a calmarme.

–Claro, después de ti.

–Resulta que un equipo de marketing muy talentoso vendrá hoy –explica mientras camina con el torso levemente girado hacia mí–. Creo que podríamos reunirnos todos en la sala de conferencias, así en una sola reunión te termino de explicar la propuesta y los pongo a ellos al tanto de todo. Ellos te ayudarán a presentar tus ideas, y creo que se llevarán muy bien. ¿Qué te parece?

–Suena perfecto.

Entramos a la sala de conferencias y señala una silla en la cabecera de la mesa.

–Ponte cómoda. ¿Necesitas algo antes de empezar? ¿Quieres café? ¿Agua?

Si hay algo en lo que soy buena, es en pasar todo el día sin beber ni una gota de líquido. La deshidratación es una posibilidad en cualquier momento. Cuando estoy nerviosa (como ahora), la idea de derramarme líquido encima o, peor, derramarlo sobre otra persona, me altera aún más. Así que no, no quiero nada de beber. Exhibo una sonrisa medida con la esperanza de proyectar confianza, me siento en la silla y me aliso la falda ajustada con las manos.

–Así estoy bien, gracias.

–Maravilloso. –Rebecca, que estaba recostada contra el marco de la puerta, se endereza–. Iré a buscar a los chicos para que podamos comenzar. Vuelvo en un segundo.

Ahora que estoy sola, observo el lugar en busca de un punto focal al que aferrarme durante la reunión en caso de que necesite calmar los nervios. Es un truco que aprendí en la universidad, cuando el consejo de mi madre de imaginarlos a todos en ropa interior dejó de funcionarme. En aquel entonces, me distraía intentando adivinar qué marcas usaban mis compañeros y profesores, qué estilos les quedarían mejor y demás. No hay nada peor que imaginar a tu profesor con una corbata a cuadros y una tanga de leopardo.

La escultura de un ave fénix, sobre el único aparador de la sala, atrae mi mirada de inmediato. Eso servirá, y creo que será necesario. Rebecca no me engaña con su traje casual y su amabilidad: cada paso que doy es parte de mi entrevista, y el equipo de marketing al que se refirió al pasar como «los chicos» aumentará mis posibilidades de conseguir esta oportunidad irrepetible. O me las quitará todas. Así que tengo que dar una buena primera impresión. Si les muestro mi experiencia y los convenzo de que soy competente, quizá se pongan de mi lado. Y ya que estoy compitiendo por el puesto, cualquier ventaja, sin importar cuán pequeña sea, servirá.

Un minuto después, escucho la risa de Rebecca en el corredor como una trompeta que anuncia su llegada, así que me pongo de pie, me acomodo la chaqueta y estiro los labios. Cuando la puerta se abre y «los chicos» entran, todo el aire se esfuma de la habitación y lo reemplaza una repentina atmósfera tóxica que hace que sea imposible respirar. Una buena palmada en el trasero me ayudaría a recordar que necesito inhalar oxígeno, pero no soy una bebita, y a estos hombres no podría importarles menos si me encuentro bien o no.

Y no lo estoy. No me encuentro bien.

Porque aquí, en toda su hermosa y despiadada gloria, se encuentra mi exprometido o el Bastardo Mayor, como lo bauticé desde que me dejó plantada en el altar. Como si eso fuera poco, el peor padrino de la historia (su hermano, Bastardo Menor), está a su lado.

Maldita sea mi vida.

¿Qué hacen aquí? ¿Juntos? Lo último que supe de

Andrew fue que se había mudado a Atlanta para trabajar en el equipo de marketing de una firma legal internacional. Su hermano vive y trabaja en Nueva York, o eso creía. Bueno, al parecer, hoy no es así. Hoy son los protagonistas de mi pesadilla. Y a juzgar por sus ojos desorbitados, ellos tampoco esperaban este reencuentro casi familiar. Andrew incluso luce un poco verdoso. No me sorprende que no hagan ni digan nada, supongo que esperan que yo defina el tono de este desafortunado encuentro.

Rebecca me mira con una sonrisa alegre antes de presentarnos.

–Caballeros, les presento a Carolina Santos, pueden llamarla Lina. Ellos son Andrew y Max, son hermanos y colegas.

Merda. Así *no* es como imaginé que sería este día, ni siquiera se acerca. Quería demostrarle a Rebecca que no se equivocaba conmigo. Pero en lugar de eso, en los próximos segundos, descubrirá que el agente de marketing al que tanto aprecia abandonó en el altar a una de los dos candidatos a los que entrevistará para un puesto increíble. ¿Cómo se supone que la convenza de que Andrew y yo podremos trabajar juntos para crear la identidad de marca al servicio de bodas del hotel? Ni siquiera estoy segura de que podamos hacerlo.

Y si Rebecca está considerando los pros y contras de dos candidatos igual de buenos, ¿descubrir que una de ellos tiene una carga tan pesada detrás la hará escoger al otro? ¿Por qué se metería en este drama si lo descubre antes de invertir un tiempo razonable en dicha candidata?

Y no se trata solo de la incomodidad de trabajar con mi exprometido. Me gano la vida creando la ilusión del «felices por siempre», por lo que admitir que no encontré el mío me convertiría en un auténtico fracaso. Lo que hago es juzgado con ese lente, a pesar de que no tiene nada que ver con mi capacidad como organizadora de bodas. No es mi culpa, claro, tampoco es un estigma, pero si las personas fueran honestas con ellas mismas, confesarían que sentirían pena por mí al enterarse de que me abandonaron; en especial por la naturaleza de mi negocio.

Para ser honesta, quisiera dejar que un mar de lágrimas corriera por mi rostro, pero me *rehúso* a que cualquiera en esta habitación me vea como a alguien débil que no merece su respeto. Necesito una forma de neutralizar la situación para poder actuar de acuerdo con las expectativas de Rebecca. No puedo permitir que este reencuentro ocurra delante de ella.

Sin terminar de formar la idea en mi mente, estrecho la mano de Andrew y le doy un apretón firme y desesperado.

–Es un placer conocerte, Andrew. Rebecca dice que eres muy talentoso, así que me emociona que podamos trabajar juntos.

Él abre la boca, la cierra y la vuelve a abrir, mientras que yo le suplico con la mirada que siga mi plan improvisado de fingir que somos extraños.

–Eh...

Sí, es rígido como siempre, aun cuando está nervioso. Aunque luce bien; le ha crecido el cabello y su piel blanca tiene un brillo vital. El traje azul que lleva acentúa sus hombros anchos y su cintura delgada, como si su cuerpo sirviera de molde para maniquíes masculinos. Todo eso es genial, pero lo que yo entiendo ahora es que Andrew es como un currículum perfecto: o pasó por una instancia de embellecimiento exhaustivo o evitó incluir en su hoja de vida mucha información poco favorecedora.

Por su parte, Max parece haber atravesado una pubertad tardía entre los veinticinco años y el día de hoy porque *no* lucía así de bien la última vez que lo vi. O quizá, hace unos años, no tenía la mente para notarlo. Como sea, el tiempo fue demasiado generoso con el hermano menor de Andrew. Desde el cabello oscuro peinado sin esfuerzo, hasta la línea afilada del mentón, todas las partes individuales se combinan para crear un todo impresionante. Aunque es unos centímetros más bajo que su hermano, consigue dominar la habitación. No podría mezclarse con el entorno por mucho que lo intentara. Además, tiene lindos ojos y muslos gruesos, una combinación letal que es un desperdicio en él.

También se aclara la garganta y se acerca para sumarse a las presentaciones.

–Encantado, Lina.

Ignoro su mano extendida. Se genera un momento de tensión en el que ambos nos quedamos parados mirándonos, hasta que señala la mesa de conferencias, con una sonrisa de oreja a oreja que oculta sus tendencias manipuladoras.

–¿Comenzamos? –pregunta–. Ansío saber más de ti.

No me pasa desapercibido que Max se ha metido en el

papel como un actor ganador del Premio de la Academia, mientras que su hermano mayor se deja llevar como si fuera el oso de felpa de un niño. Hay una lección en algún lado, pero estoy demasiado ansiosa para aprenderla.

–Genial –respondo.

Tras soltar un suspiro lento y, espero, imperceptible, vuelvo a mi asiento.

Andrew por fin se recupera y se une a nosotros en la mesa. Está sonrojado y le brilla la frente por la transpiración. Perfecto. Merece sentirse incómodo. Hablamos una sola vez después de la boda fallida, cuando reunió el valor para decirme que buscaba *más*. Más afecto, más diálogo, más sexo, más de *todo*. Fue tranquilo y correcto al enumerar sus deseos desconocidos hasta ese momento para mí, una lista que es probable que reflejara los deseos de Max, no los de él. Hoy, por el contrario, su actitud inmutable ha desaparecido, y me alegra saber que está al borde del pánico.

–Así que... eh... señorita... Santos, cuéntenos de su negocio –dice después de secarse el sudor con un pañuelo.

Max oculta la decepción que siente por su hermano pasándose una mano por la cara, pero alcancé a ver cómo puso los ojos en blanco antes de borrar toda expresión de su rostro.

Mi pecho se expande al inhalar profundamente para tranquilizarme. Bien, no van a desenmascararme, eso me da ánimos. Así que supongo que haremos esto. Soy consciente de que podría ser un gran error. Un error fatal. Fatal al estilo Julia Roberts con «Trabajas a comisión, ¿no?», en *Mujer Bonita*. Pero ya no hay retorno, ¿o sí?

· CAPÍTULO CINCO ·

MAX

Con toda la sutileza posible, observo la reacción de Andrew a este giro monumental de la situación. Está sentado más rígido de lo normal y aparenta sentirse perfecto, sin perturbaciones, pero una de sus rodillas rebota a una velocidad alarmante. Cielos, creo que está a un segundo de orinarse en los pantalones.

Esta farsa nos estallará en la cara. Es un hecho. Pero ¿qué puedo hacer más que seguir el juego? Es evidente que Lina no quiere admitir que nos conoce, y ahora que nos metimos en esto, abandonar la pantomima afectaría nuestra relación con Rebecca.

Analizo a nuestra coconspiradora mientras describe su negocio; no ha cambiado mucho desde la última vez que la vi, cuando me dijo que me largara de su habitación. Tiene los mismos ojos almendrados, los mismos labios gruesos y el mismo aire majestuoso. Tiene el cabello más corto, una mata de rizos sobre los hombros, pero el resto luce exactamente igual a la mujer que mostró escasas emociones cuando le dije que Andrew no aparecería en la ceremonia. Bueno, puede que el tono de su piel se vea más cálido, pero no me engaña; su tez bronceada camufla el hielo de su interior. *No te acerques a esa mujer, Max. Es una serpiente de cascabel, enroscada y lista para atacar a su inocente presa en cualquier momento. Maldita sea, todavía tienes las marcas de los colmillos.*

–Organizo entre seis y ocho bodas al mes –relata–. Como cada una se encuentra en una etapa diferente, tengo que hacer malabares en mi trabajo, pero disfruto el desafío y ver los resultados siempre me da mucha satisfacción...

Es un discurso armado, estoy seguro. Veo el esfuerzo que hace para recordar lo que tiene que decir. Cada tanto, desvía la mirada como si observara algo en la periferia. Al seguirle la mirada, veo la estatua de un ave fénix al otro lado de la habitación. ¿Estará haciendo ejercicios de visualización para calmar los nervios? O quizá es solo que el ave es interesante. ¿Quién demonios sabe? Como sea, no puedo negar que es buena. *Muy* buena. Pero necesita relajarse; si no fuera tan obvio que el discurso está ensayado, su tono de voz mejoraría muchísimo.

Cuando Lina termina, Rebecca asiente con cortesía antes de volverse hacia Andrew y yo.

–Ustedes saben que quiero cambiar las cosas aquí. Tomaré las riendas del negocio, y mi abuelo está de acuerdo con los cambios que he propuesto. Pero hay un problema: no sé absolutamente *nada* de bodas, por eso tendré que contratar a alguien que sepa. –Gira hacia Lina–. Escuché todo lo que dijiste, el asunto es que soy una persona visual. Quiero *ver* cómo será el nuevo enfoque, y cómo hará la persona que contrate para incorporar en el combo todo lo que el Cartwright tiene para ofrecer. ¿Cómo incluirás a nuestro restaurante premiado? ¿Cómo transformarás los salones de baile? ¿Qué traerás a la mesa que nadie más pueda ofrecer? ¿Cómo venderás tu trabajo para que la pareja que quiera contratarte no crea que es muy simple? Muéstrame cómo se verá el sitio web renovado, los folletos, un puesto en una exposición de bodas, y demás.

Mierda, si Rebecca está dispuesta a esforzarse tanto en la búsqueda del candidato, ¿cuánto ganará Lina si resulta elegida? Santo Dios, no quiero saberlo. Podría sentirme tentado a cambiar de carrera.

–En síntesis, un simulacro de cómo sería si me contrataras como la coordinadora de bodas del hotel –concluye Lina.

–Sí, exacto –confirma Rebecca.

–¿Cuánto tiempo tendría? –Lina tiene el ceño fruncido, la primera señal de que le preocupa la propuesta de Rebecca.

–Alrededor de cinco semanas. Me gustaría ocupar el puesto antes de la próxima reunión de directorio.

–Es factible. –La expresión adusta de Lina se relaja, luego nos señala a mi hermano y a mí–. ¿Y estos caballeros me ayudarán a hacerlo?

–Sí, uno de ellos.

Esa respuesta me llama más la atención que cualquier otra cosa.

–¿Solo uno? –le pregunto a Rebecca, que nos sonríe a todos con inocencia.

–Bueno, este es el asunto: antes de conocer a Lina este fin de semana, había considerado contratar a otra persona. Estaba en casa pensando en eso, cuando mi novio empezó a ver *Hell's Kitchen* y se me ocurrió una idea. Una semana de entrevistas con una instancia de demostraciones. Pensé: ¿por qué no hago eso con Lina y el otro candidato? –Hace una pausa para mirar a Lina–. No compartiré su nombre para proteger la privacidad. Como sea, la idea me emocionó, así que llamé a la agencia y aquí estamos. Me gustaría seguir adelante con este proceso con los dos candidatos y elegir basándome en la impresión general, en sus referencias (envíamelas, por cierto), y en su capacidad de venderme sus ideas. Creo que lo mejor sería dividir el equipo en dos y programar las presentaciones para mediados de mayo. ¿Qué les parece?

Andrew traga saliva de forma audible, de modo que todas las miradas se desvían hacia él.

–Perdón. Tengo la garganta seca. Me parece bien –dice.

–A mí también –agrega Lina enseguida.

–Lo mismo –coincido.

–Dejaré que ustedes decidan cómo dividir los equipos –continúa Rebecca mientras mira su teléfono–. ¿Quieren conversar un poco mientras hago una llamada? Ustedes no se vayan cuando terminen, ¿de acuerdo? –nos dice a Andrew y a mí–. Tengo que hablar con ustedes sobre el restaurante y los servicios del spa. Ah, y sobre el análisis del sitio web.

Después de que todos asentimos, Rebecca sale de la habitación.

Los engranajes de mi mente giran tan rápido que temo que salgan volando. La situación no podía ser mejor: mi objetivo es convencer a Rebecca de que soy el mejor para manejar la cuenta del hotel, y ella ideó un método de selección que nos coloca a Andrew y a mí en lados opuestos. ¿Cómo podría *no* alegrarme con esta situación?

Lina se relaja en el lugar, con una expresión indescifrable.

–Dejemos algunas cosas en claro antes de pasar a los detalles. Primero, son circunstancias desagradables, pero estoy decidida a sacar lo mejor de esta situación. Segundo, si tuviera opción, no trabajaría con ninguno de los dos, pero no tengo opción, así que, Max, nosotros –dice haciendo comillas en el aire– trabajaremos juntos en este proyecto. Tercero, no pienso seguir tus consejos, así que no te molestes en ofrecérmelos. Rebecca no tiene por qué conocer los detalles de nuestra cooperación, y estoy dispuesta a aceptar toda la responsabilidad de los resultados. Lo mejor que puedes hacer es mantenerte fuera de mi camino y dejarme hacer el trabajo pesado. ¿Está claro?

Demonios. ¿Cómo podría no alegrarme con esta situación? Pero una vocecita pesimista hace aparición en mi mente y susurra: *Todo va a salir mal.*

Andrew se aclara la garganta y se inclina hacia delante.

–Esperen. Esto se está saliendo de control. Quizá deberíamos recapacitar y pensar en decirle la verdad a Rebecca. Podemos explicarle que…

Lina y yo negamos con la cabeza, así que él cierra la boca.

–¿Cómo lo harás, Andrew? ¿Le dirás que nos pusimos nerviosos y decidimos fingir que no nos conocíamos? –pregunta Lina.

–Es la verdad, ¿o no?

–La verdad nos hace quedar como idiotas –comento.

–*Somos* idiotas –agrega Lina–. Mira, no sé en qué pensaba en ese momento. Entré en pánico y no estoy orgullosa de mí misma. Pero decirle a Rebecca que nos conocemos sería destapar una lata de gusanos que la hará tener un mal concepto sobre nosotros. Y de verdad quiero tener la oportunidad de conseguir este trabajo, ¿de acuerdo?

Detecto un mínimo temblor en su voz y una parte de mí se compadece por su causa. A pesar de que la situación es absurda, se está esforzando por mantenerla bajo control, y eso es admirable.

Lina tamborilea dos dedos sobre sus labios, con una arruga en la frente que da a entender que está decidiendo cuánto compartir con nosotros. Luego, tras un suspiro resignado, sigue hablando:

–No espero que les importe, pero esta oportunidad resolvería un problema enorme para mí, además de que el puesto llevaría mi carrera a otro nivel. Si la relación que hubo entre Andrew y yo influyera de verdad en la decisión que debe tomar Rebecca, yo misma lo confesaría, pero en un mundo justo no debería importar. Así que hagamos lo que debemos hacer y esperemos conseguir lo que queremos. Serán cinco semanas, no toda la vida. –Mira a Andrew con determinación en la mirada–. Me lo debes.

Sí, él se lo debe... También yo.

Mi hermano hincha las mejillas y se frota el cuello mientras considera el plan de Lina.

–¿Trabajarás con Max? –pregunta.

–Así parece –responde ella y se encoge de hombros. Andrew nos mira a ambos y, al final, sonríe con suficiencia.

–Muy bien, entonces. Trabajaré con el otro candidato. Coordinaremos nuestros horarios para que no nos crucemos mientras estemos aquí. –Presiona los labios al observarla–. Es extraño, ¿no crees? Ayudaré a tu competencia.

–No me preocupa demasiado –afirma Lina inexpresiva. Su rostro es la imagen del desinterés.

Hombre, esta mujer es de otro mundo. Hace un minuto, admitió que sentía pánico y ahora lleva las riendas de esta conversación, mientras que Andrew y yo nos subimos a bordo. Me gustaría decir que tengo algo que ver con la confianza que demuestra, pero ya dejó en claro que piensa ignorar todo lo que le diga. ¿Cómo es posible que todo se haya descarrilado tan rápido?

–Dame tu número, Max. Te llamaré para que discutamos lo mínimo e indispensable que tengamos que hacer juntos. –Recito mi número en piloto automático–. Te llamaré pronto –afirma antes de salir de la sala de conferencias a paso firme sin mirar atrás; sus caderas se mecen al ritmo de los pasos.

Después de sacudir los brazos rígidos y masajearme un nudo en el cuello, giro hacia mi hermano. Muero por borrarle esa cara de satisfacción que tiene, pero nada de lo que diga servirá.

–Parece que tendremos que competir en nombre de nuestros organizadores de bodas –comenta.

–Eso creo. Debo decir que juego con desventaja –digo. Andrew bufa como respuesta. Nunca lo había escuchado hacer algo así y me sorprende. Me recuerda a la primera vez que escuche a mi madre soltar un gas–. ¿Qué es tan gracioso?

–Nada. –Levanta una copa imaginaria para simular un brindis–. Que gane el mejor.

–El mejor organizador de bodas, querrás decir.

–Sí. Eso también –dice guiñándome el ojo.

Alguien ha ganado un poco de arrogancia desde ayer. Está bien, esto es lo que hacemos mejor: intentar superarnos el uno al otro. Lo único que tengo que hacer es ganar, y una vez que le recuerde a Lina que cooperar conmigo la ayudará a golpear a Andrew donde más le duele, repensará su actitud hacia mí.

Mierda. Qué día. Apuesto a que la mayoría de los hermanos tendrían una charla diferente en este momento, enfocada en la extraña coincidencia de ver a una exprometida en estas circunstancias. Pero no somos y nunca hemos sido así. La única vez que Andrew se abrió conmigo, terminó cancelando su boda. Será mejor para todos que limitemos nuestras conversaciones a temas laborales.

–¿Qué le decimos a mamá? –pregunto.

–Solo lo necesario –responde con una mueca–. Los lineamientos básicos del trabajo. Tenemos que tratar a Lina como a cualquier organizadora de bodas, así que no tiene sentido revelar detalles que estresarían más a mamá.

No me engaña. No quiere recordarle a nuestra madre la *única* vez que la decepcionó. Después de la boda fallida, ella intentó convencerlo durante semanas de que estaba cometiendo el peor error de su vida. Ninguna mujer con la que haya salido había tenido la aprobación de mi madre antes de Lina y, por desgracia, es una condición necesaria para él.

–Está bien, no se lo diremos.

–Bien. –Se hunde en la silla–. ¿Y cuál es tu plan con respecto a Lina?

–Mmm... –Niego con el dedo índice–. No compartiremos información, ni tormentas de ideas ni estrategias. Yo trabajaré con la presentación de Lina, y tú con la de otra persona. No sería justo discutirlo.

Mira alrededor de la habitación y evalúa el cambio en nuestra forma de trabajo habitual.

–Bien. Entonces, buena suerte.

Al recordar cómo Lina nos manejó a su antojo en treinta segundos, creo que la necesitaré.

· CAPÍTULO SEIS ·

LINA

—Esto es desastroso —se lamenta Natalia al mirarse al espejo—. Parezco un personaje de *Disney On Ice* o una patinadora a punto de competir en el campeonato mundial.

Estamos en un vestidor de la tienda de Marcelo; él está en el mostrador, conversando con una mujer que no está segura del velo que ha escogido. Ayer, en los momentos en los que no estaba reunida con clientes o trabajando en una propuesta, me la pasé pensando en la reaparición inoportuna de Andrew y Max en mi vida. Por lo tanto, enfocarme en la crisis de vestuario de Natalia (que, dado que la involucra a ella, requiere todas mis neuronas), es una buena distracción.

Jaslene, que está arrodillada frente a mi prima, sacude el ruedo del vestido y la mira.

–No es así. Luces como una princesa.

–Sí. –Natalia la mira dudosa–. Una princesa de Disney, que dibuja ochos en una pista de hielo. Además, solo lo dices porque les estoy pagando por organizar la boda.

–No, Gruñonsito –replica Jaslene–. Lo digo porque es verdad.

–Da igual, aunque sea verdad, este vestido me dará pesadillas –protesta mi prima con una mano en la cintura. En un susurro, agrega–: Una en la que camino al altar y Tim Gunn y Christian Siriano aparecen desde atrás de unas plantas para decir que mi vestido necesita edición.

Eso tiene sentido. Cielos, hay *demasiada* información: tul, encaje, tafeta y un corsé festoneado con cristales bordados en un patrón intrincado. Demasiados cristales. Me tienta cantar *Libre soy* de *Frozen* a todo pulmón, pero no creo que a Natalia le agrade.

–¿Puedo sugerir algo?

–Si es algo bueno, sí –concede.

Ignoro el sarcasmo; es un mecanismo de supervivencia cuando se trata de mi prima.

–¿Qué opinas de un mono? Simple pero elegante. Y cómodo. Si quieres algo imponente, puede tener cola. –Me inclino para el toque final–. Lo mejor de todo: puede tener B-O-L-S-I-L-L-O-S.

–No deletrees tonterías tan temprano, Lina. No puedo con eso.

La miro con los labios fruncidos, ya son las once de la mañana.

–Bolsillos, perra. Bolsillos.

–Ah, ah –exclama Jaslene mientras sacude las manos–. Eso necesito: un vestido que tenga bolsillos.

Natalia pone los ojos en blanco y gira para mirarse en el espejo. Tras un largo suspiro pesaroso, inclina la cabeza para analizar su reflejo.

–Marcelo estará devastado, y odiaría herir sus sentimientos. Me ofreció este vestido gratis. Con algunas modificaciones estaría bien.

–Es tu boda y la de Paolo, no la de Marcelo. –Me paro detrás de ella y le apoyo el mentón en el hombro–. ¿Amas este vestido?

–No –admite mirándome a través del espejo–. De hecho, me desagrada bastante.

–¿Y así es cómo quieres recordar el día de tu boda?

–No, tienes razón –dice negando con la cabeza–. Un mono se vería genial. Iría perfecto con mi personalidad. Además, sería mucho más fácil ir al baño con un mono que con un vestido de novia. –Abre más los ojos y detecto el primer rastro de emoción en ellos–. Podría bailar sin problemas. Ah, podría inspirarme en los trajes de la *Rainha da Bateria* del carnaval.

–No nos desviemos –advierto–. No puedes casarte con el trasero al aire.

Gracias a la estilista dominicana que le mantiene el corte cada semana, el cabello por los hombros de Jaslene baila en el aire cuando ella aplaude emocionada.

–Chaparreras púrpuras sin retaguardia y una corona

gigante, sería *perfecto*. Representaría a una princesa y al carnaval.

–Sí –festeja Natalia con los puños en el aire–. ¿Lo ves? Ella me entiende. Así podría honrar mis dos nacionalidades.

–No, estoy bastante segura de que violarías las normas sanitarias de la locación.

–Como sea –resopla mi prima–. Cualquier inspector de salubridad le daría un diez a mi trasero.

Dios. Si existe una novia que necesita ser domada, es ella. Si de Natalia dependiera, contrataría a toda una escuela de samba para que la escoltara al altar: tamborileros, bailarines, carros alegóricos, todo. Ahora que lo pienso, no me extrañaría que planeara algo así como sorpresa. Tengo que mantenerla a raya.

–Busca si hay algo en Internet que te llame la atención. Yo puedo preguntar en otras tiendas de la ciudad. Hay una razón por la que ningún vestido te ha enamorado. Tenemos que salirnos de los parámetros habituales.

–Está bien, me convenciste –asiente pensativa–. Será lo primero que haga cuando llegue a casa esta noche.

Mientras Jaslene y yo guardamos los accesorios que mi prima se ha probado, ella se ocupa de la delicada tarea de sacarse el vestido.

–¿Necesitas ayuda? –pregunto.

–Creo que puedo sola –responde detrás de la puerta doble laminada–. La cremallera debajo de los botones es una genialidad. Apuñalaría a alguien con un tacón si tuviera que lidiar con estos botones diminutos en la mañana de mi boda.

Jaslene y yo negamos con la cabeza, conscientes de que no exagera demasiado.

–Natalia, no puedes usar la boda como excusa para todo. Todos saben que apuñalarías a alguien con un tacón por cualquier motivo.

–Exacto –afirma desde el vestidor–. Por eso siempre he odiado el concepto de *noviazilla*. Para empezar, es sexista. ¿Una mujer bajo presión que dice lo que quiere? Es un *monstruo*. Pero también anula parte de mi identidad. Mis verdaderos amigos saben que siempre soy así.

Aunque Natalia no puede verla, Jaslene se tapa la boca para susurrarme:

–Es verdad.

–Cambiando de tema..., tu mamá le contó a la mía que tienes una entrevista para un puesto importante –comenta desde el vestidor–. ¿De qué se trata? ¿Y por qué no me lo contaste? –Para ser honesta, no se lo conté porque se volverá loca, y no quiero que intente disuadirme. Al menos hasta que sea demasiado tarde para que logre hacerlo. No estoy segura de qué haría si viera a Andrew o a Max otra vez, pero sospecho que involucraría a la policía–. ¿Sigues ahí? –insiste.

–Sí, aquí estoy. Podría ser una oportunidad de trabajo estelar. Sería la coordinadora del servicio de bodas del Grupo Cartwright.

–Por todos los cielos, Lina –dice al asomar la cabeza–. Es fantástico. Te felicito.

–Todavía no lo he conseguido –advierto mientras apilo

varias cajas de zapatos en una mesa auxiliar–. Hay un proceso de entrevistas.

Natalia pasa los brazos por las mangas de su camiseta antes de hacer una pausa.

–¿Qué tan difícil puede ser? –repone, y yo cometo el error de tardar demasiado en responder. Entonces, ella mira a Jaslene y me analiza de pies a cabeza–. Hay algo que no estás diciendo. Hay un inconveniente, ¿no?

Cuando vuelve a entrar al vestidor, suspiro y agradezco en silencio que me dé un respiro, es más fácil confesarle esto si no está mirándome. La explicación sale acelerada, suelto los nombres de Andrew y de Max como migajas que espero que no recoja en medio de la narrativa. Cuando termino, el silencio me sorprende y miro a Jaslene, que niega con la cabeza como si estuviera en problemas.

Antes de que pueda insistirle a Natalia para que reaccione, ella sale disparada del vestidor como una pistolera del Lejano Oeste.

–Dime que harás que sus vidas sean un infierno.

Si midiera el nivel en que las personas demuestran emociones en una escala del uno al diez, yo sería un tres, cuatro como máximo. Jaslene es un siete, con posibilidad de llegar a diez si está alcoholizada (un estado digno de apreciar si tienes la suerte de verla así). Natalia es un diez, los siete días de la semana, las veinticuatro horas del día. La mejor manera de controlar los arrebatos de mi prima es hablándole con voz suave. Es como tranquilizar a un caballo asustadizo. Llámenme la Encantadora de Natalias.

–No planeé ninguna venganza. Le dije a Andrew que se mantuviera alejado de mí y, aunque Max y yo deberíamos trabajar juntos, pienso organizar la presentación sola. ¿No es lo que ya hago con mi negocio?

Natalia toma el vestido, que está seguro otra vez dentro de la bolsa, y me lo entrega.

–El universo te está dando la oportunidad de ajustar algunas cuentas. ¿Por qué no la aprovechas?

Porque soy mejor que eso. O, para ser más exacta, porque no sé del arte de la mezquindad y nunca podré hacer justicia. Además, si reaccionara por algo del pasado, significaría que aún tiene poder sobre mí, y no lo tiene. No me agradan Andrew y Max y tampoco quiero trabajar con ellos, pero eso no me habilita a torturarlos.

–Señoritas, no crean que no he imaginado formas de llevarlo a mi propio calabozo para torturarlo, pero, a fin de cuentas, soy una profesional que ve su negocio amenazado. O consigo el trabajo o encuentro una oficina alternativa. Tengo solo cinco semanas, y esa *debe* ser mi única prioridad. Todo lo demás son distracciones innecesarias.

–Como alguien que se beneficiaría de la madurez con la que enfrentas esta situación –interviene Jaslene–, *debería* apoyar el plan, pero ahora me pregunto si necesitas darle un cierre al asunto.

–¿Un cierre? –Retrocedo y la miro con la cabeza de lado–. ¿Con Andrew?

–No, eso ya pasó. –Niega con la cabeza–. Necesitas un cierre con Max.

–Yo creo que esos zapatos de diseñador de segunda mano que usas aunque son un talle más chico te están cortando la circulación de oxígeno al cerebro.

–Qué linda. –Aprieta los labios en broma–. Como sea, lo único que digo es que Max no es solo alguien con quien trabajarás, ustedes tienen *historia*. Sentimientos sin resolver. Darle un cierre te ayudará a enfrentarlos. Creo que lo necesitarás si quieres trabajar bien con él.

Está tan equivocada que es vergonzoso. ¿En qué me beneficiaría hablar con Max sobre un día que prefiero olvidar?

–¿Siquiera me conoces, Jaslene? No me interesa revivir lo que hizo ni cómo me afectó.

–Qué tonta eres. –Me toma una mano y la sacude–. Cuando hablé de cierre, no me refería a que tuvieran una extensa charla catártica acerca de lo que pasó. –Hace ruido al mostrarme la lengua–. Me impacta admitirlo, pero creo que Natalia podría tener razón. Quizá el universo te está dando la oportunidad de ajustar cuentas. –Como me la quedo mirando en silencio, agrega–: Mira, hay diferentes formas de cerrar un asunto, una de ellas podría ser haciendo sufrir a alguien para satisfacer tu propia alma mezquina. Es solo una idea –concluye y se encoge de hombros.

–Entiendo, pero no la acepto. –Bufo–. Tengo una presentación para la que prepararme y un negocio que manejar. No puedo darme el lujo de jugar con nadie.

–Me decepcionas, Lina. –Natalia pone los ojos en blanco y gira la cabeza como un muñeco cabezón–. En especial teniendo en cuenta a lo que te dedicas. ¿No escuchaste hablar de *multitasking*? Puedes impresionar a la dichosa Rebecca y hacer sufrir a los hermanos Karamamierdas.

–¿Dostoyevski? ¿De verdad, Natalia? –Niego con la cabeza.

–¿Qué decirte? –Se encoge de hombros–. Tengo capacidad para relacionar muchos temas. –Me mira con ternura al tomarme las manos–. Escucha, eso también está bien. Tu forma de reaccionar es tan válida como la mía.

–Pero no es tan divertida, ¿no? –pregunto sonriente.

–Tú lo has dicho –dice con un guiño. Después se lleva un dedo a la boca para indicar que salgamos en silencio–. Todavía no le quiero decir a Marcelo sobre el vestido. No cuando hay público. Irá a la casa de mi madre esta noche, se lo diré allí. Cúbranme, por favor.

Jaslene y yo entrelazamos los brazos para crear una barrera para Natalia, y todas atravesamos la tienda en puntas de pie y salimos. Nos quedamos un poco más afuera, lejos de la entrada para que Marcelo no pueda vernos.

Mientras las dos conversan acerca del itinerario de la boda, miro a la distancia y me animo a contarle la historia completa a Natalia. Antes de arrepentirme, le digo:

–Hay otra cosa que no te dije.

–¿Hay *más*? –pregunta con las cejas en alto.

–Sí. Cuando vi a Andrew y a Max en la sala de conferencias, entré en pánico y fingí que no los conocía. Rebecca no tiene idea de que Andrew rompió nuestro compromiso, y ya no hay vuelta atrás. Al menos no si quiero tener oportunidad de conseguir el trabajo.

–No es posible –balbucea Natalia–. Es una locura. ¿Tú, la que planea todo hasta el más mínimo detalle, ideaste una farsa de dimensiones épicas, con la que tendrás que seguir hasta que llegue el impredecible final? –Mira alrededor con exageración–. ¿Dónde están las palomitas de maíz y los refrescos? Ya me imagino esta historia en la pantalla grande.

–Lo mismo dije yo –comenta Jaslene–. Lo de las palomitas. Sería capaz de sentarme en un cine a verla. Y ustedes saben que no me pondría un sujetador y ropa de calle por cualquier película.

–Oigan, no estoy orgullosa de lo que hice, pero sí, seguiré hasta las últimas consecuencias –interrumpo sus cavilaciones–. Quizá encuentre una forma de decírselo a Rebecca después de que haya decidido a quién contratar. Espero que para entonces le parezca más importante tenerme como su coordinadora de bodas que preocuparse por mis relaciones pasadas.

Natalia se muerde el labio inferior y me analiza el rostro.

–La esperanza puede ser eterna, prima, pero la decepción te pateará el trasero. ¿Estás segura de que sabes lo que haces?

–Claro que no. No tengo idea de lo que hago, pero no dejaré que eso me detenga. Andrew tiene motivos para seguir el juego, y su hermano está a bordo. Sé cómo manejar a alguien como Max.

Jaslene se aclara la garganta y me mira con los ojos tan saltones que dan miedo.

–¿Alergia otra vez? –le pregunto–. Mi auto estaba lleno de polen esta mañana.

–No exactamente –responde antes de toser en su mano.

–Como sea, si juego bien mis cartas, Max no tendrá incidencia en el proceso. No tiene idea; firmaré contrato antes de que se dé cuenta de que no ha sido un factor determinante.

Natalia echa la cabeza hacia atrás y suspira.

–¿Qué? –pregunto. Mira algo sobre mi hombro, con los ojos entornados en una expresión asesina–. Está detrás de mí, ¿no?

–Así es –dice Max con un rastro de humor en la voz.

Mierda. Tal vez mi vida *sí debería* ser una película.

· CAPÍTULO SIETE ·

MAX

Todo oponente, sin importar lo digno o hábil que sea, tiene un punto débil. Ya puedo anticipar cuál es el de Lina. Quiere controlar todo, y cuando no lo hace, su mente flaquea, pierde el equilibrio, se agita y altera tanto que hace cosas absurdas; como fingir que no conoce a su exprometido y al hermano durante una reunión sorpresiva. Al aparecerme aquí sin aviso, su vulnerabilidad me da ventaja. Sé que es cuestionable, pero también es necesario.

Gira para enfrentarme, un movimiento un poco tembloroso, y su rostro está contorsionado en una mueca de incomodidad. *Bien*. Mi plan está funcionando.

–Lina, es bueno verte otra vez –saludo con mi sonrisa más encantadora.

Me dedica una mirada fulminante.

–Quisiera decir lo mismo, pero estaría mintiendo. ¿Qué hace aquí, señor Hartley?

Si cree que enloqueceré porque me regaña, está equivocada. Soy un hombre de buen carácter. Se requiere una cantidad descomunal de estupidez para alterarme, y su brusquedad ni siquiera se acerca.

–Es una acera pública, señorita Santos. ¿Me cree si le digo que pasé de casualidad mientras hablaba mal de mí?

Una mujer se interpone entre nosotros y me dedica una mirada venenosa.

–No respondas con otra pregunta, fenómeno –sentencia y procede a sacarse un arete, después el otro, saca una coleta y se recoge el cabello de rizos castaños. Se está preparando para algo y, dado que se trona los dedos, no creo que sea para tomar el té–. ¿Qué quieres? –pregunta irritada.

Tengo un vago recuerdo de ella. Si la memoria no me falla, pasó corriendo junto a mí cuando Lina me echó de la habitación el día de la boda. Al parecer también estoy en la lista negra de esta mujer.

–Bueno, bueno, bueno –repito con las manos en alto–. ¿Por qué la hostilidad? No deben matar al mensajero, ¿recuerdan?

–¿Mensajero? –dice con desdén–. Qué atrevido. El hombre que convenció al prometido de mi prima de que cancelara la boda es un cómplice, no un mensajero.

Mi mirada se desvía hacia Lina: le tiemblan los labios, pero antes de que pueda parpadear, borra toda expresión de su rostro. ¿Eso piensa *ella*? ¿O solo soy un maldito por asociación?

Quisiera que me dejara echar un vistazo dentro de su mente; allí es donde todo sucede, y debe ser fascinante.

–Escucha... –Señalo a la mujer–. ¿Cómo te llamas?

–Natalia –responde entre dientes y señala a la tercera mujer–. Ella es Jaslene.

–Hola, Max –saluda seria y negando con la cabeza.

Vaya. Jaslene no parece odiarme. Es una sorpresa. Podría ser una aliada potencial.

–Escucha, Natalia –repito hacia la mujer más hostil–, por lo que escuché, entiendo que estás al tanto de todo. Eso significa que también sabes que Lina y yo no podemos evitar trabajar juntos. Así que, si no te importa, ¿podría hablar con tu prima un minuto?

–Adelante. –Se cruza de brazos y gira hacia la izquierda.

–A solas, por favor.

Natalia y Jaslene retroceden varios pasos, pero siguen cerca.

–Pasé para invitarte a almorzar. Creo que deberíamos conversar. Aclarar las cosas y pensar cómo seguir... ¿Qué dices? –le propongo a Lina.

–¿Aclarar las cosas? –Inclina la cabeza y, con los ojos desorbitados, parpadea como un búho–. ¿Por qué tendríamos que hacer eso? Somos extraños, ¿recuerdas?

Ah, jugaremos este juego, ¿eh? Muy divertido.

–Bueno, lo somos en tanto yo coopere, ¿recuerdas? Rebecca está a una llamada de distancia.

–*No lo harías*. –Erguida, me fulmina con la mirada.

Mierda. Tiene razón.

–No, no lo haría –confirmo negando con la cabeza–. Pero piensa en las películas de adolescentes. Cuando un grupo hace algo malo, siempre hay uno que se quiebra bajo presión y lo confiesa. En este caso, ese es Andrew. Si tú y yo no nos ponemos de acuerdo, él entrará en pánico y cantará como un canario.

Lina toma aire despacio y me analiza, pensativa.

–Podemos aclarar las cosas aquí mismo.

–O podemos hacerlo con un rico almuerzo. Como adultos.

Se inclina con las manos sobre los muslos, como si le hablara a un niño pequeño.

–¿Estás seguro de que no tendrás que esforzarte mucho para actuar como tal?

Dios. Cuando termine conmigo, no solo seré una marioneta; seré una mutación de mí mismo que use suéteres de cachemira, se relaje en sillas de jardín Adirondack y suelte risas ahogadas cuando alguien haga un chiste.

–Bien dicho –comenta Jaslene.

Vaya aliada.

¿Por qué me estoy sometiendo a este abuso? No pedí esto. Sí, es posible que parte de mí disfrute de este costado sarcástico de Lina, pero ese no es el punto. Si no reafirmo mi posición, Andrew logrará que su candidato gane sin inconvenientes. No puedo dejar que eso pase. Además, estoy cansado de que me castiguen por el mal comportamiento de otra persona. Por el de Andrew en particular. Entonces, frunzo el ceño y finjo confusión.

–Creo que me perdí el momento en el que yo te abandoné en el altar. –Con una mano en la cintura, levanto el mentón–. Ah, espera, ese fue mi *hermano*. Perdón, a veces me confundo. Al parecer, tú también.

Lina entorna los ojos. Natalia murmura por lo bajo. Jaslene jadea.

Mierda. Sonó mucho más fuerte de lo que quería, y ahora estoy naufragando en la isla Llegaste Demasiado Lejos, donde estas mujeres son mi única esperanza de salvación. Antes de que pueda disculparme, Jaslene se lleva a Lina a un lado. Cuando están frente a frente, le coloca una mano sobre el hombro como si la estuviera guiando durante una crisis personal.

–Recuerda, ajustar cuentas –dice en tono urgente–. Puedes con esto.

Lina pasa la vista de Jaslene a Natalia, que asiente como si fuera el Padrino y lanza un golpe silencioso al aire. Son un trío singular.

Lina inhala, con lo que su pecho se eleva orgulloso, y exhala despacio.

–De acuerdo, Max. ¿A dónde quieres ir?

¿Eso es todo? ¿No responderá a mi exabrupto? Siento como si la reina me hubiera concedido un indulto. Lo aceptaré y le sacaré provecho. Me quedan cinco semanas para aplacar los sentimientos de hostilidad.

–Tú eliges.

–¿Qué te parece el Grill de Ipanema?

–¿En Adams Morgan? Perfecto, es cerca de donde vivo.

–Está bien, te veo allí en media hora –asiente.

–Puedo llevarte si quieres –ofrezco señalando el automóvil mal estacionado. Es probable que me multen si no me voy en un minuto.

–No, tengo algo que hacer antes. Te veo allí. –Gira hacia sus guardaespaldas, y Jaslene se lleva a Natalia tomada de una manga.

Apenas había dado unos pasos, cuando Lina vuelve a llamarme y me congelo en el lugar.

–¿Sí?

–Lo espero con ansias. Y aprecio el gesto, de verdad –afirma, se acomoda un mechón de cabello detrás de la oreja y sonríe con timidez.

Es una mujer luminosa de por sí, pero esa sonrisa transforma su rostro, como si de repente brillara desde el interior. No solo me deja sin aliento, me lo roba. Tomo una inhalación profunda porque quiero mi aire de vuelta.

–Eh, sí, me alegra que lo hagamos. Te veo enseguida.

Asiente y se da la vuelta, mientras que yo me quedo aturdido, con un optimismo cauteloso por la velocidad del progreso que tuvimos. Me percato de que estuve pensando todo al revés. Interactuar con Lina no es una batalla; más bien es como preparar un buen cóctel, una ciencia que perfeccionaré con el tiempo. Ponemos a una persona que cree tener el control (Lina), añadimos a alguien decidido a desequilibrarla (yo), y mezclamos con energía. Es una copa de efervescencia, una explosión de sabor en la lengua que da paso a pequeños avances, como el que acabamos de tener. Con unos pocos ajustes, seremos tan buenos que alguien querrá embotellar nuestra química.

Química platónica, por supuesto. Entre dos personas que interactúan en un ámbito profesional y trabajan en favor de un objetivo común.

Mierda. Ya no puedo borrar ese pensamiento. Ahora soy yo el que está nervioso y hace cosas absurdas, como preguntarme qué habría pasado si hubiera conocido a Lina antes que mi hermano.

Lina y yo acabamos de ordenar nuestros almuerzos; entrada, plato principal y postre para ella (dice que le gusta elegir primero el postre y después lo demás), y plato principal para mí.

Hasta ahora, todo va bien.

Le echo un vistazo a su rostro mientras bebe su trago, un líquido turbio con menta y lima. Desde que nos sentamos, tiene una calma perturbadora, y yo estoy reevaluando cómo tratar con ella ahora que ya no me apuñala con la mirada.

–Déjame empezar felicitándote por esta oportunidad increíble. Debes haber cautivado a Rebecca. Está dedicando mucho a este proceso de selección.

Lina apoya un codo sobre la mesa y apuñala el hielo de su bebida con un revolvedor.

–Estaba pensando en eso. Me preguntaba si lo que está haciendo no es atípico de un cliente que quiere diversificarse.

Ese es un paso en la dirección correcta: está hablándome como si yo fuera un colega, como si quisiera empezar de cero. Pienso capitalizar su actitud más apacible.

–Es la primera vez que escucho que se haga algo así, pero no me sorprende. Rebecca parece la clase de persona que es feliz de seguir su propio estilo. La buena noticia es que tengo experiencia en lo que pide para la presentación, así que puedo ayudar, en especial cuando se trata de usar las redes sociales a tu favor.

–Bueno, digamos que me interesa contar con tu experiencia –comenta pensativa–. ¿Cómo sugieres que nos preparemos para la presentación?

–Simple. Por el momento, sacaría a Rebecca de la ecuación y te tomaría a ti como cliente. Lo que suelo hacer es investigar el trabajo del cliente y cómo responden los demás a él. En tu caso, tendría que hacerme una idea de cómo es organizar bodas. –Siento incomodidad por un segundo al decir eso (de mi parte, no la suya), más que nada porque recordé que planeó su propia boda, pero no pudo experimentar el gran final. Además, soy el maldito que lo mencionó al pasar más temprano. Hago el pensamiento a un lado y sigo adelante–. Así que, básicamente, buscaría lo que aportas al negocio y lo compararía con el resto del mercado. Me daría una idea de lo que los demás piensan de ti. Luego, hablaríamos sobre cómo quieres posicionarte y compartiríamos ideas acerca de cómo hacerlo. Al final, usaríamos toda la información para armar la presentación.

–Así que...

–*Bolinhos de bacalhau?* –pregunta el camarero con la orden de Lina.

–*Sim. Obrigada* –responde ella, frotándose las manos con anticipación. El camarero coloca el plato en el centro de la mesa, y Lina lo acerca hacia ella–. ¿Estás seguro de que no quieres probarlo?

–Nunca fui fanático del bacalao salado, no quiero que sea mi primer encuentro con la comida brasileña.

–Tiene sentido. –Toma uno de los buñuelos con forma de huevo, toma un bocado y gime con los ojos cerrados–. Ah, delicioso. *Exquisito.* Para nada grasoso. –Se lleva otro a la boca y tararea.

No me atrevo a mirarla mientras lleva sus bocadillos a segunda base. Es obsceno. Pero soy incapaz de contenerme y la espío de reojo. *Maldición.* La imagen es peor. Bebo un trago de agua exagerado y me regaño a mí mismo. *¿Qué te pasa, Max? Déjala comer en paz.* Quizá debería darle privacidad, o hacer un chiste para romper la tensión unilateral.

–Si quieres que te deje a solas con los buñuelos de bacalao, solo tienes que decirlo –bromeo. Lina vuelve en sí y abre los ojos. Creo que de verdad olvidó que yo estaba aquí y tengo que esforzarme al máximo para no reírme de su expresión perpleja. En cambio, señalo el plato semivacío–. Está rico, ¿eh?

–Muchísimo –afirma y se limpia la boca con una servilleta–. Volvamos a la presentación. Dijiste que tienes que hacerte una idea de lo que hago en el día a día. Entonces, ¿qué quieres, ser mi sombra?

Agradezco que nos mantenga en tema; por un minuto, olvidé por qué estamos aquí.

–Es una buena forma de decirlo. Quiero verte en tu entorno regular. También me gustaría grabarte si te parece bien. Algunas tomas podrían ser parte de una presentación en video o ayudar a tomar decisiones de diseño.

–¿Me dirás cuando grabes?

–Claro.

–Y ya que soy la clienta, escucharás mis deseos, ¿correcto?

Sí, tiene razón, pero solo en parte. No es uno de esos casos en los que se hace lo que ella quiere, porque tengo que complacer a otra clienta (la verdadera clienta).

–Los escucharé, por supuesto, pero recuerda que trabajo para Rebecca, así que debo tener en cuenta sus intereses y los del hotel Cartwright.

–Es comprensible. Gracias por ser directo al respecto.

Si no me equivoco, es otro avance: parece aceptar trabajar conmigo. Eso confirma lo que esperaba, este almuerzo es justo lo que necesitábamos.

Dos camareros sirven nuestra comida con una elegancia que me hace pensar que no estoy vestido para la ocasión. Por sugerencia de Lina, probaré *moqueca de peixe,* un estofado brasileño de pescado. Ella comerá... todo lo demás en el menú, al parecer. Los camareros hacen equipo para disponer los platillos frente a ella. Hay pollo, arroz, frijoles negros, una guarnición que parece harina de maíz, un tazón de tomates y cebolla flotando en una especie de vinagreta y un plato de verdura de hoja.

Al ver todo eso, me agacho a mirar debajo del mantel.

–¿Qué sucede? ¿Se te ha caído algo? –pregunta.

–No, estoy buscando a las personas que te ayudarán a comer todo eso.

Frunce los labios.

Ajá, Lina se está liberando.

Levanta el tenedor frente a su boca como si yo necesitara instrucciones para usar utensilios básicos.

–Come, Max. Es lo más astuto que podrías hacer.

–Bien, bien. ¿Puedo preguntarte algo antes? –digo con una sonrisa inocente.

–Claro –afirma al dejar el tenedor.

–¿Qué es eso que parece harina de maíz?

–Es *farofa*. –Esboza una sonrisa radiante que le ilumina el rostro–. Harina de mandioca tostada, infaltable en cualquier comida brasileña. Se le da sabor con un poco de aceite, cebolla y ajo. Mi madre le agrega la bendición del tocino.

Disfruta compartir esta parte de su vida, y yo desearía que nunca dejara de hablar, así que pienso en otras preguntas para mantenerla interesada.

–¿Y eso es col berza?

–Sí, al estilo brasileño. Lo llamamos *couve à mineira*. En lugar de cocinar las hojas a fuego lento, las cortamos en tiras finas y las sofreímos en aceite de oliva con ajo. ¿Quieres probar?

Me acerco, atraído por los sabrosos aromas que ascienden desde la mesa. Lina me sirve una porción de verdura a un costado del plato, y lo pruebo de inmediato.

–Vaya, es delicioso. Y la textura es interesante.

Me sonríe, pero luego su expresión se apaga como si acabara de recordar quién soy y por qué no debería ser amigable conmigo. Con un suspiro, vuelve a enfocarse en su plato, hasta que se endereza de pronto y chasquea los dedos.

–¡Ah! Me olvidé de decirte que pruebes ponerle pimienta al estofado. En realidad, olvídalo –agrega con la nariz arrugada–. Puede que sea demasiado picante para ti.

Mi mente da un vuelco. *¿Disculpa? ¿Demasiado picante?* Me río de la insinuación.

–Soy un gran fanático de la salsa de pimienta cayena. La como todo el tiempo. Quiero tener esta experiencia como debe ser, así que adelante.

Tras sonreírme, llama al camarero.

–O *senhor poderia trazer o molho de pimenta malagueta?*

–*Sério? Tem certeza?* –responde el camarero con los ojos desorbitados.

–*Sim* –asiente Lina, y él le sonríe.

–*Certeza* significa 'seguro', ¿no? –pregunto una vez que el camarero se aleja–. Entiendo algunas palabras aisladas.

–Sí, quería saber si estaba segura de pedir la pimienta.

–Entiendo. –Me limpio la boca con la servilleta–. Por cierto, el estofado está delicioso. Gracias por preguntar.

Eleva la comisura de los labios, aunque no llega a ser una sonrisa. Está distraída, probablemente porque sigue enfadada por el comentario malicioso que hice afuera de la tienda. Tenemos que superarlo, así que junto valor para hablar del elefante en la habitación.

–Lina, quiero decirte de nuevo que lamento mucho mi participación en la ruptura con Andrew.

Levanta el mentón y le da una expresión vacía a su rostro; lo hace con tanta facilidad que apuesto a que lo ha hecho millones de veces.

–No tienes que disculparte, Max. Ya lo he superado.

No me convence. Si lo hubiera «superado», ¿me habría recibido como lo hizo? ¿Daría marcha atrás cada vez que avanzamos un paso? No lo creo. Puede que no muestre señales de resentimiento directas, pero el resentimiento está ahí en algún lugar.

–Mira, entiendo por qué me guardas rencor, pero, en mi defensa, Andrew no estaba listo para casarse con nadie en aquel entonces. Lo que le haya dicho lo enfrentó a la realidad. En cierto sentido, creo que te hice un favor. –Me río con esperanzas de contagiarla, sería genial que algún día pudiéramos recordar esto con gracia, sabiendo que se salvó de un «infelices por siempre».

–Max, creo que deberías callarte antes de...

–Si hubieran sido el uno para el otro, tarde o temprano se hubieran reencontrado, ¿no? Además, estoy seguro de que habrá muchas personas felices de ocupar su lugar.

Un músculo se hincha en su mandíbula antes de que vacíe su vaso de un solo trago. Después lo deja sobre la mesa y se limpia la boca con el dorso de la mano.

–Sí, exacto.

Cuando el camarero trae la salsa de pimienta, la sirvo sobre el estofado.

–Gracias, lo esperaba ansioso –agradezco, y él se retira en silencio.

–Eso no es suficiente para tener la experiencia auténtica –asegura Lina–. Pon una porción generosa. Ah, y *tienes* que probar unos granos enteros.

Sigo su consejo y sirvo más salsa en el plato mientras me humedezco los labios con anticipación. Me ve comer a través de sus pestañas.

–Ah, tienes razón. La salsa le da un toque extra. –Siento un cosquilleo en la lengua por el calor, pero es soportable.

–¿Estás bien? –pregunta expectante.

–Genial –afirmo y me meto un grano rojo en la boca. Esta vez, siento cómo el calor viaja hasta el fondo de mi garganta y baja por mi esófago. *Vaya.* Esta pimienta sí que es fuerte–. ¿Qué clase de pimienta es?

–Malagueta. Es dos veces más picante que la cayena, pero ni se acerca al chile fantasma.

–Mmm... –Me seco la frente, me meto otro a la boca y mastico. *Mierda, ¿hace más calor aquí?* Miro alrededor; los comensales se están riendo y disfrutando de sus comidas, pero en mi mente comienzan a ser imágenes difusas, como si fueran a desaparecer si intentara tocarlas. Alguien está estirándome la lengua, porque se siente demasiado grande para mi boca. Me abanico con la servilleta de tela, al tiempo que se me llenan los ojos de lágrimas. *¿Qué demonios acabo de comer?*–. Eshtash shegura de que no era shile fantashma?

–¿Qué dijiste? –Niega con la cabeza como para aclarar las ideas–. No te entiendo.

–Shile fantashma. Pareshe un poco fuershte.

–¿Chile fantasma? ¿Parece un poco fuerte? –Resopla e inclina la cabeza–. ¿Tu lengua está bien, Max?

–Shí, shí. Eshtá bien –lo desestimo.

Inclinado con las manos en los muslos, me alejo de la mesa, y el arrastre de la silla atrae varias miradas curiosas. *Dios.* Quizá soy un dragón mutante y esta es mi primera transformación. Es un hecho que mi garganta parece capaz de emanar el fuego suficiente para carbonizar este restaurante. Con los labios fruncidos, inhalo y exhalo para intentar refrescar la boca. Uff, uff. El ardor está desapareciendo, gracias a Dios. Todavía siento la lengua como envuelta en piel de salchicha, pero sobreviviré.

–¿Quieres que le pida leche al camarero? –sugiere Lina. Su voz suena liviana, como si mi malestar hubiera calmado el de ella. Levanto la vista para mirar a mi torturadora y, a juzgar por la sonrisa que no puede ocultar, asumo que esto es justo lo que esperaba. Bueno, es algo interesante; detrás del exterior irascible, hay una bromista, y eso lo cambia todo. Basta de divertirme con su brusquedad, al diablo con preparar el cóctel perfecto. Quiero su rendición. Tengo que retirarme, reagruparme y volver a atacar. Eso necesito.

–Estaré bien, aunque no será gracias a ti.

–¿A mí? –dice en tono exagerado, con una mano en el pecho–. *Tú* querías la pimienta.

–Claro, porque tú me animaste a pedirla. No pensé que haría estallar mis papilas gustativas. No esperaba eso de ti –concluyo negando con la cabeza.

–Considérame un camaleón, Max –replica tras limpiarse la boca–. Soy capaz de camuflarme con el entorno y copiar su comportamiento.

Con un poco de suerte, se camuflará con un fantasma y desaparecerá.

–Es fascinante, de verdad. Nunca me hubiese imaginado que eras toda una bromista. Le da un gran cierre a tu personalidad competitiva.

–No sabes *nada* de mi personalidad –asevera con chispas en los ojos.

–Hoy tuve un curso acelerado sobre las cosas que te irritan, así que sé muchas cosas. También sé que querías casarte con mi hermano. Puedo inferir cuál es tu tipo de personalidad Myers-Briggs solo con esa información. ISTJ. Insensible. Soez…

–¿Qué pasa, Max? ¿Enfrentarte a alguien profundo excede tu capacidad?

Mis fosas nasales se hinchan por cuenta propia, ofendidas por la condescendencia. Repiqueteo los dedos sobre la mesa y me reclino en la silla.

–ISTJ. Insensible. Soez. Testaruda. Y…

–No te atrevas a decirlo, Max –advierte con los ojos entornados–. Si dices que soy jodida te obligaré a comer todo el tazón de pimienta.

–Nunca te diría eso –aseguro. Eso parece aplacarla, porque el vapor que emanaba de su cabeza desaparece. Me inclino con un codo sobre la mesa como si estuviera lanzando un desafío–. No, la palabra del millón es… *juvenil.*

Lina se queda inmóvil, y una vena sobresale de su frente como un alienígena en miniatura. Después gruñe. Me *gruñe*. Es el sonido más perfecto que he escuchado.

Inspirar esa respuesta en ella es demasiado gratificante y, por alguna razón indescifrable, quiero hacerlo una y otra vez.

· CAPÍTULO OCHO ·

LINA

Santo Dios. ¿Acabo de gruñir? ¿En un restaurante? Apoyo los codos sobre la mesa, me pongo una mano en la frente y espío las mesas de alrededor. Nadie parece haberlo notado. A excepción de Max, claro. Max, que a pesar de que hace un minuto lucía como un bastardo aplastado, ahora se lo ve relajado y tranquilo mientras me mira en silencio. Todo en él me molesta: su absoluta falta de consciencia de sí mismo (genuina), su sarcasmo (rudimentario), su sonrisa infantil (falsa), su estúpido mentón cincelado, que finge acariciar distraído (totalmente actuado), su cabello grueso y tan oscuro que desearía con todo mi corazón que fuera teñido, así podría imaginármelo sentado en una peluquería con papel de aluminio en la cabeza (es natural, por desgracia) y mucho más. *Grrr.*

No somos una buena combinación, eso es seguro. Presiona puntos en mí que no sabía que tenía. Pero estoy obligada a aguantarlo al menos durante las próximas cinco semanas; tal vez más. Y ahora piensa que soy tan inmadura como él; peor, es probable que se esté cuestionando mi aptitud para el trabajo en el Cartwright.

Respira profundo, Lina. Puedes arreglarlo. Me devano los sesos en busca de cualquier explicación para mi reacción explosiva a la provocación de Max. No tardo mucho en encontrar la causa: estrés. Por eso debo estar alterada. Apelo a la diosa de la tranquilidad (que tiene un parecido perturbador a la actriz del comercial de jabón íntimo Summer's Eve), y digo:

–Max, tenemos que dejar la energía negativa atrás. No es saludable para ninguno de los dos. Olvidemos los últimos minutos, ¿sí?

–Tienes toda la razón –concede con un suspiro, prueba de que no es tan imperturbable como parece–. Lamento lo que dije.

–El asunto es que estoy bajo mucha presión y creo que me está afectando –susurro inclinada hacia él–. Si fuera solo un problema, creo que estaría bien, pero en los últimos días me he encontrado con un inconveniente tras otro. La tienda de vestidos en donde tengo mi oficina cerrará. La oportunidad de trabajo en el Cartwright es muy emocionante, pero presenta sus propios desafíos. Y nunca imaginé volver a ver a Andrew, al menos no en esa sala de conferencias. No soy yo misma en absoluto.

Bueno, *sí* soy yo misma, aunque no en la versión que quiero mostrarle al mundo. O al hombre que ya me vio en el punto más bajo de mi vida.

–Es justo –afirma con el ceño fruncido–. Para ser honesto, tampoco soy yo mismo. –Señala el espacio entre los dos–. Todo esto fue innecesario, así que dejémoslo atrás. En cuanto a tu estrés, ¿hay alguna actividad que te ayude a aliviarlo? Una actividad física, quiero decir –agrega con los ojos amplios y niega con la cabeza–. Un *deporte* o algo. Lanzamiento de hacha, yoga. –Hace una mueca y se encoge de hombros–. No lo sé.

–Suele aliviarse con actividades más sedentarias –replico con la nariz arrugada–. Como mirar televisión, ir de compras, comer dulces, apagar todos los dispositivos y leer en silencio.

Se reclina en la silla y me analiza mordiéndose el labio inferior.

–Yo tomo clases de capoeira en el centro durante la semana. Es esta noche, de hecho. Es una excelente forma de liberar la tensión.

–¿Qué? –Parpadeo de prisa, incapaz de procesar lo que acabo de escuchar.

–Capoeira. Un arte marcial brasileño...

–Sé lo que es, Max –interrumpo poniendo los ojos en blanco–. Es solo que me sorprende que tomes clases.

–¿Por qué? –replica con una ceja en alto.

–Porque estamos en un restaurante brasileño hace media hora y nunca mencionaste que conocieras algún aspecto de la cultura brasileña. –También es intrigante. Sugiere que hay algo debajo de su exterior brillante e irritante.

–Ah. Bueno, ya lo sabes. –Se encoge de hombros–. ¿Te gustaría acompañarme?

–¿Qué? ¿Esta noche? –Frunzo el ceño–. No puedo.

Él asiente como si mi rechazo no lo sorprendiera.

–Supuse que te gustaría hacer algo así, música y danza combinadas con artes marciales. Bueno, puede que sea demasiada actividad, dado que dices preferir formas más sedentarias de aliviar el estrés.

El camarero se acerca a servir mi postre, un *brigadeiro* gigante, y Max se queda mirando la monstruosidad. Sí, es una bola descomunal de chocolate con granas. ¿No es esa la definición de *aliviar el estrés*? Y si Max cree que no disfrutaré hasta el último bocado, se equivoca. Puedo comer chocolate y hacer una clase de capoeira, no son excluyentes.

–¿Cuándo y dónde es la clase? Podría pasar, solo por curiosidad.

–¿La clase? –pregunta rascándose la cabeza–. Te enviaré la información cuando vuelva a la oficina. También te daré una idea de qué ropa usar, señalaré algunos sitios cercanos y te enviaré el enlace para inscribirte.

–Ah, está bien. –Hundo la cuchara en la bomba de chocolate en mi plato–. ¿Quieres probar?

–No, no puedo. Mi lengua está fuera de servicio.

Le miro la boca. Es atractiva, pero eso no importa.

–Fuera de servicio para comer cosas –agrega, y abre más los ojos–. Para comer *comida*.

–Sí, lo entiendo, Max.

La aclaración es innecesaria, claro. El estado de la lengua de Max no me concierne. Aun así, cuando alguien mete una imagen en tu cabeza que preferirías no ver, tu cerebro la graba en tu retina. *Santo Dios, ¿por qué veo imágenes de él entre mis piernas? Haz que paren. ¡Que paren!*

Max le hace señas al camarero y le entrega la tarjeta de crédito sin mirar la cuenta.

–Escucha, si quiero llegar a la clase de esta noche, tengo que volver a la oficina enseguida. ¿Te importa si me voy después de pagar la cuenta? ¿Quieres que pida un taxi o algo?

–No, estoy bien. –Niego con la cabeza y rechazo la oferta moviendo la cuchara–. Disfrutaré esto al máximo –digo señalando el *brigadeiro.*

El camarero reaparece con el recibo, y Max firma la copia del restaurante.

–¿Incluye una propina generosa o quieres que me encargue de eso? –pregunto.

–Propina incluida. Siempre. –Bien, un punto a su favor.

–Gracias por el almuerzo.

–De nada –responde al ponerse de pie–. ¿Te veo esta noche, tal vez?

–Tal vez.

–Bien, supongo que no –dice con una sonrisa cómplice.

–*Tal vez* es tal vez, Max. –Saludo con los dedos de la mano libre–. Chau.

–Adiós, Lina.

Observo cómo esquiva mesas y sale por la puerta. Ahora

me veo obligada a ir a la clase solo para contradecirlo, y apuesto a que es parte de su plan.

La próxima le daré un chile fantasma.

–¿Puedo dejar asentado que creo que esta es una pésima idea? –pregunta Jaslene mientras subimos al estudio Afro-Brasilia.

No, no la estoy arrastrando como apoyo emocional; ella también necesita aliviar el estrés. Terminar los estudios universitarios por la noche le está resultando más difícil de lo que esperaba y, como estudiante mayor de la media, que no estudia hace varios años, le está costando seguir con su nueva agenda. En cuanto a mí, dada la semana que tuve, me está empezando a agradar la idea de disfrazar la agresión física detrás de una danza intrincada. A Jaslene no le agrada tanto.

–Solo quiero demostrarle a Max que no soy tan predecible como él cree. Una clase, eso es todo. Además, tú también necesitas una pequeña distracción. Y es capoeira, ¿cómo podría no emocionarte?

–Está bien. –Pone los ojos en blanco y niega con la cabeza cuando llegamos arriba–. Pero cuando te pida que vengas a clases de pole dance, decir que no *no* será opción.

–Es un trato –concedo al atravesar la puerta.

En cuanto entramos al extenso estudio, sé que estoy en el lugar correcto. Hay una multitud diversa (muchos tienen un acento que mi mente clasifica como nativo brasileño de inmediato), que genera una energía eléctrica positiva. Sin embargo, Max no parece estar aquí. Si no aparece, estaré feliz de hostigarlo durante semanas.

Desde la puerta, Jaslene y yo estudiamos la animada escena. Poco después, un grupo de alrededor de veinte personas, de edades, géneros y colores de piel diferentes, entran desde una puerta lateral, se ubican en sillas contra la pared del fondo y posicionan sus instrumentos, incluido el *berimbau* de una cuerda, que guía el círculo de capoeira.

–Tienen una batería real. Dime que eso no te impresiona –digo mientras toco el brazo de Jaslene una y otra vez. Me sonríe a regañadientes.

–Sí, está bien, es impresionante. Pero eso no significa que sus tambores me transformarán en un fenómeno de la acrobacia por arte de magia. Quedaré como una idiota. Y Max ni siquiera apareció.

Antes de que pueda responder, un hombre de pantalones blancos, pies descalzos y una camiseta con el logo del estudio nos invita a acercarnos.

–*Olá, meus amigos.*

–*Olá, estamos aqui para a aula inicial de capoeira* –respondo, con esperanzas de que no note que mi portugués es de nivel intermedio, cuanto mucho.

Se le iluminan los ojos y comienza a hablar, las palabras fluyen de su boca con rapidez. Apenas entiendo un cuarto o un tercio de lo que dice, hasta que Jaslene levanta una mano:

–Bueno, bueno. Yo soy puertorriqueña, no brasileña, y no entiendo nada.

El hombre retrocede sorprendido, es evidente que asumió que ella era una compatriota. Como pasa mucho tiempo conmigo y con mi familia, sucede con frecuencia, en particular porque es afropuertorriqueña y su complexión es oscura como la mía.

–*E você? Brasileira?*

Me sonrojo ante su escrutinio. Siempre me avergüenza un poco cuando debo explicar que mi portugués no es fluido.

–*Sim, meus pais são brasileiros, mas eu não falo português fluentemente.*

–No hay problema, amigas. Soy Raúl, seré su instructor el día de hoy. Bienvenidas. –Se inclina y se cubre la boca para fingir que susurra–. Hice mi carrera de grado y posgrado aquí, así que estoy perdiendo el acento. Pero no se lo digan a nadie.

Sonreímos ante su esfuerzo por hacernos sentir bien, nos presentamos y estrechamos su mano. Luego le explicamos que somos nuevas en la clase y que nos la recomendó alguien que la toma.

–Max Hartley, ¿lo conoces?

–No estoy seguro –responde con el ceño fruncido–. Pero el alumnado es muy fluctuante. Lo reconoceré cuando lo vea. –Se frota las manos y sonríe en grande–. Como sea, la pasarán muy bien –asegura y gira el torso para mirar alrededor–. Dejen sus cosas en un cubículo y busquen un lugar para elongar. Los vestuarios están atrás. Comenzaremos en cinco minutos.

Después de que dejamos nuestras cosas, Jaslene se

desploma en el suelo, para dramatizar su oposición a ser arrastrada a la pelea entre Max y yo. Con un suspiro, se masajea los dedos del pie.

–¿Puedo hacer una observación?

–Claro. –Me paro junto a ella y estiro las pantorrillas

–Cuando te dije que fueras mezquina, pensaba que serías más sutil.

–¿La pimienta fue demasiado? –Me siento junto a ella con pesar.

–Sí, Lina, lo fue. Como si alguien te hubiera dicho que coquetearas, y tú hubieras enseñado los pechos.

–¿Mostrar los pechos no es coquetear? –replico fingiendo confusión.

–¡Hola! –Max aparece entre nosotras de pronto, por lo que ambas nos sobresaltamos con gritos ahogados. Él se acerca más y nos ofrece una sonrisa burlona.

–¿Qué demonios, Max?

Sí, me sorprendió, pero lo peor es la vergüenza. Justo tenía que estar hablando de pechos cuando apareció.

–Perdón –se disculpa–. No quería interrumpir, solo vine a saludar.

Bien, parece que no escuchó. Pequeños milagros cotidianos.

–Hola –responde Jaslene con una alegría traicionera.

–¿De dónde saliste? –pregunto.

–Estaba en el vestuario cambiándome –explica señalando su ajustada camiseta blanca sin mangas y pantalones deportivos–. No puedo hacer capoeira en traje formal.

Cuando se pone de pie, me veo forzada a enfrentar una verdad incómoda: Max tiene un pecho digno de verse, esculpido. La clase de pecho que puedo imaginar sin camiseta. Además, está tonificado donde debería estar la barriga de una persona promedio. Sus abdominales son tan odiosos que se asoman a través de la ropa. Y, Santa Madre, la definición de sus brazos es señal de que es adicto al ejercicio o se masturba con frecuencia. Ahora que lo pienso, su antebrazo derecho *está* más desarrollado que el izquierdo.

¿De dónde salió Hartley el sexy?

Si no enderezo la cabeza rápidamente, me dará un calambre en el cuello, pero mi mente está teniendo problemas para procesar la avalancha de información. Es muy difícil de digerir. Información como esta debería ser dosificada con cuidado por la seguridad de todos; hacer lo contrario sería irresponsable. *Qué vergüenza, Max.*

A la señal de Raúl, la batería empieza a tocar un ritmo afrobrasileño, y los presentes se dispersan para buscar sus lugares. Mientras tanto, insto a mi mente a que olvide todo lo que acaba de ver.

Max se ubica a mi lado y se acerca para hablarme al oído:

–A menos que alguien te lo pida, mostrar los pechos es tan malo como mandar una foto indeseada del miembro.

Dios. Lo odio. Si existe justicia en este mundo, esta clase me enseñará a patearle el trasero.

Después de guiarnos en una serie de ejercicios de estiramiento para calentar, Raúl se dirige al frente de la clase, con el sonido de la batería de fondo.

–El origen de la capoeira no es preciso, existen varias teorías al respecto. Lo que sí sabemos es que este arte marcial recibió fuerte influencia de los esclavos africanos que fueron trasladados a Brasil en el siglo XVI. ¿Sabían que Brasil no abolió la esclavitud hasta 1888 y que la trata de esclavos llevó a casi cuatro millones de personas al país? –Algunos compañeros niegan con la cabeza, mientras que otros, familiarizados con la historia del país, asienten como si no fuera nada nuevo–. Hay quienes creen que la capoeira se originó en los cuarteles de los esclavos o en los quilombos, que eran los asentamientos fundados por quienes escaparon de la esclavitud. La idea era poder disfrazar el entrenamiento como un juego o un baile. Hoy en día, sabemos que es un arte marcial y un símbolo de la cultura brasileña. –Separa los pies al ancho de caderas y coloca las manos en la cintura–. La clase de hoy será sobre la *ginga*. No se puede hacer capoeira sin ella, así que nos enfocaremos en este movimiento. Después sumaremos un poco de diversión con la *meia lua de frente,* que es una clase de patada frontal. Ah, casi lo olvido –advierte con un dedo en el aire–. ¿Tenemos a alguien que ya haya participado? Porque debería ser la primera clase para todos ustedes. La clase de seguimiento será después de esta.

Giro en dirección a Max, esperando ver que levante la mano y se disculpe con timidez, y le dedico una sonrisa maliciosa a Jaslene, que está del otro lado de él. Sin embargo, Max está allí parado, escuchando a Raúl con atención y sonriéndoles a sus compañeros.

–Ey, te equivocaste de clase –le digo.

–No. También soy principiante –responde sin desviar la vista del frente.

–Ustedes son increíbles –protesta Jaslene.

–¿Qué? ¿No dijiste que tomabas esta clase? –pregunto de costado–. ¿Estás bromeando?

–No, dije que tomaba una clase –susurra–. Aquí estoy, en una clase. No mentí. Solo soy igual de novato que tú.

Dirijo la mirada al techo y cuento hasta diez. Tengo dos opciones claras: enojarme o ser mezquina. Elijo la segunda, solo tengo que definir cómo.

–Oye, no hay necesidad de quedarse con la mirada perdida. La verdad es que hace tiempo que quería tomar esta clase y está muy cerca de mi casa. Como mencionaste que estabas estresada, supuse que podía inscribirme y que tú también te beneficiarías al venir.

Eso me tranquiliza, pero solo un poco. Sigo molesta porque me trajo aquí con engaños, así que merece una venganza.

–Está bien, Max. Ya que estamos aquí, aprovechemos.

–Muy bien, elijan un compañero –indica Raúl–. Se enfrentarán para practicar la *ginga*. –Luego se dirige a Jaslene con una sonrisa dulce–. Sé que estás nerviosa, así que puedes trabajar conmigo si quieres.

Sí, Jaslene está nerviosa, pero sospecho que no es la única motivación para el ofrecimiento de Raúl. Mi amiga me mira en busca de aprobación, y asiento con la cabeza. Al ver que todos se están emparejando rápido, señalo a Max con el mentón.

–¿Qué dices? ¿Quieres hacer la *ginga* conmigo?

–¿No crees que eso es demasiado directo? Apenas nos conocemos, ¿no deberíamos tener una cita o algo antes? –Cuando lo miro con rabia, se endereza–. Está bien, hagámoslo.

Seguimos las indicaciones de Raúl, que nos guía por los movimientos de pies, una serie de pasos sencillos que incorporan el vaivén característico de la capoeira. Enfrentados, Max y yo nos mecemos de lado a lado y retrocedemos, con los brazos en alto para protegernos el rostro.

–A medida que se sientan cómodos con la *ginga*, pueden sumar sus propias expresiones –anuncia Raúl–. Un poco más de movimiento en la cadera, más libertad en las piernas. Luego, pueden probar la *meia lua de frente*, que no es más que una patada frontal que se transforma en *ginga*, seguida por una segunda patada con la otra pierna y de vuelta a la *ginga*. –Procede a demostrar el movimiento varias veces–. Repitan los pasos hasta que se sientan cómodos.

La batería reduce el ritmo de la música, y al repetir los pasos indicados al compás del *berimbau*, la *ginga* comienza a sentirse sorprendentemente fluida. Sin embargo, aunque espero que me envuelva una sensación de paz absoluta, mi mente no deja de recordar cómo he llegado hasta aquí. Max no es un alumno regular de esta clase. *Qué maldito.*

–Es genial, ¿no crees? –pregunta Max mientras se mece frente a mí. Se atiene a la *ginga*, sin incorporar las patadas que Raúl nos ha animado a practicar–. Creo que le estoy encontrando el ritmo.

–¿Eso crees? Bueno, entonces déjame probar una *meia lua de frente* contigo. No puede ser tan difícil, ¿no?

–Adelante –sonríe.

Seguimos con los movimientos *ginga* un poco más, hasta que entro en acción y elevo la pierna en un arco frente al rostro de Max, como mi hermano Rey me enseñó.

No estaba preparado para el ataque, así que retrocede sorprendido y cae sobre su trasero. Se esfuerza por levantarse, protestando contra las personas vengativas, justo cuando Raúl se acerca a nosotros.

–Eso fue excelente –me felicita–. ¿Lo habías hecho antes?

–Solo en casa. Mi hermano tomó clases hace unos años y me usó como compañero de práctica.

–Qué curioso que no lo mencionaras –comenta Max mientras se frota el trasero.

–Mi hermano no es instructor –replico con una sonrisa presumida–. Lo hacíamos por diversión. No era una clase, así que soy novata como tú. ¿Quieres intentarlo otra vez?

–¿Raúl? –llama ignorándome.

–¿Qué, amigo? –pregunta el instructor.

–¿Puedo cambiar de compañero, por favor?

–Ven –admite el otro con una sonrisa–. Lina y Jaslene pueden unirse y tú trabajarás conmigo.

Resoplo hacia Max y lo saludo mientras se aleja (escapa) con Raúl al otro lado del estudio. Él tenía razón: la capoeira es efectiva para aliviar el estrés. Ya me siento mejor.

· CAPÍTULO NUEVE ·

MAX

Entro a la sala de conferencias tarde para la reunión semanal de personal, y ocupo la primera silla disponible. Al descender hacia el asiento, recuerdo que sigo teniendo inflamado el glúteo derecho por la paliza que Lina me dio anoche.

Segundos más tarde, mi madre entra a la sala como si fuera un general del ejército que hace una esporádica visita a sus soldados. Se ubica en la cabecera de la mesa, se inclina para leer un papel que sostiene su asistente y luego alza la vista para mirar a los presentes, hasta que hace contacto visual con cada uno.

–Muy bien, comencemos hablando de negocios. –Gira la cabeza en dirección a Andrew–. ¿Cómo van las cosas con el Grupo Cartwright?

Este es uno de los extraños momentos en los que no me molesta que se sienta inclinada a preguntarle a él primero. No estaríamos en este embrollo si no fuera por él.

–¿Con la cuenta Cartwright? –Mi querido hermano se afloja la corbata para ganar tiempo y se aclara la garganta–. Bueno, veamos, van muy bien. ¿No, Max?

Lo fulmino con la mirada desde el otro lado de la mesa; es el emperador de su propio reino de maldad. Es un experto en cargar a los demás con sus estupideces. Lina es su exprometida, no la mía, y aun así quiere que *yo* enfrente la despreciable tarea de ocultar su participación en este proyecto. Pero, como siempre, yo limpio los desastres de mi hermano.

–Cubriremos un terreno nuevo con esta tarea –comienzo a explicar–. En esencia, el cliente diseñó una entrevista extensa con dos candidatos para el puesto de coordinador de bodas. Yo trabajo con uno, Andrew con el otro. Ambos debemos hacer nuestras presentaciones en cinco semanas.

–Qué interesante –comenta nuestra madre–. Será una buena forma de ver sus diferentes abordajes para el mismo encargo.

Sí, exacto. Me alegra saber que también lo entiende así.

Su mirada pasa entre Andrew y yo.

–Solo recuerden que el objetivo también es congraciarnos con el cliente. Si es posible, queremos *todo* el trabajo de marketing del Cartwright.

–Estamos en eso –responde Andrew. No ayuda mucho.

El resto del personal informa sobre sus trabajos, y la

reunión termina antes de las once. Mientras todos salen, reviso en el móvil si me ha llegado algún correo y, al levantar la vista, veo que Andrew sigue aquí, mirándome pensativo.

–¿Qué? –pregunto.

–Conversé con el otro candidato esta mañana –comenta al tiempo que se acomoda la corbata–. Se llama Henry y parece un buen tipo. Nos reuniremos mañana para hablar de nuestros planes. ¿Cómo te va a ti?

Nada bien, pienso, pero no compartiré esa pizca de jugosa información con mi hermano.

–Ayer tuve un almuerzo de negocios con Lina. –Evalúo si contarle sobre la clase de capoeira de la noche, hasta que decido que no tuvo relación con el trabajo, lo cual es una revelación en sí misma. Ese plan tuvo el único objetivo de servir de excusa para pasar más tiempo con una mujer irritante, implacable y enloquecedora en extremo. Nada de eso es asunto de Andrew–. Hablamos acerca de un plan de acción, que espero terminar de redondear esta semana. –Solo si ella responde mis llamadas; estimo que a estas alturas ya me habrá bloqueado.

Andrew asiente con los labios apretados. Parece impresionado de que Lina y yo hayamos podido conectar.

–¿Cómo está ella? ¿Sale con alguien?

Ah, no, claro que no. Me rehúso a ser su espía o, peor, su celestino en la reconquista.

–Andrew, si quieres saber algo sobre Lina, ve directo a la fuente. No pienso estar en el medio.

–Está bien, lo entiendo. No es gran cosa –me desestima–.

Pensé que me sentiría diferente cuando volviera a verla, pero no. Estoy seguro de que no debíamos casarnos. Aunque es una gran mujer y le deseo lo mejor.

–Pero estás ayudando a alguien a conseguir el trabajo que ella desea con desesperación.

–Es un infortunio que hacer mi trabajo implique que pierda el suyo, pero Lina es profesional –comenta encogiéndose de hombros–. Lo manejará con altura.

Dios. La última vez que dijo algo así fue cuando me pidió que anunciara que no se casaría con ella.

–Te olvidas de algo.

–¿De qué? –pregunta con el ceño fruncido. Mientras espera mi respuesta, se inclina hacia el frente apenas unos centímetros, lo que me indica que solo finge que no le importa de qué se trata.

Me levanto de mi asiento y tomo mi teléfono.

–El equipo al que debes vencer somos Lina y yo. Y tengo el presentimiento de que juntos seremos invencibles.

Es probable. Bueno, *tal vez.*

Mierda. ¿A quién quiero engañar?

Mientras redacto el boceto de un boletín informativo para un cliente, me vibra el móvil en el bolsillo trasero. Lo saco sin pensar, concentrado en leer el último párrafo que escribí. Cuando por fin miro la pantalla, veo un mensaje de texto de Lina, y es la respuesta a mis plegarias.

Lina

Hola, Max. Hagamos una tregua, ¿sí?

No tiene sentido que guardemos rencor. Esta tarde me reuniré con un cliente para una prueba de pastel y pensé que sería una buena oportunidad para que me veas en acción. ¿Qué te parece?

Maldita sea, es todo lo que podría desear en un solo mensaje: perdón y pastel. Los dulces son mi debilidad y no me avergüenza admitir que me sometería a abusos terribles (renunciar a Netflix, por ejemplo) por comer mi pastel preferido a diario: el incomparable bizcocho marmolado con cobertura de *buttercream*. Nunca fui a una prueba de pastel, pero imagino que podré comer pastel, claro, y esa suena como la mejor tarde de mi vida, para ser honesto.

Max

El pastel suena como una forma excelente de empezar de nuevo, así que es un sí. ¿Cuándo y dónde?

Me envía la dirección de una pastelería y hemos acordado encontrarnos unos minutos antes de la cita para que me ponga al corriente. Ya le ha avisado al cliente que a mí me gustaría asistir, y le ha respondido que no tiene problema.

Una hora y media después, llego a Sugar Shoppe en Georgetown. Tartas, pasteles, *éclairs* y chocolates: durante un minuto, me limito a contemplar los dulces que parecen ocupar todas las superficies disponibles en la pastelería. Durante los segundos siguientes, considero arrodillarme a rezar frente a este altar de perfección azucarada. Es un lugar animado, con inmaculadas paredes blancas y varias mesas pequeñas en tonos pastel. Y el aroma, Dios, el aroma. Es como si me hubiera puesto colonia con esencia a pastel en las muñecas. ¿Cómo es que no sabía de la existencia de este lugar? ¿Hará entregas a domicilio? ¿Podría conseguir trabajo aquí?

Alguien me choca el hombro e interrumpe mi fantasía con confituras. La persona es Lina, que me mira con sospecha en el ceño fruncido.

–¿Estás bien?

–Sí. Estaba disfrutando la vista –respondo señalando alrededor.

–Es impresionante, ¿no? –pregunta sonriente y se asoma para mirar detrás de mí–. Tendría que haber una mesa reservada para nosotros. Iré a anunciarnos. –Se acerca al mostrador para hablar con la mujer detrás de la caja y, poco después, me guía a una mesa en la esquina–. Esta es la nuestra. –Nos sentamos uno frente al otro, aunque la mesa es tan pequeña que bien podríamos estar uno encima del otro–. Acogedor –comenta.

–Tú lo llamas acogedor, para mí es incómodo –bufo.

–Qué bueno que no soy la única –sonríe.

Tiene el pelo recogido en una cola de caballo, por lo que puedo apreciar sus rasgos. Hasta hoy, no había notado lo expresivo que llega a ser su rostro cuando no frunce el ceño. Cuando llegó, la arruga en su frente dejaba en evidencia que estaba ofuscada y, aun ahora, es difícil no notar el estado de ánimo que muestran sus ojos.

La mujer del mostrador se acerca con una jarra de agua y tres vasos.

–Esperan al señor Sands, ¿cierto?

–Sí. ¿Podemos apartar esta silla? El cliente usa silla de ruedas.

–Claro, la pondré atrás –afirma la mujer.

Creo que debo olvidar todos los preconceptos que tenía acerca de los clientes de Lina. Esperaba que llegara la futura novia, pero ahora veo que mi pensamiento es muy anticuado.

–Bueno, cuéntame del señor Sands.

–Dillon es el novio y estamos aquí para elegir su pastel. La novia no quiso venir porque él es el hombre más indeciso del planeta, por lo que este será un ejercicio de paciencia. También es la persona más consciente de sí misma que conozco, así que no tiene problema en admitir sus debilidades.

–Es un buen resumen –admito al ponerme cómodo en la silla–. ¿Es algo que sueles hacer para tus clientes?

–¿Pruebas de pastel? Claro. Estoy para recordarles que es posible que a los invitados no les guste un menjunje relleno con migajas de maní y cobertura de lima. No creerías lo que la gente es capaz de elegir si no les advierto que los frutos rojos son estacionales o que los invitados podrían ser alérgicos.

–Por cierto, ¿es normal que el novio elija el pastel? –quiero saber, a lo que ella niega con la cabeza.

–Porque, en algún momento, un novio se sintió dejado de lado por todas las tradiciones enfocadas en la novia, así que decidió que, aun en la boda, tenía el deber de desear una tradición enfocada solo en él.

–Por qué no me dices lo que piensas en verdad –sugiero, con una ceja en alto ante su escueta explicación.

–No puedo. –Presiona los labios para contener la risa–. Dejé la presentación de PowerPoint sobre la injusticia del patriarcado nupcial en mi escritorio.

Está provocándome; y me gusta. Tal vez más de lo que debería. Tengo la sensación de que hay otra persona por descubrir dentro de ella, y me intrigan los detalles que asoman a través de su fachada exterior.

–Ah, hay algo más que debes saber –agrega.

–¿Qué? –*Enfócate, Hartley.*

–Dillon no podrá elegir un sabor sin una segunda opinión, pero yo no puedo ayudarlo. La intolerancia a la lactosa es un gran incordio. Si te parece, podrías ofrecerte a probar con él.

–Elegiste a la persona perfecta para la tarea. –Me trono los dedos de forma exagerada–. Puedo comer pastel todo el día, todos los días.

–Esperaba que dijeras algo así –responde con los ojos entornados.

Antes de que pueda interpretar el mensaje en sus ojos expresivos, llega Dillon Sands, y me recuerda que en pocos minutos me llenaré de pastel como parte del trabajo. No podría ser más genial.

· CAPÍTULO DIEZ ·

LINA

—No sé, Max. El pastel marmolado no es mi preferido –comenta Dillon–. ¿Tú que dices? Max gira la cabeza como si mi cliente lo hubiera abofeteado.

–¿Cómo es posible que no te guste? Es la perfección emplatada. –Para enfatizar sus dichos, corta un trozo de su porción con el tenedor y se lo lleva a la boca haciendo avioncito.

Se está divirtiendo demasiado con esto, y ese nunca fue mi objetivo.

Estos dos hombres han probado ocho combinaciones diferentes de pastel y cobertura y no muestran señales de estar llenos. *Nota mental: los hombres son cerdos.*

–Oye, Dillon, adivina qué –exclama Max. Tiene los ojos caídos como si estuviera ebrio de pastel.

Dillon no está mucho mejor. Con el brazo derecho colgando del respaldo de la silla de ruedas, se abanica a sí mismo.

–¿Qué, amigo?

–Esto es lo mejor de dos mundos –responde Max antes de devorar otro bocado enorme de pastel.

Dillon se lo queda mirando, hasta que se dobla en un ataque de risa silenciosa, probablemente porque tiene cobertura en las cuerdas vocales.

No veo el chiste. ¿Será algo de hombres? ¿O la ingesta excesiva de pastel afecta a las neuronas?

–Iré al tocador. Discúlpenme un momento –anuncio y me levanto de prisa. Después de salir del cubículo y lavarme las manos, echo un vistazo rápido a mi rostro en el espejo sobre el lavabo y me retoco el lápiz labial mientras me pregunto qué ha salido mal. Se suponía que podía resultar de dos maneras. Opción número uno: Max se rehusaría a probar los sabores de pastel, por lo que ver a Dillon probando más de una docena de combinaciones de bizcocho y cobertura lo mataría de aburrimiento. Yo estuve presente el día que Dillon tenía que elegir su arreglo floral para el traje, y tardó tres horas; quería que Max experimentara eso. Opción número dos: Max comería su peso en pastel y lamentaría por siempre el día que cruzó la puerta de Sugar Shoppe. Pero se está dando un atracón de forma alegre, sin la menor preocupación por el azúcar y la grasa que está consumiendo.

Está privándome de cualquiera de los resultados que esperaba, y quiero patalear ante la injusticia. Quizá no tengo madera para hacer planes malvados. Muy bien, encontraré otra forma de tener mi venganza mezquina contra Max Hartley.

Al volver, encuentro a Dillon desplomado contra el respaldo de su silla de ruedas y a Max con la frente sobre la mesa. El mantel está oculto debajo de restos de pastel.

–¿Se encuentran bien? ¿De qué me perdí?

–Pidió algunas porciones y me desafió a una competencia de comida.

–Ambos perdieron, por lo que veo –comento al verlos desplomados en sus asientos.

–Te equivocas. Gané yo –me contradice Dillon, que abrió un solo ojo–. Debo confesar que tengo el récord de la universidad en comer más perros calientes en tres minutos.

–Me hubiera servido tener esta información hace tres minutos –protesta Max sin levantar la cabeza de la mesa.

Me choco los cinco mentalmente. *No* era así cómo imaginaba que llegaría el sufrimiento de Max, pero lo aceptaré. Cayó por su propio espíritu competitivo; eso le enseñará.

–¿Al menos decidiste una combinación de bizcocho y cobertura? –le pregunto a Dillon, que intenta asentir con la cabeza echada hacia atrás.

–Tarta de chocolate capuchino. Y pastel húmedo de mantequilla para los invitados que no comen chocolate.

–Suena perfecto. Tricia estará encantada.

–Bueno, si es todo lo que necesitabas de mí, volveré a la oficina –responde frotándose el abdomen.

–Un placer conocerte, amigo. –Max levanta la cabeza

apenas lo suficiente para estrecharle la mano–. Espero que tu boda sea todo lo que tú y Tricia desean.

–Gracias. Con Lina a la cabeza, sé que será increíble.

Una vez que mi cliente se va, soy libre de provocar a Max. Tarareando complacida, ocupo el lugar junto a él y me acerco a su oído.

–¿Cómo te sientes, campeón?

Se desploma otra vez, con una mejilla sobre la mesa, mirándome.

–Muy acalorado, lleno, hinchado –pronuncia con voz ronca–. Creo que nunca volveré a comer pastel.

–¿Ni siquiera marmolado con cobertura de *buttercream*? –pregunto, incapaz de ocultar la diversión.

–Ni siquiera ese. –Cierra los ojos y finge que llora.

Es adorable. Totalmente adorable. *No, esperen.* Intento torturarlo, no debería ser una situación tierna. Pero lo es, maldita sea. ¿Cómo podría no serlo? Parece una ardilla ebria. Una ardilla ebria muy atractiva.

–¿Quieres que te llame un taxi o algo? ¿O llamo al 911?

Levanta el torso despacio, se sacude el cabello oscuro con una mano y, con la nariz arrugada, intenta recomponerse.

–No, viviré. Sobreviví a la pimienta malagueta, ¿recuerdas? –Después gira para mirarme de frente y se limpia la boca–. ¿Luzco como si hubiera comido dos kilos de pastel?

–Sí, la verdad que sí. También tienes pastel en las cejas y en la mejilla.

–Mierda, estoy hecho un desastre –lamenta y se sacude las cejas para limpiarse las migajas.

–Ven, déjame a mí –ofrezco y lo limpio con el dedo meñique. Cuando levanta el mentón para facilitarme la tarea, no puedo evitar notar los destellos dorados en sus ojos castaños. Me doy cuenta de que está demasiado cerca, mis manos están sobre él y no deberíamos interactuar de este modo. Pero no me detengo porque lo único que quiero es delinear su ceño con los dedos, bajar por su rostro y sus labios, y es lo más cerca que estaré de hacerlo sin que piense que soy una acosadora.

De pronto, se limpia una migaja de la boca con la lengua, y mi mirada se dispara hacia la suya. No es muy difícil interpretar su mirada intensa.

Hazlo, dicen sus ojos.

Quiero hacerlo. Podría. Son pocos centímetros los que separan nuestros labios.

Un momento. ¿Qué demonios está pasando? ¿Por qué estoy siquiera considerándolo? Retrocedo de inmediato, y el eco del chirrido de la silla contra el suelo en toda la pastelería me advierte que estaba por cruzar una línea invisible.

–¿Estás bien? –pregunta con la voz afectada.

–Por supuesto. –Me limpio las manos hasta asegurarme de no tener más migajas y me pongo a revolver dentro de mi bolso para evitar la mirada provocadora de Max–. Acabo de recordar que tengo otro compromiso. Debería ponerme en marcha para llegar a tiempo.

–Claro. Yo, eh, también debería irme –balbucea negando con la cabeza.

De reojo, veo cómo se frota los muslos con las manos y

les da una palmada fuerte antes de levantarse despacio de su silla.

–Creo que saldrás de aquí con cinco kilos más –bromeo con esperanzas de romper la tensión que creció entre los dos. Quiero que vuelva por donde vino, no es bienvenida.

–No tengo dudas –coincide. Sus ojos brillan con humor.

–Ah, antes de que me olvide –digo con un chasquido de los dedos–. No puedo irme sin algunas trufas de chocolate con leche de aquí. Me recuerdan a los *brigadeiros* que venden mi madre y mi tía en su tienda.

–¿Tienen su propia tienda? –pregunta mientras me acompaña al mostrador con pasos mucho menos saltarines que cuando llegó.

–Sí, venden artículos de origen brasileño más que nada. Pero es una mezcla de cosas. Solía molestarlas con eso todo el tiempo. En broma, llamaba a la tienda Chucherías, chanclas y chícharos. No les parecía divertido. –Luego agrego hacia la mujer del mostrador–: Cuatro trufas de chocolate con leche, por favor. –Las pago y me las entrega en una bolsita blanca. Saco una enseguida para darle un bocado. Pongo los ojos en blanco mientras mastico y no me molesto en tragar antes de decir–: Delicioso.

Max me observa comer y, pensativo, se frota el mentón.

–Un momento. Creí que dijiste que eras intolerante a la lactosa.

–Nunca dije eso. –Al terminar la trufa, me lamo los labios.

–Sí, lo dijiste –insiste, y abre los ojos como platos, con incredulidad–. Por eso me pediste que le diera la segunda opinión a Dillon. Y por eso siento que alguien está amasando mi estómago mientras hablamos.

–No, solo dije que no podía ayudarlo a elegir un pastel. Y mencioné que la intolerancia a la lactosa era un incordio. Y lo es –afirmo y me encojo de hombros–. Para quienes la padecen, imagino. Además, me viste comer de postre una tonelada de chocolate cuando almorzamos juntos. No es mi culpa que hayas sacado conclusiones.

–No sé a qué está jugando, señorita Santos, pero no perdamos de vista el objetivo. –Con la cabeza de lado, se pasa la lengua por los dientes superiores y asiente como si me viera con otros ojos–. Si hacemos bien esta presentación trabajando *juntos,* en lugar de enfrentados, te espera un trabajo soñado (en tus palabras, no las mías). Creo que te haría bien recordarlo si sigues decidida a hacerme bromas.

No está diciendo nada que no sepa bien. Pero debo admitir que hacía mucho que no me divertía tanto en mi trabajo. Además, preparar la presentación y molestar no se excluyen entre sí. Ahora entiendo la idea de Natalia. ¿Qué hará Max de todas formas? ¿Delatarme? ¿Con quién? Le ofrezco la sonrisa más amplia imaginable, cierro la bolsa de trufas y le guiño un ojo.

–Gracias por el recordatorio, Max. No te preocupes, tengo control total de la situación.

–Algunas personas comen pastel, otras se comen sus palabras –comenta mientras me sigue hacia la puerta.

–¿Es alguna clase de amenaza? –Giro para fulminarlo con una mirada carente de humor.

–Sería incapaz –bufa con una mano en el pecho.

Debo conceder que el tono arrogante que le da a su voz es un buen toque, pero se equivoca. Es imposible que me coma mis palabras. Seguiré teniendo la situación bajo control. Ninguno de los hermanos Karamamierdas volverá a llevarse lo mejor de mí *jamás*.

· CAPÍTULO ONCE ·

MAX

—¡Cuidado, amigo!

Demasiado tarde. La pelota de baloncesto me golpea detrás de la cabeza con un ruido que hace que todos giren hacia mí y se estremezcan en solidaridad.

–Mierda. –Me inclino tocándome el punto que ya sé que me dolerá el resto de la semana.

–Demonios, hombre, ¿estás bien? –pregunta mi amigo Dean.

–Sí. –Me enderezo y estiro las piernas. Él ladea la cabeza para analizarme con sospecha en su rostro sudoroso.

–¿Qué pasa contigo hoy? Has estado distraído todo el tiempo. Estos tipos te aplastarán si no das el máximo, y estás dando el mínimo. Menos que el mínimo.

–Me retiro. –Tiene razón, estoy tan disperso que soy inútil en la cancha.

Con eso, mi amigo va hacia los chicos que están más cerca para avisarles que no jugaremos más, y ellos se reorganizan en un cuatro contra cuatro antes de que lleguemos a salir de la cancha. Estamos en el Centro Comunitario Columbia Heights, un lugar al que venimos cuando tenemos ganas de un juego rápido. Yo no soy un gran jugador, pero nunca estuve tan mal como hoy.

Tras una visita rápida al vestuario, me reúno con Dean afuera, en donde nos miramos un segundo antes de ponernos las gafas de sol. Somos una dupla interesante en términos de aspecto físico. Su cabello rubio ceniza nunca está fuera de lugar, mientras que mi melena oscura es siempre un caos organizado. Yo intento mantener lo más posible una barba incipiente; él siempre lleva un kit de afeitar de viaje en el bolso. Además, es terriblemente alto, al menos diez centímetros más que yo; solemos aprovecharlo como ventaja en la cancha de baloncesto, cuando no apesto, claro.

–¿Quieres venir a casa un rato? –ofrece–. La ducha es tuya si quieres. –Se acerca y olisquea el aire–. Y la necesitas.

–No, debería ir a casa –lo rechazo–. Mañana tengo un día ocupado.

Vive cerca, en un piso renovado que compró con el salario cómodo y ridículo de socio en una firma legal. Su casa tiene más accesorios que la mía, y un televisor de última tecnología tan avanzado que estoy seguro de que, algún día, lo asesinará mientras duerme. Debería sentirme disgustado por los excesos, pero Dean merece tener sus juguetes. El hombre trabaja alrededor de sesenta horas semanales, divididas entre clientes privados y *pro bono* en un arreglo favorable con la firma.

–Fue la negativa más desganada que has dicho. Trae tu trasero a mi casa; sabes que quieres hablar de lo que te tiene distraído.

No puedo discutir con eso. *Sí*, estoy distraído, y él debe ser la única persona en el mundo con la que me sentiría cómodo hablando de lo que me tiene confundido. Nos conocimos en la escuela, dejamos de vernos algunos años (durante los que yo estuve en Nueva York y él en la escuela de leyes en Filadelfia), y luego retomamos donde nos habíamos quedado cuando volvimos a vivir en la misma ciudad. Es ese amigo al que siempre vuelves, el que conoce todos tus secretos, al que no le importa que tengas defectos, el que ha visto tus fotografías del «antes» porque también está en ellas.

–Está bien, voy en bicicleta. Te veo en diez minutos.

Quince minutos después (mi estado es peor de lo que creía), toco el timbre para que Dean me abra la puerta de su edificio. Guardo la bicicleta en el depósito detrás de los elevadores y subo los tres pisos por escaleras hasta su apartamento.

Al llegar a su puerta, la encuentro abierta, así que entro y lo veo bebiendo de un botellón de agua frente al refrigerador.

–Al fin llegas –comenta tras secarse la boca.

–Me voy a bañar. Vuelvo en diez minutos. –Ignoro la provocación y apunto al baño de invitados con el pulgar.

Mientras dejo que la ducha caliente afloje mis músculos cansados, pienso en cuánta información debería compartir con Dean. Quizá no sea nada. Quizá solo es mi imaginación. Quizá soy un maldito que, de forma inconsciente, está buscando otra excusa para competir con su hermano. Dios, esto está jodido en muchos niveles.

Al terminar de ducharme, me pongo la muda de ropa extra que siempre llevo en el bolso del gimnasio, arrojo la toalla en el cesto de ropa sucia y me reúno con Dean en el sofá de cuero gris de la sala. Entonces, él apaga el televisor.

–Hay pizza recalentándose en el horno. Mientras tanto, cuéntame qué te está pasando.

Durante los minutos siguientes, le cuento sobre el trabajo con el Grupo Cartwright, a lo que no reacciona demasiado hasta que menciono que Lina es una de las organizadoras de bodas.

–Amigo, es una locura. Entiendo que estés distraído. Intentas tener más responsabilidades en la oficina, desligarte de tu estúpido hermano y ahora estás obligado a trabajar con su exprometida, y estás mintiendo al respecto.

Soy lo suficientemente astuto para saber que mis problemas no se limitan a eso. Mis preocupaciones surgen de esos asuntos *más* la emoción que sentí al pelear con Lina durante el almuerzo, el esfuerzo que puse para conseguir que fuera a una clase de capoeira a la que yo nunca había ido antes, y el momento en la pastelería que no puedo sacarme de la cabeza, cuando me limpió las migajas que tenía en la cara y se alejó de un salto como si mi piel la hubiera quemado.

–Es más complicado que eso.

–Necesitaré una cerveza –suspira con la mirada en el techo–. ¿Quieres una?

–Claro.

Mientras las busca en el refrigerador, me inclino hacia delante con los codos en las rodillas y entrelazo los dedos, intentando reunir el valor para decir esto en voz alta. *Di lo que estás pensando. No te juzgará, nunca lo ha hecho. Y te dirá la verdad, sin vueltas.*

–Bueno, ¿decías? –pregunta al reaparecer con dos botellas destapadas.

No tiene caso que intente retrasarlo, Dean conseguirá que lo diga tarde o temprano.

–Me reuní con Lina esta tarde para la prueba de pastel de uno de sus clientes. En síntesis, ella me limpió una mancha de pastel del rostro, y yo sentí... algo. No sé qué. Estaba acercándose a mí, hasta que se alejó de un salto, como si estar cerca la hubiera descolocado... Me hizo pensar que ella también lo sintió. Y no ha sido la primera vez que sentía algo. Desde que nos reencontramos en el Cartwright, he estado notando detalles en ella que creo que no debería. –Bebo un largo trago de cerveza–. Dime que lo olvide y siga con mi vida.

–Olvídalo y sigue con tu vida –repite, dándome una palmada en el hombro.

–¿Así de simple? –replico mirándolo reclinado en el sofá.

–Es así de simple –afirma con expresión sombría–. ¿Quieres que enumere doce de las miles de razones por las que es un error?

–Creo que necesito escucharlas.

Mi amigo se pone de pie y comienza a caminar de un lado al otro por la sala.

–Uno, no solo salió con Andrew, estuvo a punto de casarse con él. ¿No es suficiente? Dos, tu madre te mataría. Si supiera que Lina reapareció, le diría a Andrew que la recupere enseguida. Tres, arruinarías la relación tensa que ya tienes con tu hermano. Quizá no sea gran cosa, pero generaría momentos incómodos en la familia Hartley. Cuatro, intentas escapar de la sombra de tu hermano, pretender a su exnovia es justo lo contrario. ¿El nombre Emily no te recuerda que está destinado al desastre? Cinco, dado que siempre compites con Andrew, ¿podrás estar seguro de que no quieres estar con ella por una idea retorcida de que puedes ganarle en eso? ¿Y qué hay de ella? ¿No se preguntaría lo mismo? Y, por último, tal vez está todo en tu cabeza, y ella se sobresaltó porque fue una situación incómoda. Te lo digo como tu mejor amigo y el más inteligente. La ciudad está llena de mujeres que estarían felices de casarse, salir o tener una aventura contigo. Búscalas a ellas y deja a esta chica en particular tranquila. Te lo ruego.

Coincido con todo lo que dice. Rayos, puso en palabras todo lo que pensé en el viaje en bicicleta hasta aquí. Pero preferiría una lista más larga, de bolsillo y plastificada. Un ayudamemoria al que pueda recurrir cada vez que sea tan tonto para dejar que Lina ocupe demasiado espacio en mi mente.

–¿Qué más?

–¡¿Cómo!? –Sus cejas salen disparadas hacia arriba.

–Dijiste que me darías doce razones.

–Cielos. –Silva–. Si necesitas más que eso, San Antonio, tenemos un problema.

–Es «Houston, tenemos un problema». –Ahora soy yo el que frunce el ceño.

–No, mi exnovia era de esa ciudad. Me rehúso a mencionarla, por principios.

–Justo cuando decido que eres la persona más brillante del mundo, dices semejante ridiculez –digo con una carcajada, y él se encoge de hombros y bebe otro trago.

–Como sea, no creas que no me di cuenta de que no has respondido a mi teoría de que debes ignorar lo que *creíste* sentir al bajar de tu éxtasis de azúcar.

Está bien, es un buen punto. Yo no estaba pensando con claridad más temprano, las feromonas del pastel deben haber encendido esa chispa de atracción que sentí. Tengo que dejar esto de lado y concentrarme en los objetivos: ayudar a Lina con la presentación y ganar la simpatía de Rebecca.

–Tienes toda la razón. Borraré esa información del panorama principal.

–Excelente –festeja chocando su botella con la mía–. Ahora, dime cómo puedo ayudarte. ¿Quieres que te organice algunas citas?

–No es necesario. –Niego de forma enérgica con la cabeza–. Tengo suficientes.

–Tener cien primeras citas no es igual a salir con alguien, Max. Eso es esconderse.

–No me estoy escondiendo. Solo no estoy atándome

a nadie en particular. Sabes que no se puede forzar una relación.

–Emily te hizo pensar que no eres alguien con quien tener una relación a largo plazo. Crees que las mujeres siempre elegirán a otro antes que a ti, ¿no?

Su intento pobre de psicoanalizarme me causa gracia. Admito que la excusa de Emily para romper conmigo me afectó durante un tiempo, pero ya quedó atrás. Pensaba que mi hermano era el mejor partido, pero, para ser honesto, si lo prefería a él antes que a mí, era problema de ella, no mío.

–Amigo, la razón no es tan profunda. No tengo prisa por tener una relación seria con nadie, eso es todo.

–Porque si no lo haces, tampoco tienes que preguntarte si la chica está matando el tiempo contigo hasta que encuentre a la persona indicada.

Maldito Dean, siempre hace énfasis en la basura que prefiero ignorar. Me inclino con los antebrazos en las rodillas y las manos unidas.

–Por eso mismo debería dejar de pensar en Lina, ¿no? Si hay alguien que me haría preguntarme si no soy más que un pobre reemplazo de mi hermano, es ella.

–En realidad, le daría más crédito a Lina. Esto se trata de ti, no de ella. –Me observa con una expresión indescifrable, hasta que el timbre del horno me salva del escrutinio.

Nos levantamos de un salto del sofá para ir a la cocina. Mientras Dean se pone un guante de cocina, me vibra el móvil en el bolsillo del pantalón. Se me escapa una sonrisa al desbloquearlo y leer un mensaje de Lina:

Lina

¡Hola! El viernes a la noche tengo el ensayo de boda de unos clientes. Es otra oportunidad para que veas lo que hago. La pareja publica todo en las redes sociales, quizá podrías usarlo. ¿Qué dices? No habrá pastel, te lo prometo.

La idea de que Lina esté pensando en mí (aunque solo sea durante los segundos que tardó en escribir este mensaje), mejora un poco mi día, aunque no existe ninguna buena razón para que sea así. Maldita sea, estoy en problemas.

–Espera –le digo a Dean–, le respondo rápido.

Con la mano libre del guante, me arranca el teléfono de la mano, lee el mensaje y pone los ojos en blanco.

–No respondas. Ya es tarde, espera hasta mañana. –Lo embisto para recuperar el móvil, pero lo sostiene sobre su cabeza, fuera de mi alcance–. Tranquilo. No te desesperes.

–No estoy desesperado, solo quiero ser profesional –protesto al sentarme en un taburete en la isla de la cocina.

–No sería *poco profesional* esperar a que sea horario laboral para responderle a un colega. Piénsalo mejor. –Guarda mi móvil en su bolsillo trasero–. Por si la pizza y mi compañía estimulante no son suficientes para distraerte, me quedaré con el teléfono hasta que te vayas. ¿Trato hecho?

–Trato hecho.

Sigo ansioso por recuperar el móvil y responder el mensaje de Lina, y justo por eso no lo haré. Al menos hasta mañana por la mañana. Sea lo que sea «esto» termina hoy.

· CAPÍTULO DOCE ·

LINA

Tapo el teléfono y me aclaro la garganta para llamar la atención de Jaslene.

–Creo que encontré una opción prometedora –murmuro.

Balbucea un «¡viva!» y finge chocarme los cinco.

Las dos estamos al teléfono, buscando una posible oficina antes de que los distritos comerciales de la ciudad cierren por el fin de semana. El agente inmobiliario con el que estoy hablando, que me dejó en espera para buscar los detalles del arriendo, me dijo que su cliente acababa de bajar el precio por metro cuadrado, así que espero ansiosa el nuevo valor. Si fuera por mí, trasladaría mis cosas y las de Jaslene al Cartwright hoy mismo, pero no hay garantías de que consiga el trabajo, por eso debo buscar alternativas.

El agente vuelve al teléfono y lo escucho murmurar consigo mismo mientras se oyen papeles de fondo. ¿Por qué no tiene la información en una computadora, por el amor de Dios?

–Veamos... Ah, aquí está. Es un lugar clase B, cerca de la avenida Nueva York y del centro de convenciones. Setenta y siete metros cuadrados y posibilidad de cambiar la disposición para incluir a dos arrendatarios. Incluye un baño y fregadero. ¿Vio las fotografías?

–Sí –afirmo. La posibilidad de compartir el espacio y, por ende, también la renta, es clave, pero aún no me ha dicho el precio por metro cuadrado, así que intento controlar la emoción–. ¿Y cuál es el precio de la renta por metro cuadrado?

–Cuarenta y dos dólares con un contrato de un año, treinta y ocho si acepta un contrato por tres años.

Mis hombros caen, y cierro los ojos con fuerza. No hay forma de que pueda pagar eso *más* la renta de mi apartamento. Podría mudarme con mi madre y mis tías, pero aún no sería suficiente para que pueda pagar la oficina y me quede dinero a disposición. Conseguir más clientes sería otro camino, pero ya estoy demasiado ocupada con la situación actual. Además solo hay cincuenta y dos fechas al año disponibles, dado que la mayoría de las bodas se celebran los fines de semana.

–Ah, hay ciertas cosas que debe saber –agrega el agente–. El sistema de aspersión contra incendios y una de las puertas no funcionan. Tendrá que arreglarlos como parte del contrato. ¿Quiere recorrer el lugar?

Es un fiasco. No aceptaré una renta que no puedo pagar y, encima, hacerme cargo de los arreglos necesarios.

–Gracias por la información. Investigaré un poco más antes de agendar visitas. –Después de colgar, miro a Jaslene, que está masajeándose las sienes–. ¿Tan malo fue? –pregunto.

–Clase A. Cincuenta y siete dólares el metro cuadrado –responde.

Me estremezco al pensar en gastar tanto dinero en una oficina. Cada día que pasa, la situación parece más difícil. Si no puedo convencer a Rebecca de que soy la indicada para coordinar las bodas en sus hoteles, estoy perdida.

–No lo resolveremos hoy, y tú tienes que estar del otro lado de la ciudad en media hora –señala.

–Mierda –exclamo y me levanto de un salto–. El tiempo vuela cuando el mercado de bienes raíces de DC te patea el trasero.

–El taxi llega en cinco minutos. Al Centro Josephine Butler Parks, ¿no?

–¿Qué haría sin ti, Jaslene? –reflexiono al tomar mi bolso.

–Marchitarte y morir –bromea y me arroja un beso.

Veinte minutos después, llego a destino, una casa histórica en Columbia Heights con un terreno deslumbrante, escaleras elegantes (perfectas para fotografías de bodas) y espacio interior en caso de que el clima no ayude. Brent Sales y Terrence Ramsey, la pareja, se conocieron en la escuela de medicina. Son poco exigentes, fáciles de complacer, y tiene dos objetivos principales: que su día especial sea una fiesta y servir comida suntuosa. Los clientes como ellos hacen que mi trabajo sea un placer, sumado al hecho de que son la pareja más agradable con la que he trabajo. Ah, y son imponentes, altos, de hombros anchos y demasiado lindos para describirlos con palabras.

El grupo para el ensayo es pequeño, compuesto por tres de sus amigos más cercanos y la hermana menor de Brent. Cuando llego, la pareja, quien oficiará la ceremonia y tres de los acompañantes se encuentran en el jardín.

–Crucemos los dedos para que el clima esté así el día oficial –digo como saludo.

Brent y Terrence cruzan los dedos; la oficiante, una amiga que consiguió la licencia para celebrar bodas solo para esta ocasión, une las manos en una plegaria. Una vez que todos nos saludamos, camino con la pareja hasta la punta de la pasarela, donde iniciarán su camino.

–Una advertencia –dice Terrence con su localizador en alto–. Este fin de semana, estoy de guardia como parte de mi práctica en el hospital, así que quizá tenga que contestar el teléfono en cualquier momento, pero no será mi culpa.

–Será tu culpa –lo contradice Brent con una sonrisa–. Eres tan bueno en lo que haces que los demás te piden consejos en todo momento.

–No hay problema –les aseguro–. Nos adaptaremos si es necesario. El fotógrafo y el camarógrafo deberían llegar pronto para ver el lugar. Querrán ver dónde se ubicarán durante la ceremonia para poder planificar las tomas y buscar el mejor lugar para organizar sus cosas. Mientras tanto, reunámonos para trabajar en la caminata al altar. La banda estará aquí para la ceremonia, por supuesto, pero ahora tengo su canción en mi móvil.

Los novios han decidido que caminarán juntos, precedidos por sus acompañantes, que caminarán de uno en uno. Unos minutos después de iniciar el primer ensayo, llegan Max, el fotógrafo y el camarógrafo. Max viste unos pantalones de gabardina y un suéter de lana con escote en V sobre la camisa, sin corbata. Es imposible ignorar lo bien que luce, y desear no haberlo notado hace que esté mucho más consciente de eso.

Tras una conversación breve, el fotógrafo (supongo que está vestido), se aleja para inspeccionar su lugar de trabajo temporal. El camarógrafo lo sigue de cerca.

Max permanece a un costado esperando a que terminemos. Las gafas que lleva puestas no son tan oscuras como para esconder que está mirándome a mí, así que me ocupo dándoles a todos los detalles de cómo debe ser la caminata (sí, caminata), para prolongar el momento en el que deba hablar con él. Su presencia no debería alterarme, pero lo hace.

Al final, Brent y Terrence, fieles a sus personalidades, lo rodean en un círculo amistoso y se presentan; yo lo saludo con la mano para reconocer su presencia. No puedo ignorar que Max es tan alto y fornido como ellos. Los tres conversan y se ríen despreocupados, como si les estuvieran tomando fotografías espontáneas para una página en una revista de caballeros; me gustaría borrar a Max de la imagen mental, pero no puedo, está ahí para quedarse. Uff.

De repente, el fotógrafo aparece desde atrás de un

arbusto, y me hace gritar del susto, por lo que todos los demás giran hacia la fuente del sonido.

–Perdón –dice con la cámara en mano–. ¿Podemos llevar a la pareja al punto exacto en el que intercambiarán votos? Quiero ver dónde dará el sol y planear los ángulos.

Agradezco la oportunidad de hacer algo más que mirar a Max.

–Se detendrán al final de la pasarela –le explico–, después se ubicarán aquí, frente a frente. Las sillas estarán dispuestas para que todos puedan verlos.

Brent y Terrence ocupan sus lugares y, justo en ese momento, suena el localizador de Terrence. Antes de alejarse, se disculpa por verse obligado a contestar y, después de unos minutos, indica con una mirada apenada que la conversación no será rápida. Entonces, el fotógrafo suspira y me mira.

–Lina, ¿puedes ocupar su lugar? Solo será un minuto. Tengo otro compromiso después.

No lo pienso demasiado, por supuesto que ayudaré a que mis clientes tengan las mejores fotografías posibles. Está en mi presentación de servicios.

–Claro. Dime qué necesitas.

–¿Puedo? –pregunta señalando mis manos, y yo asiento con la cabeza. Entonces, procede a posicionarnos a Brent y a mí enfrentados y tomados de las manos–. Bien, esto debería funcionar.

–¿Podrían decir algo para que pruebe el sonido? –sugiere el camarógrafo.

–Puedo decir mis votos, me los sé de memoria –propone Brent.

–Perfecto –asiente el hombre mientras prepara el trípode–. No dejes de hablar. Lina, no temas decir algo también. Necesito escucharlos a ambos.

Brent se pone serio y me mira con adoración.

–Aquí estamos, hoy es el gran día. Por fin nos casaremos. Había comenzado a pensar que este día nunca llegaría, hasta que te conocí. Nunca imaginé que conocería a la persona perfecta para mí, pero eso es justo lo que eres. Nunca creí que alguien me querría tanto como yo a ti, pero tú lo haces.

Mi cliente está hablando desde el corazón, con palabras simples, pero de un impacto maravilloso, y no puedo evitar recordar los votos que escribí para mi propia boda; los que nunca recité porque el novio decidió que yo no era lo que quería. No es que aún sufra por Andrew, superarlo fue muy fácil. Ni siquiera es por la boda o por el matrimonio, no son pasos necesarios para sentirse realizado. Lo que anhelo es un compañero, la seguridad de saber que alguien me apoya, poder consolar y que me consuelen, amistad, vacaciones compartidas. Quizá incluso hijos algún día. Alguien sólido, predecible. Una persona que no necesite pasión ni chispas para crear una relación duradera. No sé si alguna vez encontraré a esa persona, y eso me entristece muchísimo.

Cuando siento que se me llenan los ojos de lágrimas, me horroriza notar que es demasiado tarde para contenerlas. Si tan solo fuera más fuerte, si mis tontas emociones no me dominaran siempre.

De repente, aparece una mano con un pañuelo frente a mi rostro. Al levantar la vista, me encuentro con la mirada llena de empatía de Max.

–¿Alergia? –pregunta–. Es una época fatal. Yo tampoco puedo mantener los ojos secos.

–Sí, siempre soy un caos en primavera –afirmo al secarme los ojos.

–Eso creí –comenta.

Nos miramos el uno al otro por un momento. *Él sabe.* De alguna forma supo que la emoción me había superado e intervino para salvar mi imagen. No quiero que me agrade, pero no me está dejando opción.

–Creo que necesita un momento para recuperarse –le dice al fotógrafo–. Yo podría ocupar su lugar. Solo tengo que tomar las manos de Brent y parecer enamorado, ¿no? Puedo hacer eso. Fácilmente.

Su oferta es devastadora. Está aquí como observador, pero está dispuesto a intervenir para que no me avergüence a mí misma. Aunque no quiera, aprecio su gesto. Más de lo que admitiría frente a él.

–Mucho mejor –comenta el fotógrafo con entusiasmo–. Tienes la altura perfecta.

–Entonces, hagámoslo –dice Brent.

Me hago a un lado al tiempo que los dos se enfrentan y se toman de las manos. Sonríen como si compartieran un secreto, y los acompañantes de los novios bromean mientras los observan. Brent apunta a Max con una mirada ardiente que lo hace estallar de la risa.

–Niños… –advierte el fotógrafo, sonriendo divertido

–Bueno, bueno. –Max se trona el cuello, pone una expresión neutral y mira a Brent–. Puedo con esto.

–Supe que eras el indicado el día que me enfermé y me llevaste sopa –continúa el novio, mirando a Max a los ojos–. Dijiste que no podías imaginarte no ver cómo estaba.

–Ah, eso es muy tierno. –Max agita las pestañas.

El camarógrafo les pidió a ambos que hablaran, pero no creo que se haya imaginado esto. Sin embargo, es entretenido, y tengo que ocultar la sonrisa detrás de la mano mientras los observo.

–Nunca había estado enamorado, así que no sabía qué buscar, qué esperar ni cómo aceptarlo –continúa Brent.

–Yo tampoco –coincide Max tras una larga inhalación–. Tuve una sola relación larga y fue hace varios años.

–¿Por qué rompieron?

–Ella conoció a mi hermano y me dijo que se dio cuenta de que había peces más grandes en el mar. No fue tan insensible como para irse con él, pero dejó en claro que era la mejor alternativa.

Ay, no. ¿Le dijo eso en la cara? ¿Qué clase de persona haría algo así? No sé qué sentiría si me dijeran que no estoy a la altura de mi hermano. Sería peor si el comentario fuera de alguien que pensaba que se interesaba por mí. ¿Max resentirá a Andrew por eso? ¿Ese es el origen de su rivalidad?

–Lo siento –dice Brent–. ¿Cómo te hizo sentir eso?

Mi cliente es psiquiatra y no puede resistirse. Esto podría tomar algún tiempo.

–¿La verdad? –pregunta Max con la mirada triste–. Me hizo sentir pésimo. Estoy acostumbrado a compararme con mi hermano. Es mayor que yo y competimos todo el tiempo, es esperable. Pero que mi novia me dijera que era la versión de segunda de mi hermano, bueno, seguro te imaginas que fue difícil para un chico que apenas había pasado los veinte años. Pero ya lo superé –afirma y se endereza en el lugar.

No. Creo que eso no es del todo cierto.

–Está claro que no te merecía –asegura Brent–. Las personas así…

–Está bien, Brent –interviene el otro con una risita–. Este no es el momento ni el lugar. Enfoquémonos en tus votos.

–Cierto –afirma el novio, luego estira los hombros e hincha las mejillas antes de comenzar de nuevo–. Como sea, esto era nuevo para mí, así que no confiaba y hui de la relación; te dije que no estaba listo para formalizar…

–Es importante saber si estás listo. –Max niega con la cabeza, con una sonrisa cursi–. No hay vuelta atrás, tienes que estar seguro de que es *lo* que quieres y *la* persona que quieres.

Su tono entretenido me saca del trance del momento y me lleva al pasado, a la noche de mi boda. Me imagino a Max diciéndole esas mismas palabras a Andrew… sobre mí. Si le estaba diciendo a Brent la verdad acerca de su relación, eso quiere decir que en mi boda aconsejó a su hermano sin tener experiencia en el tema. Por alguna razón, se metió en mis asuntos sin saber nada sobre mí, y no sé por qué.

Brent, por otro lado, sigue recitando los votos sin perturbarse por las interrupciones de Max.

–Pero, al final, no pude resistirme a tu amor, a tu dedicación a construir algo real conmigo. Me alegra mucho haber perdido la batalla.

–Ya fue suficiente. –Terrence reaparece y aparta a Max de su camino–. Esas palabras son para mí. Tienes suerte de que ya las haya escuchado, si no estaríamos peleando.

–Es todo tuyo. –Max retrocede, con una sonrisa genuina y las manos en alto en señal de rendición–. Eres un hombre afortunado.

Cuando gira hacia mí, dejo que me mire a los ojos; mi rostro está relajado, y espero que lo interprete como una expresión neutral.

–Gracias por tu ayuda. Yo termino con ellos. Te aviso cuando tenga otro evento que pueda ser útil.

–¿Ya terminamos? –Me evalúa con la cabeza de lado–. ¿No quieres que me quede un poco más?

–No hay mucho más que hacer. –Con la mirada en la pareja feliz, niego con la cabeza–. Repasaremos el camino al altar una vez más y luego los dejaré ir. No sabía que Terrence estaba en servicio y no quiero robarle más tiempo.

Al echarle un vistazo a Max, noto que no ha apartado la vista de mi rostro. De alguna manera, luce analítico y perdido a la vez, como si intentara descifrar algo, pero no quisiera tener que hacerlo.

–¿Qué te parece si me quedo aquí en silencio y te tomo algunas fotografías en acción? Ya les has preguntado si les parece bien, ¿no?

–Sí. Y eres libre de hacer lo que quieras. Disfruta el fin

de semana –respondo. Luego me alejo en dirección a Brent y Terrence, con la cabeza en alto y los hombros firmes. Es una marcha empoderada que quedará para la historia, agotadora pero necesaria. No quiero que Max sepa cómo me afecta. Ni siquiera me agrada reconocerlo yo misma.

Jaslene tiene razón. *Necesito* darle un cierre a esto. Cada vez que me convenzo a mí misma de que no le guardo rencor, sucede algo que me recuerda que sí lo hago. De todas formas, no puedo preguntarle por qué desalentó a su hermano a casarse conmigo, al menos no de forma directa. Sería admitir que me importa su respuesta, y tampoco estoy preparada para eso. Es una encrucijada; no sé a dónde ir desde aquí. Pero al llegar junto a mis clientes, escucho el final de un comentario acerca de la intimidante madre de Brent, y encuentro una solución. Mis parientes son un arma muy potente que no he aprovechado lo suficiente. Es hora de usar a mi familia contra Max.

· CAPÍTULO TRECE ·

MAX

De: MHartley@comunicacionesatlas.com
Para: CSantos@deltequieroalsiquiero.com
Fecha: 16 de abril – 9:32
Asunto: Próximos pasos

Hola, Lina.

Para ayudarte con tu presentación, pactada para el martes 14 de mayo, me gustaría hablar con algunos de tus clientes para conocer sus opiniones sobre ti y tus servicios. ¿Podrías enviarme los nombres y números telefónicos de tres contactos de referencia cuando te sea conveniente? También ayudaría si pudieras incluir la fecha aproximada y la locación del evento que le organizaste a cada uno.

Quedo a la espera de tu respuesta.

Saludos,

Max

De: CSantos@deltequieroalsiquiero.com

Para: MHartley@comunicacionesatlas.com

Fecha: 16 de abril – 9:37

Asunto: RE: Próximos pasos

Claro.

Anthony y Sandra Guerrero

443-555-3334

Boda en el National Mall; mayo del año pasado

Patrice Bell y Cynthia Stacks

202-555-3293

Recepción en Meridian House; junio del año pasado

Bliss Donahue e Ian Grey*

215-555-8745

Boda y recepción en el Hotel Savoy; abril de este año

*Nota: Ian es primo hermano de Rebecca Cartwright

Saludos,

Lina

P. D.: si estás libre el jueves por la noche, tengo una reunión en Maryland a la que podrías asistir. También se da el extraño caso de que no tengo eventos agendados para este sábado, así que iré a ver una locación para un cliente. Es en Virginia, a dos horas de viaje, puedes acompañarme si quieres.

De: MHartley@comunicacionesatlas.com
Para: CSantos@deltequieroalsiquiero.com
Fecha: 16 de abril – 9:41
Asunto: RE: Próximos pasos

Estoy libre para ambos eventos. Envíame la dirección de la reunión del jueves y te veré allí. Podemos hablar del sábado ese día.

Gracias.

Paso los diez minutos siguientes dejándoles mensajes a las referencias de Lina. En teoría, sus clientes deberían brindarme información de primera mano acerca de sus habilidades únicas en el trabajo, pero lo que yo busco es conocerla más allá de lo estrictamente laboral. Quiero una anécdota emotiva, un momento que haya salvado una boda, un recuerdo sobre Lina, más que sobre la boda en sí. Los clientes no contratan empresas, contratan personas, así que, en esencia, estoy buscando el ingrediente particular, más allá de su impresionante e incuestionable experiencia.

Ella de seguro no compartirá esa información, al menos no conmigo. Cada vez que pienso que dimos algunos pasos hacia un camino más firme, vuelve a arrastrarme al fango. Quizá estamos destinados a ser aliados hostiles, y supongo que debería estar agradecido de, al menos, lograr eso, dada nuestra historia. Lina no me debe nada, y debo dejar de actuar como si lo hiciera. Si existe información crucial que deba conseguir, la obtendré de sus antiguos clientes. Fin de la historia.

Siguiendo mi propia voz de mando, le dejo un mensaje a la última persona de la lista, Bliss Donahue.

Menos de diez minutos después, recibo una llamada:

–Max Hartley –contesto.

–Señor Hartley, soy Bliss Donahue. ¿Me dejó un mensaje?

–Sí, gracias por devolver la llamada. –Procedo a explicarle el proyecto en el que trabajo, sin mencionar que está relacionado con una entrevista laboral para Lina–. Me gustaría saber cuál fue su impresión general. ¿Hay algo que hubiera querido que hiciera diferente? Teniendo todo en consideración, ¿la recomendaría?

–Ah, la recomendaría de todo corazón –afirma. Suena convencida, y esa es una buena señal–. Lina sabe lo que hace, desde las cosas más grandes, como las locaciones, hasta las más pequeñas, como qué sillas plegables no pellizcarán los dedos de los invitados. La cantidad de información que tiene en la mente es abrumadora. Y no me censuró en ningún momento. Usé un vestido verde, a pesar de que estoy segura de que tenía sus dudas. Al final, mi día fue justo lo que quería. Bueno, excepto porque mi esposo tenía las cejas rasuradas.

–¿Cómo?

–Los padrinos le afeitaron las cejas la noche antes de la boda –explica con un suspiro exasperado–. Son como extras de la película *¿Qué pasó ayer*? ¿La de Bradley Cooper? Como sea, Lina lo solucionó como una profesional. De alguna manera, llegó a la boda con cejas.

–Eso es de mucha ayuda. ¿Algo más?

–Bueno...

–No se preocupe, Bliss. Mi objetivo es ayudar a Lina, así que, si hay algo que hubiera hecho que su experiencia fuera aún mejor, nos encantaría saberlo.

–Bien –admite con un suspiro–. Es solo que... No es que sea *necesario*, pero me hubiera gustado que Lina sintiera más entusiasmo respecto a las bodas. No sé. Quería que festejara conmigo cuando encontré las flores perfectas, por ejemplo. O que se emocionara cuando Ian y yo ensayamos los votos. Me dio la impresión de que no cree mucho en los «felices por siempre». Nunca ha afectado su trabajo, pero fue algo notorio. No me odie por decir esto, por favor.

–En absoluto. Le pedí su opinión honesta, y me la dio. Gracias por tomarse el tiempo para conversar conmigo.

–Claro, no fue nada –responde en tono alegre–. Buena suerte con el proyecto.

Esa era la información que esperaba conseguir, un aspecto que podría afectar el éxito de Lina, una parte de su modelo de negocios que yo podría mejorar. Ayudarla a trabajar con sus fortalezas también implica descubrir lo que los demás ven como debilidades en ella. Además, me pregunto si Bliss tendrá razón; tal vez la experiencia con Andrew hastió a Lina. ¿O lo estaba antes de él? Adondequiera que busque, encuentro un nuevo misterio sobre ella que me gustaría desentrañar.

El repiqueteo característico de los tacones de mi madre anuncia que está haciendo sus rondas semanales.

–¿Tienes un minuto? –pregunta asomándose a mi oficina.

–Sí, pasa.

Ocupa una de las sillas para invitados y mira alrededor, a las paredes y al escritorio antes de mirarme a mí.

–Solo quería saber cómo va la cuenta del Cartwright. Como Andrew y tú no están trabajando juntos, no puedo tener una reunión con ambos. No tengo mucha idea de lo que está pasando, y eso comienza a inquietarme.

Mi madre nunca se permite sentir nada más que confianza absoluta. Es lo que más y menos amo de ella. Su confesión hace que mis hombros se aflojen un poco.

–Estamos en la etapa de recopilar información. Estoy revisando referencias, dándome idea de lo que hace la organizadora por sus clientes en el día a día y también investigando a los clientes a los que apunta.

Asiente complacida, pero luego frunce el ceño.

–La exprometida de tu hermano, Carolina, era organizadora de bodas. –Su expresión adquiere un brillo soñador al que no estoy acostumbrado–. Me pregunto qué estará haciendo ahora.

Me encojo de hombros en lugar de responder. No diré una palabra al respecto. Me partiría un rayo en ese preciso momento.

–¿En qué clase de presentación estás pensando? ¿Multimedios? –pregunta después.

–Todavía no llegamos tan lejos, estoy siguiendo su ritmo. –Ansioso por cambiar de tema, le cuento mis ideas preliminares–. Pero sugeriré una parte en video y…

De repente, tras un zumbido del intercomunicador, resuena la voz de mi asistente por toda la oficina:

–Max, Patrice Bell está en la línea uno. Dijo que estaba devolviendo la llamada por referencias de Carolina Santos y Del Te quiero al Sí quiero. ¿Estás disponible?

¿Por qué, Dios? ¿Por qué?

Mi madre frunce el ceño de golpe y se inclina en la silla.

–Sammy, dile que la llamaré en un minuto, por favor –respondo tras aclararme la garganta.

–Entendido –responde animada, ajena al hecho de que acaba de quitarme años de vida.

–Déjame ver si entendí –reflexiona mi madre mientras se frota las sienes con la mirada en los muslos–. ¿La organizadora con la que trabajas *es* Carolina Santos?

–Sí.

–¿Y ni a ti ni a tu hermano les pareció que debían compartirme esa información? –Levanta la cabeza de forma repentina y me mira con el rostro arrugado.

–No queríamos que te preocuparas. –Con eso me gano una mirada glacial.

–¿Por qué me preocuparía?

–Porque tampoco compartimos esa información con Rebecca Cartwright.

El silencio puede ser tan intimidante como un mafioso, y este momento es la prueba cabal. Si se me ocurriera una forma de perder el conocimiento ahora, la usaría para evitar la conversación atroz que se avecina. Reviso la oficina en busca de algún objeto pesado con el que pueda darme un golpe no letal, pero después de varios segundos de silencio, mi madre tan solo se levanta de la silla y niega con la cabeza.

–Aunque estoy decepcionada de ambos, no me meteré en esto. No te diré qué hacer ni intervendré para salvarte. Pero recuerda que, si quieres más responsabilidades aquí, debes ganártelas. Y si arruinan esto, tú *y* tu hermano tendrán que actualizar sus currículums.

No está bromeando. Al terminar el monólogo amenazante, deja mi oficina a zancadas y gira a la derecha. Solo hay una oficina más en ese camino: la de Andrew. Aunque podría advertirle lo que se avecina, no lo haré. Él también merece ser objeto de la ira de nuestra madre. Lina es *su* exprometida, a fin de cuentas. Yo no soy más que un espectador inocente. O algo así.

No puedo culpar a mi madre; si otro empleado hiciera la misma estupidez que nosotros, lo echaría de una patada si no solucionara el error. Al comenzar a trabajar aquí, supe que no tendría contemplaciones con nosotros. Pero lo más importante es que tiene razón: si quiero tener más responsabilidades, *tengo* que ganármelas. Y lo haré. No más distracciones. No más desvíos. No más juegos.

El jueves por la noche, conduzco hacia Wheaton para encontrarme con Lina en la tienda de su familia. Por sugerencia de ella, iremos juntos a la cita con su cliente. Después de aparcar frente a la plaza comercial donde se encuentra la tienda, camino a la entrada para abrir la puerta, pero no pasa nada... La puerta está cerrada con llave. Sin embargo, las luces de adentro están encendidas.

Apoyado contra la puerta, planeo sacar mi móvil para enviarle un mensaje a Lina, pero ella aparece del otro lado y me abre.

–¡Hola! Pasa –dice animada. *Demasiado* animada.

Una vez dentro, me impacta ver tantos pares de ojos fijos en mí, la mirada hostil de Natalia entre ellos.

–Max, mi familia –nos presenta Lina–. Familia, él es Max. Estamos trabajando juntos en un proyecto que me haga conseguir el puesto de coordinadora de bodas del que les hablé.

Un hombre se endereza detrás del mostrador y me mira con los ojos entornados. Aunque luce familiar, no logro identificarlo. Tiene complexión y rasgos similares a los de Lina, excepto que es muy fornido, fuerte como un buey. Mucho más alto que yo.

–Te conozco de algún lado –comenta con la mirada afilada, como si eso fuera a ayudarlo a reconocerme.

–Tienes razón, Rey –afirma Lina.

Rey, apodo para Reynaldo. Ahora lo recuerdo: es el hermano mayor de Lina. Tuvimos una breve charla durante la cena de ensayo, dos días antes de que mi hermano cancelara la boda.

Ella me sonríe con malicia antes de seguir hablando con su familia.

–Recuerdan a Andrew, ¿no? ¿El tipo que me dejó el día de la boda? Bueno, él es su hermano, el que lo animó a que lo hiciera. Como sea, sentémonos, tenemos una intervención que hacer.

Todas las miradas apuntan hacia mí, el idiota que apenas puede mantenerse en pie.

Lina disparó y dio en el blanco. Estoy muerto.

Ya me imagino mi breve epitafio: *Nunca lo vio venir.*

· CAPÍTULO CATORCE ·

LINA

¿Negociar un tratado de paz en mi familia respecto a los detalles de la boda de Natalia y Paolo? ¿O conseguir información de Max arrojándolo a los leones? ¿Quién dijo que no puedo hacer ambas?

–¿Qué hace aquí? –demanda Rey, fulminándolo con la mirada.

La tía Izabel, que se encuentra junto a mi hermano detrás del mostrador, a quien le gusta ver fuegos artificiales pero no ser quien los encienda, le da un codazo en las costillas.

Por su parte, Max se desploma en la silla detrás de mí. Al parecer, soy su escudo.

–Como dije, está ayudándome a preparar una presentación para el puesto que quiero conseguir. Parte de su trabajo incluye verme en acción, por eso imaginé que este sería un buen momento para que me viera manejar una situación delicada.

Natalia y Paolo se sientan conmigo a la mesa, mi madre toma asiento en una mesa cercana y la tía Viviane, madre de la novia y razón principal para esta reunión, arrastra una silla y se apoya en el respaldo, en su propio espacio. Necesita atención, y la tendrá.

–¿Por qué es una situación delicada?

Les echo un vistazo a Natalia y a Paolo. Él es un encanto y no dirá casi nada esta noche, pues no se meterá con su futura suegra. Mi prima es implacable, excepto cuando se trata de su madre. Por eso estoy aquí para tomar las armas por ella.

–Necesitamos que todos estén en la misma página en ciertos aspectos de la boda. Hay demasiadas ideas en juego y se está haciendo abrumador. Debemos respetar los gustos y deseos de la pareja, y no siempre coinciden con los de la familia.

–Sé más específica, por favor –solicita Viviane.

–Comencemos por tu vestido.

Todos los que están sentados, todos, se acomodan y toman distancia, como si no quisieran participar de esta conversación. *Traidores.*

–¿Qué problema hay con mi vestido? –exige ella con las manos en la cintura.

Tengo que juntar valor antes de responder:

–Es un poco… llamativo.

Y eso es decir poco. Se trata de una bomba púrpura de

brillo, de licra y con recortes de red del tono de su piel en la cintura y la cadera. Imaginen *Real Housewives of New Jersey* fusionado con *Dancing with the Stars* y con las luchadoras de World Wrestling Entertainment. Por el contrario, mi madre y la tía Izabel usarán vestidos en tonos neutros, que complementan la paleta de colores de la boda.

–Es perfecto para la recepción –me contradice Viviane–. Se verá genial bajo las luces de la pista de baile.

–Con la cantidad de brillo que tiene, el vestido *será* la luz de la pista de baile. Una bola disco, para ser más específica. Al menos ahorraremos energía.

Max se ríe por lo bajo. Y Viviane por poco se rompe el cuello al girar hacia él.

–No tienes permitido reírte en este lugar –advierte con expresión amenazante y se pasa el índice por la garganta–. *Jamais*.

–Eso significa 'jamás' –explico mirando hacia atrás.

–Lo deduje por mi cuenta, gracias. –A Max le tiembla un músculo de la mandíbula y me lanza una mirada solapada.

Quiero doblarme de la risa, pero si mi familia ve que nos llevamos bien, podrían ser más flexibles con él, y esto es demasiado divertido como para evitar que siga adelante y ver lo que podrán sacarle.

–Escucha, tía –le digo a Viviane–, eres la madre de la novia, así que serás una parte importante del día de Natalia y Paolo, pero el foco debe estar en ellos. Por más que tu vestido sea adorable, es una distracción.

–¿Eso es lo que crees? –le pregunta a su hija.

–Sí –afirma mi prima.

–¿Por qué no me lo dijiste?

–Lo hice –suspira Natalia–. Te lo dije en cinco oportunidades diferentes.

–No debo haberte escuchado –admite su madre mientras juega con una servilleta. Después de unos minutos, agrega–: Está bien, usaré otra cosa.

–*Mãe,* ¿la ayudarás?

–*Sim, filha.* Yo me encargo.

–Muy bien, próximo asunto. –Golpeo la mesa como si tuviera un martillo–. El *strogonoff de frango.*

–¿El *strogonoff* de qué? –pregunta Max detrás de mí.

–Oye, tú. –Rey golpea el mostrador y señala a Max–. No hables, solo observa.

Max se cruza de brazos y bufa por lo bajo. Pobre hombre. Apuesto a que sentarse atrás y guardar silencio es territorio desconocido para él. Es probable que lo odie. En cuanto a mí, lo amo, *lo amo.*

–¿Cómo estás ahí atrás, campeón? ¿Te encuentras bien?

–Qué considerada por preguntarlo, ISTJ.

Su referencia a la falsa personalidad Myers-Briggs que me ha asignado inspira la risa que debió estar buscando.

–Conservas el sentido del humor bajo presión –comento mirándolo sobre mi hombro–. Me impresionas. Solo por eso, te ayudaré. *Strogonoff de frango* es pollo al *strogonoff.* El estilo brasileño es rosado intenso (por el tomate), y propenso a ensuciar la ropa.

–¿Qué hay de malo con el *strogonoff*? –pregunta Viviane.

No puedo intermediar en todos los conflictos entre Natalia y mi tía, pero *sí* puedo mostrarle a mi prima que es capaz de hacerlo sola.

–Nat, si tuvieras que pedirle a tu familia una cosa que facilitara el proceso de organizar tu boda, ¿qué sería?

Mira a Paolo, que asiente brevemente con la cabeza.

–Les pediría que no sumaran más estrés a la situación, eso es todo.

–Bien –asiento para darle ánimos–. ¿Y por qué te estresaría servir *strogonoff*?

Las palabras brotan de la boca de Natalia como el vapor de una olla a presión:

–Es sucio, por lo que anticipo que será un desastre. Todos tendrán manchas rosadas en la ropa en las fotografías de la boda. Esa salsa es como si explotara un bolígrafo, se desparrama por todos lados. No quiero preocuparme de que la niña de las flores quiera probarlo o de que alguien me abrace y me manche el mono. Es un dolor de cabeza innecesario.

–Pero es una tradición –se lamenta Viviane.

Mi madre se pone de pie y le indica que cierre la boca.

–Pare de choramingar, Viviane. Ela não quer strogonoff de frango no casamento, então não vai ter. Ponto final!

¡Bien dicho, *mãe*!

–¿Qué dijo? –me susurra Max al oído. Está demasiado cerca, y su aliento mentolado me hace cosquillas en el cuello. Antes de responder, me alejo y me aclaro la garganta.

–Dijo que Natalia no quiere *strogonoff* y que es su boda, así que la decisión es definitiva.

–Amo a tu madre –responde él.

Sonrío contra mi voluntad ante su declaración sabia (y ridícula), pero recupero la postura profesional enseguida.

–Siguiente tema. Hablemos de tradiciones brasileñas que podamos incluir en la boda. ¿Alguna idea, tía?

Viviane se frota el mentón.

–Podemos ofrecer *bem-casados* a la salida. –Después apunta a Max con la barbilla–. Antes de que preguntes, son bocadillos rellenos, con masa de bizcocho. Son para la buena suerte.

–Perfecto. Estamos avanzando –festejo.

Media hora después, solucionamos una variedad de diferencias, y logré salvar la boda de Natalia y Paolo.

–Bien, creo que estamos encaminados. Falta solo un mes para la boda, así que, si tienen algún pendiente, háganlo lo antes posible –concluyo. Me pongo de pie y estiro los brazos.

–No tan rápido –interviene mi madre–. Todavía tenemos que hablar sobre ese de allí.

–¿Quién? ¿Yo? –Max, aún sentado en su lugar, mira de un lado al otro.

–Sí, tú –afirma mi madre.

–Mariana, no es necesario –le advierte Izabel.

–Creo que sí lo es –replica ella.

Muajaja. Esto es perfecto. Mi familia se encargará desde ahora.

MAX

¿Por qué no le pido a Rey que me derribe de un golpe y acabamos con esto? Eso sería mejor que tener que responder a la madre de Lina. En cambio, me levanto y uno las manos como súplica.

–¿Puedo recordarles, con respeto, por supuesto, que no fui yo el que dejó a Lina en el altar? –Miro a Rey y luego a su madre–. Fue mi hermano, en caso de que haya alguna duda al respecto.

–¿Pero tú lo animaste? –pregunta la mujer.

–Eso creo. Quizá esto no tenga sentido, pero era un idio... era un chico inmaduro en ese entonces. Déjenme hablar y luego podrán hacerme pedazos como más les guste. Lo aceptaré.

Ella asiente con la cabeza y me llama con un dedo índice, como si fuera el personaje de una película de artes marciales desafiando a su próximo oponente. Su actitud confirma mis sospechas: no me salvaré de esto hablando, me pateará el trasero.

Tras una inhalación profunda, hago lo que mejor me sale: identificar un tema y venderlo.

–Creo que no tiene caso revivir el pasado. Basta con decir que, si mi hermano hubiera amado a Lina de verdad, no la hubiera dejado poco antes de llegar al altar o hubiera vuelto a buscarla. –Giro para mirar a Lina–. Si tú lo hubieras aceptado de vuelta, claro. –Luego vuelvo a su madre–. Esto es lo que sé *hoy*: mi hermano es un buen hombre. No es grosero, excepto conmigo, y no hace tonterías. Creo que será un buen esposo y padre algún día. Sin embargo, después de haber pasado menos de una hora con esta familia, puedo inferir que él no hubiera sido el esposo perfecto para Lina. Querrían que encontrara a alguien lleno de vida como ustedes, alguien que la adore sin medidas. Un hombre que haga que se suelte el cabello y se deje llevar al menos unos minutos. Alguien que la haga llorar, pero solo por sensiblerías. –En una pausa, tomo aire y me encojo de hombros–. Lo que quiero decir es que lamento el papel que tuve en la ruptura, pero, de todas formas, no creo que mi hermano fuera el indicado para ella.

Despacio como para no ser evidente, giro para ver la reacción de Lina a mi monólogo. *Qué sorpresa, su rostro está en blanco,* pienso sarcásticamente. Estoy listo para hacer una broma que libere la tensión, pero ella se disculpa y me esquiva en dirección al área detrás del mostrador.

Su madre aplaude y les sonríe a las hermanas, mientras que Rey se me acerca, con su cuerpo fornido.

–Si vas a golpearme, hazlo rápido –suplico con los ojos cerrados–. Es lo más humano.

–No te golpearé –responde al tiempo que deposita sus garras de oso en mis hombros con tal suavidad que parecen plumas–. Ningún hombre que hable así de mi hermana puede ser tan malo. Creo en las segundas oportunidades –asegura con un suave apretón a mis hombros–. Y, a juzgar por cómo te llevas con Lina, creo que ella está de acuerdo. Eso es suficiente para mí.

Sin embargo, no es suficiente para Natalia, porque niega con la cabeza y frunce el ceño.

–¿Qué he hecho ahora? –pregunto, incapaz de ocultar la frustración.

–Esa persona hipotética a la que has descrito, la pareja ideal para Lina.

–¿Sí? ¿Qué pasa con él? ¿O ella? Elle. –Niego con la cabeza–. Sabes lo que quiero decir.

–Has descrito a su peor pesadilla –explica con una palmadita compasiva a mi hombro.

Ni siquiera puedo hacerme una idea de qué significa eso, pero está hablando de Lina, así que no debería sorprenderme. ¿Otra parte de su personalidad que me confunde? Sí, suena posible.

–¿Podrías explicármelo? –solicito con el ceño fruncido.

–Es lo máximo que conseguirás de mí, amigo –niega.

–¿Ahora somos amigos? –replico con una ceja en alto.

–Corrección, somos conocidos –dice con un guiño.

–Puedo vivir con eso.

–No te queda más opción que vivir con eso –canturrea mientras hace que Paulo se levante y gire al compás de la música que llenó la tienda de un momento a otro.

Si el universo fuera bueno conmigo, me enamoraría de alguien como Natalia; una mujer abierta, sin miedo a decir todo lo que piensa. Pero, en cambio, estoy pensando en la mujer que ya no está en la habitación. Me pregunto si estará bien y quiero ver su sonrisa obstinada otra vez. No sé mucho, pero de algo estoy seguro: el universo me odia.

· CAPÍTULO QUINCE ·

LINA

Me choco el codo con el gabinete de medicinas cuando intento salpicarme agua en las mejillas. Maldición, este baño es muy pequeño. Puede que esta sea la primera vez que lo noto solo porque mi única razón para estar aquí es evitar a todos los demás.

¿Cómo demonios fue que esta noche se convirtió en un debate sobre el hombre con el que debería casarme? Ah, claro, porque Max Hartley, el profesor honorable de Hablar pendejadas, está presente. Max no me *conoce,* no tiene idea de lo que me emociona y nunca entenderá por qué soy como soy. Y, sin embargo, no le tiembla la voz al darle un discurso sobre *mi* vida a *mi* familia.

No sabe que una vez encontré a esa criatura mítica que describió. Se llamaba Lincoln y, durante mi tercero y cuarto años en la Universidad de Maryland, creí que estábamos destinados a estar juntos. Incluso nuestros apodos, Linc y Lina, *probaban* que era obra del destino.

Lincoln me persiguió durante meses, pero yo tenía miedo de ir en serio con alguien, en especial cuando la mayoría de mis compañeros cambiaban de pareja con la misma facilidad con la que abandonaban las clases de las mañanas. ¿No se trata de eso la universidad? ¿Yo no debería haber estado haciendo lo mismo? Pero él fue persistente, me hizo sentir especial, me consintió de formas que nunca había experimentado. Y, en consecuencia, me enamoré.

Por coincidencia, también fue el momento exacto en el que Lincoln decidió que yo ya no era especial. Y entonces comenzó a jugar conmigo, la clase de juegos que me hacían llorar y gritar. Desaparecía durante días, se olvidaba de mi cumpleaños, me pedía espacio con frecuencia y reaparecía cuando le había dado demasiado. Yo era una persona volátil en aquel entonces, y a él le encantaba. Decía que mi pasión demostraba lo mucho que me importaba y que mantenía fresca la relación.

Tardé mucho en entender que lo que le gustaba era provocarme; pero, con el tiempo, también perdió el interés en eso. Se distanció poco a poco, hasta que un día entré al comedor del campus atestado y lo vi besando y acariciando a otra chica. De haber sido más fuerte, habría dado media vuelta sin mirar atrás. Sin embargo, mientras estaba allí parada viendo cómo hacía sentir especial a otra persona, y mi corazón se comprimía hasta estar a punto de explotar, me invadió una profunda tristeza. No la clase de tristeza por la que comería mi peso en chocolates ni por la que me tiraría en la cama a mirar el techo. No, era algo mucho peor. Una tristeza que no podía contener. En consecuencia, me desmoroné. Lo acusé hecha un mar de lágrimas. Chillé y caí de rodillas como una actriz melodramática en la audición para una película de segunda. Fue horrible e incómodo. *Muy* incómodo. Cuando miré los rostros de mis compañeros de clases, solo vi lástima. Perdí su respeto, de un modo que nunca lo recuperaría. Todo porque no pude controlar mis emociones. En ese momento, juré que nunca dejaría que nada ni nadie me redujera a ese estado lamentable otra vez. Solo tuve un desliz desde entonces (que resultó ser el incidente por el que me despidieron de mi trabajo como asistente legal), pero ahora puedo asegurar que controlo mis emociones, mientras que antes ellas me controlaban a mí.

No es justo esperar que Max entienda nada de esto porque no tiene la información necesaria. De todas formas, no le veo sentido a brindársela; puede creer lo que quiera.

Al salir de mi pequeño santuario, vuelvo a la tienda, en donde el ambiente está lleno de risas y de los tambores atrapantes de la samba. Mi mirada se detiene de inmediato en mi madre, que está metiéndole un *brigadeiro* en la boca a Max. Él gime con los ojos en blanco al saborearlo, y ella luce feliz, como si satisfacer las necesidades alimenticias de Max fuera una prioridad en su vida. Rey pasa en busca de agua y, en el camino, pica a Max en las costillas. Todos los demás bailan samba en el centro del lugar. Es oficial: le están dando una fiesta de bienvenida a la familia. Para ser honesta, no puedo culparlos, yo también disfruto en secreto de estar con él.

Mi tía Izabel me hace señas para que me una a su círculo de baile, algo que hice cientos de veces, solo que nunca con Max de testigo. Al percatarme de que no reacciono, avanzo a paso firme para probarme a mí misma que no estoy dudando por él. Rey y Natalia, que son siempre los más animados en las reuniones, expresan su aprobación con gritos y con las manos en el aire. En poco tiempo, mi cuerpo se adapta a los pasos trepidantes, que requieren que mis pies, muslos, trasero y cintura trabajen unidos. Tardé años en perfeccionarlo, pero ahora es tan natural como caminar. Estoy tan perdida en la música que cierro los ojos y dejo que mi cuerpo se balancee al compás, con los brazos sobre la cabeza mientras contoneo el torso.

La canción siguiente es más lenta, pero hago los ajustes necesarios y muevo las caderas en círculos más pequeños. Cuando vuelvo a abrir los ojos, espío a Max, que está parado mirándome desde el mostrador; me recorre el cuerpo con la mirada y se detiene en mi rostro. Aunque se me aceleró la respiración y el corazón me late con fuerza, no aparto la vista, y él tampoco. Si estuviéramos solos, cubriríamos la distancia entre los dos; la atracción es *muy* fuerte.

De repente, Natalia me golpea con la cadera y me desequilibra y, antes de que pueda estabilizarme, Max se va de la tienda. Miro a mi madre con curiosidad, pero ella tan solo se encoge de hombros y voltea, con el indicio de una sonrisa en sus labios gruesos. Dado que yo invité a Max esta noche, me siento en la obligación de ir tras él para asegurarme de que se encuentre bien, así que abro la puerta para echar un vistazo afuera. Me alivia verlo a poca distancia, caminando de un lado al otro entre dos automóviles estacionados.

–¿Qué ocurre? –pregunto mientras me froto los brazos por el frío.

–Me dieron ganas de fumar –responde al alzar la vista, pero sin dejar de caminar.

–¿Qué fumas? ¿Cigarrillos? ¿Hierba?

–Ninguna de las dos. –Niega con la cabeza–. Pero esta noche lo estoy reconsiderando. No me siento muy bien.

–Bueno, puedes irte si quieres. Ya terminamos aquí.

Gira y apoya las manos en el automóvil que nos separa. Luce un poco más pálido de lo habitual, pero por lo demás parece estar bien.

–Creo que es una buena idea. ¿Puedes darles mis saludos a todos? Diles que me sentía mal.

–Claro, no te preocupes. ¿Crees que algo de lo que te dio mi madre te haya caído mal? Los *brigadeiros* tienen leche condensada.

–No, no. –No me mira a los ojos–. Nada de eso, solo estoy cansado y me cuesta pensar con claridad. –Me mira un instante, luego fija la vista en un punto detrás de mí–. Tu familia es fantástica. Intimidante pero fantástica.

–Es una descripción perfecta –admito sonriente.

–¿Y tu padre?

–Ausente. Estamos bien con eso.

Asiente antes de darle un golpecito al capó del automóvil.

–Escucha, lamento si te incomodó algo de lo que dije antes. Tu familia sabe cómo ejercer presión, y dije lo que creo. Sé que lo que yo crea no significa nada, así que hagamos de cuenta que no dije nada, ¿de acuerdo?

Aunque podría aceptar su ofrecimiento de paz, el instinto me dice que lo rechace sin pensarlo. ¿Eso me convierte en una perra? Dios, espero que no. Aun así, le ofrezco una sonrisa tan dulce que me duelen las mejillas.

–No se puede hacer borrón y cuenta nueva en la vida, Max. –*Guau, sí* soy *una perra.*

–Es verdad. –Presiona los labios como si no le sorprendiera mi respuesta.

¿Qué pasa conmigo? ¿Por qué lo estoy alejando cuando es obvio que quiere cerrar la grieta entre nosotros? Me había dispuesto a darle un cierre al pasado esta noche, y ahora que está a mi alcance, volví a alejarme de él como si fuera a quemarme. Quizá sea porque *necesito* la grieta entre nosotros. Si no pudiera aferrarme al rencor, ¿qué usaría para mantener a Max a una distancia prudencial? Atrae demasiado mi atención como para ser bueno para mí. De todas formas, no puedo tildarlo como el malo de la película si no lo es. Aunque sería conveniente, no sería la verdad.

Observo cómo batalla con sus llaves; quiere escapar, y yo estoy impidiéndolo. Debería despedirme, pero no quiero que la noche termine así.

–Max, es verdad que no se puede hacer borrón y cuenta nueva, pero podemos seguir adelante a partir de ahora. Me gustaría que seamos amigos.

–A mí también me gustaría eso. –Suelta un largo suspiro y le da una palmada al techo del vehículo.

–Y espero que no tengas dudas, pero tu exnovia estaba equivocada –suelto antes de poder pensarlo mejor–. Eres un gran hombre, a tu modo. No dejes que nadie te convenza de lo contrario.

–Gracias por decirlo. –Se pasa una mano de forma errática por el cabello–. Pero tengo que irme. Te llamaré para hablar sobre el sábado.

No espera respuesta al terminar, y me quedo mirándolo subir al automóvil, confundida por su comportamiento grosero. En cuestión de segundos, se aleja a toda velocidad, como si sus demonios lo persiguieran y estuviera decidido a ser más veloz que ellos.

MAX

Han pasado dos horas desde que me fui de Río de Wheaton y aún sigo inquieto. También estoy irritado al extremo. Ni siquiera una ducha de agua fría me ayudó. Y como si fuera poco, Dean está ignorando mis mensajes.

Una cerveza me ayudaría, pero me estoy conteniendo porque si Dean me contesta, conduciré hasta su casa de inmediato. Él sabrá qué decir para poner mi mente en orden. Mientras tanto, la sinapsis neuronal está fallando y mis hemisferios cerebrales están funcionando uno contra el otro.

Al escuchar la alerta de mensaje, me apresuro a buscar mi móvil.

Dean

Perdón, amigo. Estaba en una cita. ¿Qué pasa?

Max

¿Estás con alguien?

No. No hubo química. La búsqueda de mi compañía perfecta continúa.

¿Puedo pasar por tu casa? Necesito hablar.

Estamos hablando.

Estamos escribiendo.

¿Estás bien?

Sí.

¿Buscas consuelo sexual?

Púdrete. ¿Puedo ir o no?

Claro, te espero.

Llego en menos de quince minutos. Dean abre la puerta.

–¿Qué demonios es eso?

–Una muda de ropa y una almohada –explico al levantar el bolso–. Por si acaso.

Mi amigo se frota el rostro y suspira con pesadez.

–Mete tu trasero aquí. –Se aleja a zancadas hasta apostarse en un taburete de la cocina y me observa mientras dejo mis cosas en una esquina–. Es tarde y mañana tengo que trabajar muy temprano. ¿Qué pasa?

Deambulo por la sala intentando poner mis pensamientos en palabras.

–Necesito escuchar las razones otra vez.

No sé por cuánto tiempo me mira, pero se *siente* larguísimo. ¿Un minuto, quizá?

–¿Qué ocurrió? –Suena resignado, como si tuviera sus sospechas y solo esperara confirmación.

–Nada. Solo quiero asegurarme de que siga así.

–No me tomes por tonto, Max. –Se pone de pie, niega con la cabeza y señala en mi dirección–. No lucirías así si no hubiera pasado nada. ¿Qué has hecho?

–Tuve pensamientos indecentes sobre Lina. –Bajo el ritmo para enfrentar su mirada escéptica.

–¿*Solo* pensamientos? –inquiere, a lo que asiento con la cabeza. Entonces alza las manos y vuelve a desplomarse sobre el taburete–. ¿Y cuál es el problema? Todos tenemos pensamientos inapropiados de vez en cuando. Es parte de ser humano.

No lo entiende. Llevo dos horas y media con pensamientos inapropiados sobre Lina. Los tengo *ahora,* y no quiero irme a la cama porque me preocupa a dónde podrían llevarme. Entraría en un terreno resbaladizo; literal y figuradamente.

–Los pensamientos son una cosa, pero ¿y si hago más que eso?

Infla las mejillas y suelta el aire mientras me mira desconcertado.

–¿Qué demonios significa eso? –Se queda boquiabierto unos segundos y luego se dobla de la risa–. Ah, mierda. ¿Tienes miedo de masturbarte pensando en ella?

Escucharlo es mucho peor de lo que imaginaba. Abrumado, me jalo el cabello y zigzagueo por la sala como una pelota de ping-pong.

–No es gracioso. Soy una basura. Una terrible basura.

–¿Qué te provocó esta vez? –pregunta entre risas.

–Estaba bailando en la tienda de su familia, ajena al hecho de que yo la estaba mirando. Y, Dean, era absolutamente hipnótica, te lo aseguro. –Me estremezco al recordar cómo movía el trasero y las caderas en medio de esa tienda–. Santo Dios, estuvo a punto de ser mi cuñada.

–Pero no lo es, así que tranquilízate de una maldita vez –me advierte.

–Dime qué hacer.

–¿Muestra alguna señal de que sienta lo mismo? –pregunta después de considerar el pedido–. ¿Es algo mutuo?

–Ni siquiera estoy seguro de agradarle como persona. Dijo que podíamos ser amigos y que yo era un buen hombre. Sentí que había ganado la lotería, y me aterró. Pero para ella no es nada. Me tolera, supongo que por el bien del importante trabajo que espera conseguir. Vamos, quería casarse con mi hermano, no es posible que esté interesada en mí.

–Entonces, átate las manos detrás de la espalda y vete a dormir. Mi sofá es tuyo. Hay sábanas y mantas en el armario del corredor. Hablaremos más por la mañana. –De camino al pasillo que lleva a su habitación, agrega–: Buenas noches.

Mientras bufo por la falta de apoyo de Dean cuando más lo necesito, arrastro los pies hasta el baño para cepillarme los dientes. Aún molesto, extiendo una sábana sobre el sofá, apago la luz del corredor y me meto debajo del cobertor que encontré en el armario. Huele a perfume de mujer. *Ni siquiera me dio ropa de cama limpia. Vaya anfitrión.*

Sin nada más que hacer, me recuesto a contemplar las imágenes de Lina que no dejan de reproducirse en mi mente inquieta. La veo gemir al disfrutar su almuerzo. El momento en el que me limpió las migajas del rostro. Recuerdo la danza de la tortura que bailó en la tienda.

Siempre está bajo control y es indiferente. Sin malicia, tan solo reserva. Su rostro es inexpresivo y su voz, tranquila. Todos y todo tienen un lugar para ella; supongo que es su parte de organizadora. Pero cuánto deseo desorganizarla hasta que se olvide de quién es. Quiero dejarla tan desorientada que se ponga la ropa al revés al terminar. Obtendría puntos extra si consiguiera hacerla olvidar la diferencia entre un ramo y una corona de flores.

Nos imagino juntos, en alta definición, con sonido envolvente y opción de reproducir a demanda. Solo es una imagen de mi mano deslizándose por debajo de su falda ajustada, mientras ella aprieta los ojos y jadea, pero es suficiente para hacer que salte del sofá, arrastre el cobertor con aroma a lavanda por el corredor y llame a la puerta de Dean.

–¿Qué? –ruge.

–Déjame dormir aquí –suplico con la cabeza asomada–. Tu cama es enorme. Te aseguro que no... tú sabes... y prometo quedarme de mi lado.

–Santo Dios. ¿No tienes autocontrol? –lamenta y se da una palmada en la frente. Tras unos segundos más, agrega–: Con esto quedan saldadas todas las deudas que pueda tener contigo, ¿de acuerdo?

–Sí –afirmo, aliviado de que no me eche.

–Y si siento algún movimiento, te arrojaré al suelo de una patada en el trasero y te prohibiré volver a visitarme.

–No hay problema. –Salto sobre la cama de espaldas y extiendo la manta hasta la cintura–. Gracias, amigo.

–Púdrete –responde al girar hacia el otro lado–. Tienes que resolver tus asuntos, esto no se puede volver algo habitual.

–Lo sé.

Me preocuparé después. Por ahora, me alcanza con saber que podré mirar a Lina a los ojos la próxima vez que nos veamos. Algo es algo.

· CAPÍTULO DIECISÉIS ·

MAX

De: MHartley@comunicacionesatlas.com
Para: CSantos@deltequieroalsiquiero.com
Fecha: 19 de abril – 11:17
Asunto: Sábado

Hola, Lina.

Algunas preguntas sobre el viaje de mañana:

1- ¿Iremos juntos?

2- ¿Cómo se llama el lugar que visitaremos?

3- ¿Tengo que llevar algo?

Sería bueno que habláramos sobre algunas estrategias para la presentación en algún momento. Por eso voto que sí a la pregunta 1.

Saludos,

Max

De: CSantos@deltequieroalsiquiero.com

Para: MHartley@comunicacionesatlas.com

Fecha: 19 de abril – 13:13

Asunto: RE: Sábado

Hola, Max.

1- Me parece bien, pero en mi automóvil.

2- Granja Surrey Lane, en Raven Hill, VA.

3- Revisé el pronóstico del tiempo, y podría haber lloviznas pasajeras. Siempre es bueno tener un cambio de ropa (en caso de que haya lodo).

Puedo recogerte en tu casa el sábado por la mañana, o puedes esperarme en College Park y dejar el automóvil allí. Aunque estarías retrocediendo.

Saludos,

Lina

Mientras escribo la respuesta, Andrew llama a la puerta y la abre sin esperar autorización.

–Hola para ti también –digo con la vista fija en la pantalla.

–Oye, ¿tienes un minuto? –pregunta al sentarse en la silla para visitas.

–Déjame terminar de escribir un correo. –Yo escribo, él espera, sin charla de por medio. Al terminar, presiono «enviar», me reclino en la silla y apoyo el puño en el escritorio–. ¿Qué necesitas?

–Dos cosas. Primero, el Consorcio de Bienes Raíces de Virginia quiere discutir el marketing para el tercer cuatrimestre. Si es posible, dentro de las próximas dos semanas. ¿Puedes enviarle a Sammy los días que estés disponible para almorzar, cuando tengas un momento?

–Hecho. –Me escribo una nota para recordarlo–. ¿Y lo segundo?

–¿Has pensado qué equipo audiovisual necesitarás para la presentación con Rebecca Cartwright? ¿Con una computadora será suficiente? ¿Proyectarás un PowerPoint? Solo quiero saber si tendremos que hacer algún pedido especial.

¿De verdad? El equipo que él necesita siempre está donde debe estar porque yo me aseguro de eso. La verdad es que nunca se ha preocupado por esas cosas, por lo que su pregunta me pone en alerta antipatrañas. No hay que ser un genio para comprender lo que está pasando: mi hermano intenta fisgonear y es pésimo para disimularlo.

–Aún no lo pensamos demasiado. Tengo que hablar con Lina sobre los detalles de la presentación. Por ahora, estoy en la etapa preliminar.

–¿De verdad? –Inclina la cabeza un poco hacia atrás–. Faltan menos de cuatro semanas, no es mucho tiempo de preparación.

–Estamos preparándonos. –Me encojo de hombros–. Créeme, todo lo que estamos haciendo servirá a la presentación de una forma u otra. ¿Cómo vas con tu cliente? Henry, ¿no?

–Sí. Es un gurú de la organización. De una compostura que es casi aterradora. Me emociona mostrarle a Rebecca lo que tenemos.

–Supongo que por eso son organizadores de bodas, es algo que les resulta natural.

–En el caso de Lina, tenía otras opciones –comenta mi hermano repiqueteando los dedos en su pierna–. ¿Sabías que fue asistente legal antes de comenzar su negocio actual? Deberías preguntarle por eso alguna vez –concluye y se levanta de la silla.

Me irrita que sepa más sobre Lina que yo, hasta que recuerdo que es su exprometido; *debe* saber más. También me irrita. Sin embargo, sonrío con satisfacción y levanto la vista hacia él.

–Tal vez lo haga. Iremos a Virginia este fin de semana. Podría preguntárselo en el viaje de dos horas.

Se pone rígido y se le tensa un músculo de la mandíbula ante la noticia.

Mierda. Eso fue innecesario. Me imagino a Dean señalándonos y diciéndonos: «Ahí lo tienes. De eso hablaba, amigo». Me avergüenza mi comportamiento mezquino y, aunque quisiera retractarme, así no es cómo funcionan estas cosas. Como dijo Lina, en la vida no existe el borrón y cuenta nueva. Y tiene razón, solo se puede seguir adelante y hacerlo mejor.

–En fin –agrego haciendo un esfuerzo mental por arreglarlo–, iremos a ver la locación potencial para una boda. Espero que no nos matemos en el camino.

Con eso, vuelve a relajarse (bueno, tanto como su cuerpo lo permite), y gira sobre los talones para marcharse.

–Buena suerte. Creo que la necesitarás.

Tiene mucha razón, pero no por los motivos que cree.

–¿Este es tu carruaje? ¿Un Volvo del noventa y nueve? Es amarillo.

–Es del 2002, ¿sí? –resopla Lina mientras forcejea con el maletero–. Y cualquiera que tenga buen ojo distingue que es dorado. –Aprieta los dientes al jalar del pestillo, hasta que el maletero se abre con un estruendo–. Es un detalle menor, el auto está bien.

Le dedico una mirada cautelosa, no estoy seguro de que sea sensato meter mis pertenencias en el maletero de esta mole disfrazada de automóvil.

–Tengo un Acura en condiciones a menos de cincuenta metros. No es tarde para cambiarnos.

Pone los ojos en blanco.

–Escucha, esnob de automóviles, yo conduciré, y lo hago bien en *mi* auto. No hagamos cambios innecesarios –sentencia y rodea el bananamóvil para subir al asiento del conductor mascullando por lo bajo.

Hoy usa pantalón y, para ser honesto, creo que no podré ver otro par sin imaginar a Lina en ellos. ¿Quién diría que existía un fetiche con los pantalones? Los ha combinado con una blusa negra, que se ha metido dentro del pantalón, y que le da un aspecto que vuelve a distorsionar mi percepción de ella. El viaje ya tuvo un inicio engorroso, y todavía no gastamos ni un litro de gasolina.

Consciente de que tengo que compensar la provocación sobre el automóvil, subo del lado del acompañante y le enseño la bolsa de papel y el termo que traje.

–Traje el desayuno.

Gira la cabeza hacia mí para mirarme de reojo y eleva sus labios brillosos en una sonrisa de lado.

–Son las nueve de la mañana, creo que puedo esperar hasta que lleguemos a la granja para comer. Si tienes hambre, no te contengas por mí.

–Como quieras. –Me encojo de hombros–. Pero dame un minuto para que me acomode. –Coloco el termo entre las piernas para poder abrocharme el cinturón de seguridad, luego lo destapo y me sirvo café en la taza descartable. Está dulce y cremoso, y debe tener más azúcar que toda una botella de jarabe de maple, pero me gusta; me gusta mucho.

–Tu madre prepara un café delicioso.

–¿Mi madre? –Aunque arruga la nariz, mantiene la vista fija en el camino al mezclarse en el tráfico.

–Sí. Pasé por Río de Wheaton esta mañana. Me dio café y *pão de queijo* –anuncio sacudiendo la bolsa, y ella se queda boquiabierta.

–Mentira.

–No, señorita Santos, es verdad. Supuse que no sería fácil ganar puntos contigo y se me ocurrió intentar con *pão de queijo.*

–¿Para qué necesitas puntos? –pregunta con una sonrisa.

–Como seguro. A juzgar por mi conducta pasada, es probable que cometa algún error en el futuro y que los necesite. Estoy haciendo una reserva.

–Muy astuto –reconoce sin perder la sonrisa.

Nos quedamos un momento en silencio, y Lina parpadea tan rápido que me pregunto si tendrá una pestaña dentro del ojo, hasta que deja caer los hombros.

–¿Me compartes uno, por favor?

–¿Una bola de queso?

–Si quieres ganar puntos, no lo llames bola de queso –advierte.

–Es la traducción literal. –Bufa al escucharme.

–No lo es. La traducción literal es pan de queso. Como sea, es mucho más que una bola de queso; es un bocado de cielo, crocante por fuera y tierno y caliente por dentro. Y cuando lo abres, el queso se estira por kilómetros.

–¿Lo quieres o no?

–Sí –jadea con la mano extendida.

–*No, no, no.* La seguridad es primero. Ambas manos al volante, por favor.

Frunce los labios, pero obedece de todas formas. Necesito que siga en el asiento del conductor, es mucho más agradable en esa posición. A pesar de su expresión reticente, abre la boca cuando mi mano se acerca y come el pan de un bocado. No debo hacer comentarios incisivos al respecto y, para asegurarme, me muerdo el labio inferior tan fuerte que me provoco un corte en la piel.

–Está bueno –reconoce mientras mastica–, pero estaría mil veces mejor recién salido del horno.

–Lo mismo dijo tu madre. Por suerte para mí, comí algunos en la tienda que estaban hirviendo.

Tras balbucear algunas palabras inteligibles, dice con claridad:

–Estás perdiendo tus puntos de *pão de queijo*.

–¿Quieres otro?

–Uno más –asiente.

Le doy otro, después como uno yo y me relajo en el asiento, preparándome para el largo viaje. Cuando ingresa a la autopista Rock Creek, giro en el asiento hacia ella.

–¿Estás segura de que no quieres que conduzca una parte del camino?

–Me gusta conducir. De hecho, es una forma de liberar el estrés. Así que, si no te importa, preferiría seguir todo el camino.

–No me importa –afirmo y me encojo de hombros–. ¿Música?

Con eso, presiona los dientes como si anticipara mi reacción negativa ante lo que está por decir.

–No suelo escuchar música mientras conduzco. El alivio del estrés del que te hablé antes resulta de sentarme aquí, mirar el camino y dedicarme a mis pensamientos. Pero tampoco soy una dictadora del automóvil, así que, si quieres escuchar música, adelante.

–No, no. Era solo una pregunta. Estoy cómodo en silencio.

–Genial –afirma.

Por fin llegamos al punto en el que no hay animosidad entre nosotros; es un cambio agradable, y creo que es la oportunidad ideal para preguntarle sobre su antiguo trabajo.

–Así que... Andrew mencionó que fuiste asistente legal antes de convertirte en organizadora de bodas. ¿Por qué decidiste cambiar?

Su expresión se endurece como el concreto en una fracción de segundo. Si intentara sonreír en ese estado, probablemente estallaría en mil pedazos.

–Ajá. ¿Andrew y tú han estado hablando de mí?

Vaya. No creí necesitar los puntos del *pão de queijo* tan pronto. Entiendo que, fuera de contexto, le desagrade saberlo, pero puedo explicarlo con facilidad.

–En realidad no. Él hizo un comentario al pasar acerca de la meticulosidad de los organizadores de bodas y sugirió que tu habilidad también podría derivar de tu experiencia como asistente legal. Dijo que debía preguntarte por eso.

Lina presiona los dientes sin apartar la vista del camino, luego suelta un suspiro.

–No elegí cambiar de trabajo.

–¿No?

–No, Max. –Niega con la cabeza–. Me despidieron.

Mierda. Íbamos bien y tuve que tocar un tema del que es evidente que no quiere hablar. Con los ojos cerrados con fuerza, maldigo a mi hermano por sugerir que le pregunte acerca de su trabajo anterior. Aun cuando no está presente, Andrew crea un caos en mi vida.

· CAPÍTULO DIECISIETE ·

LINA

No estoy enojada con Max por haber hecho una pregunta inocente que le sugirió Andrew; estoy enojada porque Andrew lo incitó de forma malintencionada. Él no entiende cómo impactó ese evento en mi vida (porque nunca se lo conté), pero sí sabe que no me gusta hablar de eso. No sirve de nada revivir ese momento dramático; el único objetivo de Andrew era molestar a Max, nada más.

Al echarle un vistazo a mi acompañante, su expresión perpleja me retuerce el corazón. De repente, tengo un instinto protector sorprendente hacia él, algo que nunca imaginé que pasaría.

–Está en el pasado. Pero es verdad, la organización de bodas fue mi forma de empezar de cero.

–De hacerlo mejor, querrás decir –me corrige sin rastro de la agitación previa en el rostro.

–¿Qué?

–Me dijiste que no era posible hacer borrón y cuenta nueva, ¿recuerdas? Así que es tu forma de seguir adelante y hacerlo mejor. Creo que describirlo así encaja a la perfección. Y... lo siento si la pregunta despertó malos recuerdos.

–No te preocupes, Max. No es gran cosa –digo para restarle importancia.

Se mueve inquieto en el lugar, levanta su vaso de viaje, pero cambia de opinión a mitad de camino.

–¿Cómo puede no ser gran cosa? Es parte de lo que te convirtió en quién eres hoy, eso es importante. –Niega con la cabeza mientras repiquetea los dedos en la ventanilla.

Comprendo su frustración con Andrew, pero también me da la sensación de que le molesta no conocer esa parte de mi historia. Es confuso; además, es un tema de conversación mucho más denso de lo que esperaba para una excursión a una granja en Virginia. Como ya no aguanto el silencio, me estiro para encender la radio, pero antes de que alcance el dial, Max gira la cabeza y me sobresalta. Se pasa una mano por el cabello y se aclara la garganta.

–Seré honesto: odio con todo mi ser que Andrew conozca tus secretos. Él no lo merece.

Bien, supongo que hablaremos de esto me guste o no.

–¿Y qué? ¿Crees que tú sí?

–Yo los cuidaría mejor –responde con voz suave.

Le creo, y eso me aterra. Max nunca usaría mi pasado

en un intento inmaduro de ser más listo que su hermano. Pero por mucho que me gustaría darles valor a sus palabras, no puedo ignorar el problema que conllevan, porque, aunque él no lo vea, yo sí. Ni él ni su hermano saben cómo vivir sin compararse mutuamente. Por mucho que quieran luchar contra el vínculo, allí está, con lo bueno, lo malo y lo irritante.

–Nadie suma puntos conmigo desmereciendo a alguien más. ¿Quieres conocer mis secretos? Gánatelos. –Lo miro de costado para enfatizar lo que digo–. Por tus propios medios.

Quisiera ver su reacción al desafío que le he planteado, pero es más importante que lleguemos a destino sin accidentes. De todas formas, lo escucho. Hombre, sí que lo escucho:

–Me ganaré tus secretos –afirma en tono serio y estable–. Lo prometo.

No me sorprende que quiera intentarlo, lo que me sorprende es que *yo* quiero que lo haga. La revelación me altera y me pone en guardia, así que busco otro tema de conversación.

–¿Por qué no hablamos del plan para la presentación? Creo que es una buena forma de pasar las próximas dos horas.

Suspira despacio y asiente con la cabeza.

–Buena idea. –Se apresura a buscar un bolso en el asiento trasero para sacar un anotador y un bolígrafo; parece tan ansioso como yo por cambiar de tema–. Debo confesar que no tenía mucha idea de lo que hacían los organizadores de bodas en el día a día, pero verte en acción durante la última semana me ha abierto los ojos. Creo que sería bueno abordar los diferentes papeles que representas. Es decir, además de ocuparte de que el día de la boda se desarrolle sin imprevistos, haces muchos otros trabajos: intermediaria con comerciantes, buscadora de locaciones, consultora de modas, nutricionista e incluso consejera familiar. Y estoy seguro de que muchas cosas más. La clave es que cuando una pareja comienza a pensar en que debe hacer todas esas cosas, le resulta abrumador, y con buena razón. Ese podría ser el gancho de tu estrategia de marca.

Es gratificante que hable de mi trabajo en términos tan favorables. Las personas suelen asumir que los organizadores de bodas lidiamos con asuntos triviales, pero las que yo planeo involucran dinámicas familiares complicadas, ponen a prueba la fuerza de los vínculos, honran costumbres y tradiciones culturales, y abarcan el amor y el compañerismo en todas sus formas. Distan mucho de ser banalidades, y juzgaré a cualquiera que diga lo contrario. Me alegra que Max no entre en esa categoría.

–Me gusta esta dirección. Quisiera enfocarme en los aspectos prácticos en los que puedo ayudar a la pareja, en las tareas que puedo tachar de su lista si me contratan, para que puedan enfocarse en disfrutar de su día. Así fue como se me ocurrió el nombre Del Te quiero al Sí quiero.

–El nombre es perfecto –ríe–. En términos de marketing, diríamos que es una buena forma de crear un recuerdo de marca. Destaca en la multitud. Sin embargo, debes tener en cuenta que, si quieres que tu estrategia llegue al público esperado, también debes abordar el aspecto emocional de las bodas. El asunto es que hablé con las referencias que me diste, y un tema recurrente fue...

Su tono dudoso no me sorprende.

–Déjame adivinar: no soy tan amigable como les gustaría que fuera.

–Sí, algo así. –Respira hondo y deja caer el mentón–. También tuviste críticas maravillosas. Si hay un área en la que serviría una mínima mejora, es en la accesibilidad que transmites.

Vaya, esa palabra otra vez, la que me recuerda que nunca ganaré un concurso de simpatía. Mi personalidad antitonterías tiene su precio, lo sé. Algunas personas la interpretan como más de lo que es, y suelen mencionar palabras como «antipática», «intratable», «desagradable». Duele, pero no puedo culpar a nadie por no ver lo que yo no demuestro. Además, algunos me etiquetan con esos términos sin conocerme en lo absoluto.

La ironía es evidente: debo volverme más agradable para contrarrestar los efectos secundarios de la imagen que creé para esconder los aspectos *menos* agradables de mi personalidad. La idea me marea; es decir, no es solo un trabalenguas, también es un trabamentes.

–Lo siento –agrega Max–. No debe ser fácil de escuchar. Ten en cuenta que es un problema de *marketing*, no un problema *contigo*, por favor.

Le echo un vistazo de reojo: tiene el ceño fruncido mientras garabatea en su anotador.

–Lo entiendo, Max. Soy una profesional que trabaja en una industria que usa las emociones como moneda de cambio. No me entusiasmo, emociono ni chillo con mis clientes. No es mi estilo. De todas formas, si la impresión que dejo al no ser sentimental va en detrimento de mi marca, estoy dispuesta a enfrentarlo por el bien de la presentación. Le debo a mi familia hacer mi mayor esfuerzo.

–¿A tu familia?

–Sí, a mi familia –repito tamborileando los dedos en el volante–. Mi madre y mis tías me ayudaron a iniciar el negocio e hicieron muchos sacrificios por mí. No quiero decepcionarlas.

–Estoy seguro de que eso nunca ocurrirá.

Quisiera poder decir lo mismo, pero no puedo. Ya las decepcioné una vez.

–Entonces, entiendo que quieres algo que suavice mi imagen en la estrategia de marketing. ¿Esa es la idea?

–No lo diría de ese modo –replica, al tiempo que golpetea el bolígrafo sobre el anotador otra vez–. Verás, se trata de adoptar un lema que resuene para los clientes potenciales, una identidad de marca que cubra la parte emocional por ti. No digo que te filmemos corriendo por un campo de margaritas con el cabello volando en el viento, pero apuesto a que podríamos trabajar juntos en un concepto que funcione.

–Este momento es tan bueno como cualquier otro, ¿no?

–Claro –afirma.

Dedicamos la siguiente hora a una tormenta de ideas; y a rechazar las del otro.

–¿Qué te parece «La encantadora de novias»? –sugiere.

–Suena demasiado cursi. –Me estremezco al recordar mi apodo cuando lidiaba con Natalia–. Me hace pensar en el estereotipo de *noviazilla* a la que deben domar. ¿Y cómo sería el logo? ¿Una silueta mía, poniéndole un collar de ahorque a una novia?

–Está bien, está bien. Es un buen punto –admite entre carcajadas.

–¿Y si jugamos con el concepto de dama de honor? ¿Organizadora de honor? –Niego con la cabeza–. No lo sé. Soy muy mala en esto.

–No te desanimes. Probar y descartar ideas es parte del proceso.

–¿Te parece bien si nos detenemos un momento? –pregunto al ver un área de descanso más adelante–. Necesito ir al baño.

–Perfecto –Guarda el anotador y el bolígrafo en el bolso.

Mientras estaciono, se gira de golpe y chasquea los dedos.

–Creo que lo tengo. Podemos usar el concepto de hada madrina. Tú serías el hada de las bodas, que convierte cosas comunes y corrientes en cuentos de hadas. Cuando parece no haber esperanzas, apareces y te aseguras de que sea un día mágico. Tendré que pensar cómo ponerlo en palabras, pero creo que podría funcionar. La clave es que el hada madrina es una figura amable y colaboradora, que estará allí para ti cuando necesites consuelo porque la situación es un poco caótica. Hará que los clientes potenciales vean que estarás para ellos y los guiarás en cada paso del proceso.

–Me gusta –aseguro al apagar el motor–. Siempre y cuando enfatices que hago mucho más que entregar zapatitos de cristal. Ah, y si necesitamos un lema, voto por «Bibidi-Babidi-Perra». Un poco de sinceridad en la publicidad no hace daño, y suena bien, ¿no crees? –pregunto, pero Max se limita a mirarme fijamente–. ¿Qué ocurre?

Las comisuras de sus labios se elevan antes de que responda:

–¿Quién *eres* tú?

–Max, eso lo sé yo, tú tienes que averiguarlo. –Bajo del automóvil y, antes de cerrar la puerta, me inclino y le guiño un ojo.

–Y no tienes idea de lo mucho que ansío hacerlo. –Para no quedarse atrás, también me guiña un ojo.

Con eso, cierro la puerta y escapo hacia el baño. *Santo Dios*. Esta tregua parece implicar más de lo que esperaba.

Cuando vuelvo unos minutos después, está sentado en el asiento del acompañante con los ojos cerrados. No quiero notar que la piel debajo de su barba incipiente es suave, que sus labios son carnosos ni que su mentón es fuerte y tiene una marca de nacimiento pequeña del lado izquierdo, pero en un paneo rápido de su perfil, es difícil no hacerlo. Si estoy un poco desorientada al intentar meter la llave en el arranque del automóvil, es solo porque conduje durante casi dos horas y me ha afectado. Y cuando giro la llave y no pasa nada, debe ser porque estoy alucinando.

–¿Qué pasa? –Max gira la cabeza y me espía con un solo ojo.

–No arranca. Ni siquiera hace contacto. –Echo un vistazo al tablero–. Tampoco hay luces.

Se endereza y analiza el tablero, como si *sus* ojos pudieran ayudar con un misterio que ya está resuelto.

–La batería está muerta.

–No me digas, Sherlock.

–Tú fuiste la que insistió en sacar el bananamóvil en su última aventura –sentencia con un dedo acusador hacia mí–. Así que no te pases de lista conmigo, mujer.

Y así de fácil, la tregua terminó.

Acaricio el tablero y el volante para suplicarle a mi automóvil que arranque.

–Vamos, bebé. Tenemos que hacer unos pocos kilómetros más, después podrán revisarte.

–Esto es ridículo –protesta Max. Luego baja del automóvil y saca su teléfono.

–¿A quién llamas?

–A una grúa. ¿Tienes una mejor idea?

–Podemos pedirle a alguien que nos haga un puente, lo hago todo el tiempo –replico con el ceño fruncido, a lo que él levanta el mentón y me mira con los ojos entornados.

–Creí que dijiste que el auto funcionaba bien. ¿Cuántas veces tuvieron que hacerle un puente?

¿Eso qué importa? ¿Y por qué está interrogándome?

–Tres veces, tal vez –arriesgo y me encojo de hombros–. No es nada grave. La mayoría de los fabricantes recomiendan cambiar la batería después de tener que hacerlo seis o siete veces.

–Eso no es verdad –repone con incredulidad.

–Bueno, debería serlo.

–Para ser una persona que planifica todo, eres demasiado descuidada con el mantenimiento de tu auto.

–Eso requiere de dinero, y no duermo en una cama tapizada de billetes, ¿entiendes? Además, *sí* mantengo el auto. Es solo que pensé que a la batería le quedaban algunas vidas más.

–Está bien, olvídalo –bufa y se lleva la mano a la frente–. Busquemos a alguien que tenga una batería que funcione.

A continuación, gira con las manos en las caderas en busca de alguna persona que pueda hacernos un puente. El único problema es que nadie ha pasado junto a nosotros en los diez minutos que llevamos detenidos en este lugar. Después de unos minutos más, debo admitir la derrota.

–Llamaré a una grúa.

–¡Qué brillante idea! –exclama con los ojos abiertos como platos y las manos en el aire–. ¡Cómo no se me ocurrió!

–Tu sarcasmo carece de imaginación –le digo con el teléfono en el oído–. Tienes que mejorar.

Pone los ojos en blanco. Para ser alguien que dice ser discreto por naturaleza, es bastante exagerado cuando está conmigo.

–Consigue la grúa, ¿sí? Mientras tanto, abriré el capó para echar un vistazo y asegurarme de que no sea otra cosa.

Procede a desabotonarse la camisa y sacarla de la cintura del pantalón, con lo que revela poco a poco la camiseta blanca que lleva debajo. Casi se me salen los ojos de las órbitas.

–¿Qué haces?

El representante de atención al cliente se aclara la garganta al otro lado de la línea.

–¿Disculpe?

–Lo siento –digo al teléfono. *Mierda*–. Estaba hablando con alguien más.

Max me mira entretenido, con la cabeza de lado.

–No me meteré ahí dentro sin quitarme la camisa. No quiero ensuciarla.

–Entonces yo lo haré –susurro–. Mi blusa es negra, así que, aunque la ensucie, nadie lo notará –ofrezco, pero él lo ignora.

–Tú estás haciendo la llamada, yo miraré el motor. –Luego se saca la camisa, abre la puerta del acompañante, y dobla la prenda con cuidado sobre el asiento.

Uff. Es el retorno de Hartley el sexy. Estoy teniendo pensamientos inapropiados sobre el hombre que podría haber sido mi cuñado, y eso me inquieta. Me estremezco ante la imagen cautivadora y me siento obligada a atacar a la persona que hizo que me alterara de repente.

–¿Por qué estás ahí parado? ¿Verás el motor de una vez? Vamos, vamos.

–Ya, ya –protesta–. No tienes que ser tan grosera, cielos.

Se aleja dando pisotones, y yo me descubro espiando su espalda para ver si allí también tiene los músculos marcados.

Maldición. Los tiene.

–Síp, la batería está muerta –anuncia el operador de la grúa, TJ, según su gafete–. Pero tienen suerte, puedo remolcarlos hasta mi tienda, pedir una batería nueva y tenerla lista para mañana a la mañana.

–¡Mañana a la mañana! –gritamos Max y yo al unísono.

TJ se saca la gorra de baloncesto y se seca la frente.

–Sí. No estamos en el centro, Dorothy y Toto. No hay una tienda de repuestos en la próxima esquina. Cielos, ni siquiera hay esquinas por aquí. Y este es un Volvo del 2002.

–Podemos llamar un taxi –sugiere Max, a lo que el hombre se echa a reír.

–Suerte con eso. Tampoco es un condado en el que haya servicio de taxis o de automóviles con chofer. La mayoría tienen camionetas o su propio automóvil. Además, tendrán que retirar su vehículo en la mañana.

Este viaje será un completo fracaso si no llego a mi compromiso, así que estoy decidida a lograrlo. En cuanto a lo demás, me ocuparé después.

–TJ, íbamos a la Granja Surrey Lane. Según el mapa, está a unos cuatro kilómetros, ¿podrías llevarnos antes de remolcar mi auto?

–Encantado –afirma y se coloca la gorra otra vez.

–¿Puedo opinar respecto a lo que haremos a continuación? –pregunta Max–. Teniendo en cuenta que soy el que sufre los inconvenientes de tu negligencia ante las altas probabilidades de que tu auto se rompiera...

–Nop. –Niego con la cabeza–. Ya usaste todos tus puntos de *pão de queijo*. Lo siento.

Mientras subo a la camioneta de TJ, escucho los resoplidos inconfundibles de un Max molesto detrás de mí. Es música para mis oídos.

La Granja Surrey Lane ostenta la clase de pasturas y campos frondosos que se verían en el material inédito de una película. El paisaje pintoresco, con las montañas Blue Ridge de fondo, es asombroso. Mis clientes, que planean renovar sus votos matrimoniales, pasaron un retiro de fin de semana para parejas aquí cuando tuvieron problemas. Sienten un apego emocional con el lugar, y ahora que decidieron volver a abocarse a la relación, les gustaría celebrarlo en el lugar que dio pie a la segunda oportunidad.

Max y yo estamos apretados en la cabina de una camioneta, en la que recorremos metros y metros de tierra reservados para el cultivo sustentable y la cría de ganado. Hannah, nuestra guía y organizadora de eventos local, surca el terreno irregular como una profesional; mi trasero, por el contrario, lo soporta como amateur. Para peor, mi pierna y la de Max están tan pegadas que bien podríamos atarlas juntas para correr una carrera de tres piernas. Más temprano, elaboré una lista mental de las cosas que quería preguntarle a Hannah, pero con cada sacudón sobre el camino de tierra, mi cuerpo choca con el de Max y mi mente no logra recordar ninguna. Cada vez que mis partes blandas hacen contacto con sus partes duras, me siento tentada a resoplar.

Él no parece tan afectado como yo por la cercanía, aunque en ocasiones cierra los ojos con fuerza y presiona los dientes.

–Los llevaré al Granero Starlight –explica Hannah–. Es un sitio popular para eventos, con una zona cercana en la que realizamos la mayor parte de nuestros eventos al aire libre.

–Eso sería genial –respondo. A juzgar por el ceño fruncido de Max, *nada* en este viaje podría catalogarse como «genial». Estoy segura de que sigue molesto por el incidente con el automóvil, pero no es que yo lo haya orquestado–. Oye, Hannah, ¿por casualidad hay disponibilidad en la posada para esta noche?

–Ah, querida, es imposible. –Se muerde el labio, apenada–. La posada está llena. Tenemos un retiro para parejas. Lo siento.

–¿Hay otro lugar en el que podamos pasar la noche? –pregunta Max–. ¿Algo no muy lejos?

–No, nada a menos de una hora de aquí. Pero podemos acomodarlos en el granero. Les sorprenderá lo cómodo que es.

–Estoy seguro de que por eso les gusta a los cerdos –comenta Max por lo bajo.

–Cállate –le advierto con un codazo en las costillas.

De repente, un bache demasiado grande en el camino me hace caer contra él. En un esfuerzo por controlar el impacto, me sujeto del cabecero del asiento de Hannah con una mano y con la otra, de Max. Por desgracia, en el apuro, me aferro a su entrepierna sin darme cuenta. En consecuencia, mi cuerpo se queda rígido, como si mi cerebro traicionero detectara una oportunidad. No puedo mirar. No puedo moverme. No puedo respirar. Al parecer, Max tampoco, porque también está inmóvil como una piedra.

–Hemos llegado, amigos –anuncia Hannah al detener el vehículo y bajar de un salto–. Les daré unos minutos para que vean el lugar mientras reviso mis mensajes.

Con el motor apagado, la respiración de Max es audible, y suena agitada. En efecto, la mía también.

–Eh, Lina, ¿puedes sacar la mano? –susurra, pero el volumen bajo no reduce la vergüenza que siento.

Despacio, como si eso fuera a hacer que el movimiento sea, de algún modo, indetectable, giro para encontrar su mirada inquisidora. Mi mano está en su entrepierna. Mi mano. En su entrepierna. Pero soy incapaz de hacer algo al respecto.

–Lina –repite en tono duro, que termina como un gemido tortuoso en la última vocal.

Yo jadeo, chillo y lo suelto, en ese orden, y luego me apresuro a bajar por el lado del conductor. Desde su perspectiva, Max debe ver mi trasero y mis codos agitándose en el aire, pero al menos logré salir físicamente ilesa. Sin embargo, mentalmente, soy un enorme desastre. Si ocurre otra catástrofe en el transcurso de este viaje, sabré que estaba condenado desde el principio.

· CAPÍTULO DIECIOCHO ·

MAX

Ya puedo anticipar con qué soñaré esta noche: masturbación. Rápidas, lentas, disimuladas, ansiosas. Y, dado que el universo me odia, la invitada estelar de mi inconsciente será la mano de Lina. Esa no era mi intención, pero así son las cosas.

Mientras me apresuro detrás de ella, que avanza con energía hacia el granero, intento sacar los pensamientos rebeldes de mi mente: *Aquí no ha pasado nada. Fue un error incómodo, nada más. No piensa en ti de ese modo; tú tampoco deberías pensar así de ella. Recuerda los motivos que Dean enumeró. Escríbelos en una nota adhesiva y pégatela en la frente.*

Al entrar al granero, veo que Lina está recorriendo el lugar, deteniéndose en ocasiones para hacerle alguna pregunta a Hannah. Nadie sospecharía que, hace menos de un minuto, tenía la mano en mi entrepierna. Si ella puede dejar el episodio atrás, yo también. Eso creo.

–¿Cuántas mesas de un metro ochenta de diámetro entran en esta zona? –pregunta.

–¿Cómodas? Entran dieciséis –informa Hannah–. Podemos ubicar dos más, pero eso dejaría poco espacio para la pista de baile.

–¿Está impermeabilizado? –continúa Lina señalando el techo.

–Resiste la lluvia. Es metálico, y los paneles están elevados, así que tiene buena caída.

–¿Y las canaletas?

–Las canaletas y los desagües se reemplazaron hace dos años.

Lina recorre el lugar con la mirada al tiempo que tilda ítems de su lista mental. Hace una inspección sistemática y exhaustiva, que incluye hasta apoyarse contra un poste para probar si cruje. Hannah se lo toma con calma; apuesto a que reconoce a una profesional al verla.

–¿Tiene licencia para venta de alcohol?

–Babette, la dueña, no aceptaría lo contrario –ríe Hannah.

Pasa de prisa junto a mí, sin siquiera mirarme. La atención inflexible de Lina es una de sus numerosas fortalezas y, mientras la observo, intento imaginar la estrategia de marketing para destacar ese beneficio al contratarla. Puedo visualizar la imagen: ella ocupándose de sus responsabilidades, sin desconcentrarse por dos familias vestidas de fiesta que luchan dentro de una fuente.

–¿Cómo es la provisión eléctrica? ¿Con generadores?

Ah, claro. Una boda necesita energía. Si alguien me pusiera a cargo de organizar un evento, apestaría.

–Hace unos años conectamos el granero al tendido principal, así que es parte de la red –explica Hannah–. ¿Qué fecha tienen los Jensen en mente?

–Mayo del próximo año.

–Entonces, tienen suerte. Tendremos energía solar para fines de marzo. Podremos hacer que todo (la iluminación, las lámparas de calor, el equipo de aire acondicionado), funcione por cortesía del sol.

Es claro que Lina está encantada con la noticia porque asiente entusiasmada.

–A los Jensen les encantará saberlo. Que la locación sea amigable con el ambiente será un gran plus para ellos.

–Muy bien –responde Hannah antes de ver la hora–. Si no tienes más preguntas, pasaré por la oficina antes de dar el día por terminado. Cuando estés lista para recorrer la posada, solo dirígete hacia allí. Alguien te mostrará las zonas comunes, la cocina y los tocadores.

–Muchas gracias, Hannah. Has sido de mucha ayuda –afirma Lina con cortesía.

Una vez solos, giro hacia ella, seguro de que mis ojos expresan admiración. Si alguien quiere planear una boda, *debería* contratar a Lina, sin duda.

–Debo confesar que muchas de esas preguntas nunca se me hubieran ocurrido.

–Tampoco a mis clientes. Por eso incluyo la visita de

locaciones como parte de mis servicios –explica y me indica que la siga–. Salgamos, quiero tomar algunas fotografías del área que tienen para las ceremonias. Hay algunas en el sitio web, pero no ilustran bien la escala.

Se trata de una extensión de césped, rodeada por un camino circular de piedra, con una combinación de pinos y robles a los costados.

–¿Y si llueve? –pregunto.

–O llevamos la ceremonia adentro o, como plan B, rentamos un gazebo –explica. Luego gira para ver la posada detrás de nosotros–. Me agrada que las habitaciones y los baños estén tan cerca.

–Sería genial si pudiéramos quedarnos en una de esas habitaciones esta noche –comento.

Fiel a su estilo, me ignora y se dedica a tomar fotografías con su móvil. Tras algunas tomas, recibe una llamada.

–Es TJ. Espero que tenga buenas noticias.

Yo también. La idea de pasar la noche en el granero, aunque tengamos una docena de mantas y lámparas de calor, no me emociona y tampoco creo que sea cómodo.

Lina asiente con la cabeza mientras presta atención al móvil.

–De acuerdo, TJ. Fantástico. ¿A qué hora lo remolcarás hasta aquí? –Sonríe ante la respuesta del otro lado–. Eres el mejor. Muchas gracias. –Al terminar la llamada, hace un pequeño baile de celebración–. Un amigo le llevará la batería nueva; la tendrá mañana temprano. Podremos salir de aquí antes de las nueve y media.

–¿Y cuál es la buena noticia? –Son muchísimas horas en un granero. Con Lina, a solas.

–Cielos, hoy sí que eres un rayo de sol –bufa y me saca la lengua–. Sé que no es una situación ideal, pero intento verle el lado positivo. Al menos estábamos cerca de la granja cuando el auto se descompuso. Podríamos haber estado en tierra de nadie; eso no hubiera sido divertido.

Su comentario casual desencadena una serie de pensamientos indeseados. ¿Y si no hubiera venido con ella? Hubiera estado sola en medio del camino. Me la imagino esperando a que alguien la ayude al costado de la carretera. *Dios*. Sé que se enorgullece de ser autosuficiente, pero se arriesga demasiado, y no me agrada. Para empeorar la situación, estoy enojado conmigo mismo por lo *mucho* que me desagrada la idea.

–Tienes que terminar con el sufrimiento del bananamóvil. Primero es la batería, después será el alternador o el motor. Si vas a recorrer distancias largas, debes hacer que lo revisen antes. No estaríamos en esta situación si lo hubieras hecho.

Con el móvil aún en mano, cruza los brazos sobre el pecho y me mira con seriedad.

–Hago que lo revisen con regularidad, pero no puedo predecir los problemas que tendrá.

–Entonces, necesitas un mejor mecánico.

–¿Cuál es tu problema? –exclama. Sus ojos entornados son ventanas de perdición.

El volumen de su voz nos sorprende a ambos, y no hace más que alimentar la llama que arde en mi pecho. En consecuencia, respondo en el mismo tono, sin preocuparme que alguien pueda oírnos.

–*Tú*. *Tú* eres mi problema. Y desearía con todo mi ser que no fuera así.

–¿Todo bien, amigos? –pregunta un hombre alto de piel oscura desde la entrada de la posada. Usa pantalones de vestir, camisa blanca, suéter de cuello abierto con corbata, al estilo Fred Rogers. En cualquier momento nos invitará a ser sus vecinos o hablará con un tranvía en miniatura.

–Estamos bien, señor –responde Lina mientras aparta el cabello que vuela sobre su rostro–. Es solo un pequeño desacuerdo respecto a un inconveniente *menor*.

–No diría que es algo menor, pero puedes interpretarlo como te plazca –refuto.

–Vaya, amigos –se ríe el hombre y baja los escalones hacia nosotros–. Necesitan este fin de semana en la posada.

–Nos gustaría mucho. Pero, por desgracia, no tenemos habitación –responde Lina.

Él se acerca más y se pone las manos al costado de la boca, como si estuviera revelando un secreto:

–Siempre reservamos una habitación por si una de las parejas necesita un tiempo de descanso. No se la ofrecería a cualquiera (todos están más cómodos cuando somos los únicos en la posada), pero sin duda consideraría a una pareja que es evidente que necesita unirse a nuestras sesiones. Por cierto, soy James –se presenta y extiende la mano.

–Encantada de conocerlo, James –responde y le estrecha la mano–. Pero él y yo no...

–Nos encantaría unirnos a su retiro –interrumpo y la abrazo por los hombros–. ¿De qué se trata exactamente? –Siento la mirada inquisitiva de Lina sobre mí y espero que me siga la corriente, pues esto es… un milagro.

–Ya hemos comenzado, pero podemos ponerlos al día enseguida –explica James–. Hacemos varios ejercicios. Uno se llama «Me gustaría» y la pareja habla de lo que afecta su relación. También hacemos ejercicios físicos. Es divertido y desafiante. A veces se vuelve difícil, pero mi esposa y yo hacemos esto hace más de diez años y ya nada nos sorprende.

–¿Qué valor tiene? –pregunto.

–Cuatrocientos dólares el fin de semana completo, doscientos por un día solo. Suele sumarse el costo de la habitación, pero ya que está incluida en nuestro arreglo con la posada, podemos descontarles ese gasto. Necesitaré copias de sus identificaciones, y tendrán que firmar un acuerdo de confidencialidad, en el que se comprometerán a no revelar información de las otras parejas.

¿Doscientos dólares por no pasar la noche en un granero? No hay nada que pensar.

–¿Nos disculpa un momento? Quisiera hablar con mi… Discutirlo con ella.

–Bien pensado, joven –reconoce James–. Es sensato tomar en pareja las decisiones que los afectan a ambos.

–Tiene razón –admito antes de alejar a Lina, que está perpleja, para que él no nos escuche.

Encontramos un lugar debajo de la copa de un cerezo, y ella gira hacia mí y susurra entre dientes:

–¿Qué estás tramando, Max?

–¿No es obvio? Conseguirnos una habitación. Y una cama.

–Pero tendremos que fingir que somos pareja.

–Solo una noche. ¿Qué tan difícil puede ser? –replico con la cabeza inclinada.

–Mucho, imagino –dice con una arruga profunda en el ceño–. Les mentiríamos a estas personas. Estaríamos espiando mientras comparten cosas de su vida privada. Está mal.

Es un buen punto, pero somos inteligentes, se nos ocurrirá una forma de no estar presentes cuando otros compartan sus pensamientos.

–¿Y si ponemos excusas para ausentarnos de la mayoría de los eventos? ¿O cuando los demás hagan lo que se supone que deben hacer? Si es demasiado, tenemos la opción de irnos y pasar la noche en el granero. De todas formas, por la posibilidad de dormir en una habitación, sugiero que lo intentemos.

Se muerde un dedo mientras lo considera.

–¿Qué haremos respecto a tener una sola cama?

–Fácil, dormiré en el suelo. O podemos dividirnos el tiempo en la cama. O poner almohadas en el medio. Lo que sea. También podemos dividir el gasto –explico. Lina se mece sobre los talones, pensativa, y estoy dispuesto a usar todos los recursos disponibles–. Te preguntaré algo, porque no estoy seguro de que lo hayas mencionado al hablar con Hannah. ¿Dónde están los baños del granero? Ah, ¿y trajiste repelente de insectos, por casualidad?

–Mierda –suelta con la cabeza hacia atrás y abre los ojos como platos.

–Exacto –asiento.

–Seré la mejor novia que hayas tenido en tu vida. –Con eso, me rodea el cuello con los brazos y me guiña un ojo.

En respuesta, se me eriza el vello de los brazos con un escalofrío que me recorre todo el cuerpo. Sí. Esto es justo lo que temo que pase. Pero vamos, al menos no dormiremos en un granero.

–Es... acogedor –comenta Lina al inspeccionar la habitación–. La cama debe ser tamaño *king*, es suficiente espacio para los dos.

–¿Tú crees?

–Estaremos bien –afirma tras presionar los labios–. Es mucho mejor que el suelo de un granero, eso es seguro.

Sí, la cama es enorme, pero Lina está ignorando un detalle: es una cama con dosel, con cortinado de gasa y volados de seda en cada esquina. No hay dudas de que es la atracción principal de la habitación; todo lo demás, desde el pequeño tocador antiguo, hasta las sillas de pana a juego, son simples accesorios. Si tuviera que hacer una descripción publicitaria de esta habitación, usaría palabras como «provocativa» y «lujosa» para la cama. En síntesis, no ayuda a una situación que ya es tensa de por sí.

Lina se sienta de un salto en el colchón para probar la firmeza, luego se deja caer de espaldas y extiende los brazos sobre la cabeza. Ella *tampoco* está ayudando.

–Es tan grande que podría hacer angelitos –comenta mientras mueve los brazos arriba y abajo sobre el cobertor–. No se parece en nada a la cama en la que dormía cuando era niña.

Muy bien, eso es todo. Está matándome. Por un lado, es demasiado adorable, por el otro, es tortuoso. Es obvio que tenemos que reducir el tiempo en esta habitación al mínimo. Entonces, me ubico a los pies de la cama, atrapo sus brazos cuando bajan y la obligo a sentarse.

–La diversión terminó, Lina.

Jadea sorprendida, mira nuestras manos unidas y se levanta de un salto. Casi me tira al suelo en su avidez por poner distancia. Tropiezo, pero ahora es Lina la que me sujeta de los brazos y me jala hacia ella para que no me caiga. Como resultado, cada una de las curvas suaves al frente de su cuerpo se presionan con fuerza contra mi torso duro. La disculpa queda atascada en mi garganta cuando bajo la vista hacia su rostro y noto la chispa consciente en sus ojos de párpados pesados. Luego, cuando se humedece los labios, mi corazón pierde el ritmo habitual para latir rápido, después lento y saltarse algunos bombeos en el proceso. Si eleva el mentón y me acerca su boca, bien podría caer en coma.

Un llamado fuerte y rápido a la puerta nos saca del momento, y nos alejamos como boxeadores que se retiran a sus esquinas al final de un *round*.

–Amigos, retomaremos las actividades del retiro pronto –anuncia una voz detrás de la puerta–. Los esperamos en el parque trasero en diez minutos.

–Me refrescaré un poco. ¿Te veo allí? –sugiere Lina con la vista baja para revisar su bolso.

–Sí –asiento con la cabeza, a pesar de que no está mirándome–. Es una buena idea.

Para ser honesto, necesitamos todas las buenas ideas posibles, más que nada para contrarrestar las insensateces que rondan por mi cabeza.

• CAPÍTULO DIECINUEVE •

LINA

Estoy segura de que escuché mal, así que levanto la cabeza e interrumpo:

–¿Disculpe, James?

–¿Sí, Carolina? –Gira con una sonrisa animada.

–Creo que el calor me tiene mareada –bromeo con los ojos bizcos–. ¿Dijo que jugaremos a la pelota? ¿Al fútbol?

Antes de que pueda responder, aparece una pelota inflable transparente con piernas humanas desde atrás del granero y arremete hacia nosotros. Todos nos apartamos del camino.

–¡Es el Hombre Michelin! –grita alguien.

–Wanda, ¡deja de jugar! –exclama James, cuyos ojos se entornan por la risa–. Se supone que somos los adultos aquí.

Wanda, su esposa, lo embiste y estalla de la risa cuando

lo hace tambalear. Cuando vuelve a enderezarse, James se dirige a mí:

–Para responder a tu pregunta, Carolina...

–Puede decirme Lina.

–Lina, jugaremos a las pelotas choconas. Eso significa que ustedes serán las pelotas y chocarán a los demás. –Dirige su atención a las otras parejas (somos siete en total) mientras se frota las manos como un villano–. El plan es que se diviertan, liberen un poco de tensión y trabajen en equipo. El objetivo del juego es permanecer dentro del área delimitada por los conos. Si los empujan más allá del perímetro, están fuera. La última pareja en permanecer dentro de los conos será la ganadora. ¿Entendido?

Todos asentimos.

–Ah, una cosa más –agrega James–. Sus manos deben permanecer dentro de la pelota todo el tiempo. Si las usan para algo que no sea sujetar las correas internas, quedarán descalificados.

–¿Ves en lo que me has metido? –bufo hacia Max.

–Lo veo –afirma con una sonrisa autocomplacida–. ¿No es genial?

–Muy bien, amigos, a vestirse –anuncia Wanda.

Creo que es demasiado sometimiento por el privilegio de no dormir en el suelo de un granero. En especial por el hecho de que algunas de estas parejas no están sonriendo y puede que no hayan escuchado la parte de divertirse en el discurso de James.

–Bien, ¿qué estrategia usaremos? –pregunta Max.

Se sacó la camisa, por lo que volvió a ser Hartley el sexy, y quiero derribarlo de un golpe solo por eso. Si tengo que pasar por otro encuentro cercano como el que tuvimos en la habitación, una ducha de agua fría no alcanzará para refrescarme.

Veo baños de hielo en el futuro. Muchos baños de hielo.

Wanda, que es una mujer dulce con un toque malicioso, tuvo la amabilidad de darme antes la camiseta que se supone que todos reciben al final del retiro. La combiné con unos pantaloncillos de Max.

–Derribarlos a todos.

–Eso funcionará. –Presiona los labios, contemplativo. Me coloco las correas de los hombros, esforzándome para superar el momento de claustrofobia que me invade–. ¿Estás bien ahí dentro? –comprueba Max.

–Estoy bien. –Aferrando las manijas interiores, me asomo para verlo por encima de la pelota–. ¿Y tú?

–Emocionado. Intenté convencer a mi mejor amigo, Dean, de hacer esto en el centro recreativo al que asistimos, pero se rehusó.

–Dean suena como un hombre sensato.

–Sí, ustedes se llevarían bien. Es práctico, igual que tú. Aunque debo decir que es un poco más animado.

–Debe ser la persona perfecta –comento agitando las pestañas–. ¿Alguna vez pensaste en salir con él?

Antes de que pueda responder, James toca el silbato y nos indica que nos reunamos en el campo de juego. Dado que nos unimos tarde al grupo, no conocemos a los demás, y ellos no nos conocen a nosotros. Sospecho que al ser los nuevos, los que no llegaron a horario (o eso es lo que ellos creen), seremos el blanco principal. Por fuera podré estar llena de sonrisas y de camaradería, pero por dentro pienso: *Ya verán, cabrones.*

Le doy un empujón a Max para llamarle la atención.

–Oye, ven conmigo.

–¿Qué ocurre? –inquiere una vez que nos alejamos.

–Me puse a pensar en estrategias. Dividámonos. Juntos somos un blanco mayor, mientras que separados pasaremos más desapercibidos. Podemos dejar que los demás se eliminen entre sí hasta que seamos los últimos en pie.

Demuestra su descontento sacudiendo el cuerpo adelante y atrás, por consiguiente, también la pelota.

–Deberíamos permanecer juntos y mostrar un frente unido. Vendrán tras nosotros primero, pero si tenemos una defensa fuerte, se dispersarán enseguida y atacarán a alguien más.

–Espera un minuto –interrumpo para llamar al anfitrión–. James, ¿hay premio para la pareja ganadora?

–El derecho a alardear con los demás –grita en respuesta.

Max y yo nos miramos el uno al otro.

–Bien, no perderemos mucho –comenta él–. Probemos con tu método, si no funciona, lo haremos a mi modo. ¿Trato hecho?

–Trato hecho –acuerdo y sacudo el cuerpo arriba y abajo para asentir.

Tras la señal del silbato de James, todos nos dispersamos

por el campo de juego. Corro hasta una esquina lejana, con cuidado de no acercarme demasiado al límite del perímetro. Antes de que llegue a evaluar las circunstancias, un hombre musculoso de brazos muy peludos engancha una de mis piernas con la suya y hace que me tambalee en dirección al límite, hasta que pierdo el equilibrio y caigo al suelo. Mis piernas quedan colgando de la pelota, por lo que no tengo idea de cómo levantarme. Estoy atorada. Maldita sea, Max tenía razón, teníamos que mantenernos unidos.

Cuando me encuentra retorciéndome en el suelo, no puede evitar burlarse de mí:

–Si pudiera alcanzar mi móvil, te tomaría una fotografía. Nunca creí que te vería así. Jamás.

Sí que es algo cómico. Él se ríe de mi predicamento, pero olvida que luce tan ridículo como yo.

–¿Tengo que recordarte que estás parado dentro de una pelota de plástico gigante, Max?

Se inclina para mirarme por encima de la esfera.

–La palabra clave es «parado». No puedo decir lo mismo de ti. Para que lo sepas, te ves como un tiranosaurio tumbado. Te ayudaría, pero... –A través de la pelota, lo veo salir corriendo, con otro jugador pisándole los talones–. Volveré.

No puedo evitar reírme al verlo bamboleándose a través del campo. *¿Cómo fue que mi vida se convirtió en esto?*

Mientras tanto, me sacudo hacia delante y atrás, con esperanzas de conseguir inercia suficiente para ponerme de pie. No funciona. Soy la imagen de cómo se hubiera visto Humpty Dumpty de no haberse quebrado con la caída y tengo un ataque de risa al imaginar cómo deben verme los demás.

Con gran esfuerzo, logro girar para poder ver al campo de juego y encuentro a Max entre el caos de pelotas plásticas que rebotan por el césped. Realiza un movimiento impactante, en el que se lanza sobre Brazos Peludos y empuja a mi némesis más allá de los conos anaranjados.

–¡Sí! –grito.

A continuación, Max vuelve hacia mí esquivando a los demás y jadeando como un perro lanudo acalorado.

–Tengo... una... idea.

–Estoy cautiva aquí, así que soy toda oídos.

–Bueno. Si me siento detrás de ti y ambos doblamos las rodillas, podemos intentar usarnos el uno al otro como apoyo para pararnos. Se verá ridículo, pero creo que funcionará.

Lo miro con los ojos entornados antes de girar para evitar el brillo enceguecedor del sol.

–A estas alturas, intentaré lo que sea.

Hacemos lo que dijo y, tras varios intentos (uno saboteado por una mujer que buscó venganza, sin éxito, en nombre de Brazos Peludos), logramos ponernos de pie. Mi sensación triunfal es desproporcionada, pero después de haberme sacudido en el suelo durante cinco minutos, me alegra volver al juego.

–¿Lo ves? Somos mejor como equipo –asegura Max.

Al pensar en nuestra tormenta de ideas del viaje, comienzo a estar de acuerdo con él. Aunque pelear es agradable en dosis pequeñas, hacer tonterías como hoy es más divertido.

Esta vez, es él quien me choca para llamar mi atención.

–Bueno, caminemos como si nada hacia esa pareja y después embistámolos. Los derribaremos a todos y cada uno de ellos. Y tenemos que gritar antes de atacar.

–¿Por qué haríamos eso? –pregunto desconcertada.

–Para intimidarlos. Ya sabes, para ponerlos a la defensiva. Eso los sacará de eje. –Luego se inclina para que pueda ver su rostro–. Además, se *sentirá* bien.

El énfasis en la palabra «sentir» me remite a cosas en las que no creo que él haya estado pensando. Se me ocurren muchas formas de sentirme bien y todas incluyen a Max. *Concéntrate, Lina. Concéntrate.*

–No estoy segura de que los gritos sirvan para congraciarse con alguien.

–¿A quién le importa eso? –replica con el ceño fruncido–. Queremos derrotarlos. Además, nunca volverás a ver a ninguna de estas personas, no tienes nada que perder.

Bueno, tiene razón en eso, así que ¿por qué no? Nada en este día se está desarrollando como esperaba de todas formas.

Cuando alzo la vista, veo a cuatro jugadores detrás del perímetro, lo que significa que solo quedan cuatro parejas por eliminar.

–Muy bien, Max, hagámoslo –anuncio en modo bestial.

Juntos, caminamos hacia nuestros objetivos, silbando por lo bajo como si estuviéramos paseando por el campo. Una vez que nos encontramos a buena distancia para atacar, Max grita:

–¡Unos, dos, tres! –Y chocamos con todos–. ¡No podrán vencernos!

–Es nuestro campo, perras. ¡Aaaaaaaah! –grito también.

–Eso fue demasiado, Lina –comenta congelado.

–Lo siento –respondo con un gesto apenado.

Dos minutos después, tengo la voz ronca de tanto gritar. Max tenía razón: *sí* se siente bien gritar con libertad, consciente de que nadie me mirará raro por hacerlo. Bueno, excepto cuando los llamas perras.

Ya solo quedamos nosotros y una pareja de mujeres hippies con Birkenstocks iguales. Con calcetines.

–Podemos con esto –me anima Max–. De seguro están fumadas.

Me mortifica que haya hecho ese comentario en voz alta, pero igual me causa tanta risa que me duele el estómago.

–Ja, ja. Tienes razón, pastelito –dice una de las mujeres.

Antes de que podamos apartarnos del camino, las dos se agachan, se inclinan y, en un instante, se convierten en bolas de boliche humanas, que rebotan y giran hacia nosotros. Cuando Max y yo nos percatamos de que somos los bolos, nos miramos el uno al otro horrorizados a través del plástico, pero es demasiado tarde para hacer algo al respecto.

Estamos fuera.

Mala noticia: no ganaremos el derecho a alardear como queríamos.

Buena noticia: me estoy divirtiendo más que nunca.

Otra mala noticia: estoy cien por ciento segura de que es porque estoy pasando el día con Max.

–Un aplauso para Lina y Max por su gran juego –reconoce James–. Ahora que dejamos las malas energías atrás, es hora de pasar al ejercicio siguiente. Se llama «Me gustaría que tú sí, me gustaría que tú no» y es muy simple. Una persona de la pareja compartirá tres cosas que le gustaría que el otro empezara a hacer o hiciera con más frecuencia. La otra persona compartirá tres cosas que le gustaría que su pareja *dejara de hacer* o hiciera con menos frecuencia. Todos tendrán su turno. Lo importante es que la persona que tiene la palabra justifique esas tres cosas para que su pareja las comprenda. Una última regla: el otro puede hacer preguntas para entenderlo mejor. ¿De acuerdo?

Estamos sentados en un círculo de sillas en la sala de la posada. La habitación tiene pesadas cortinas de brocado, muebles de madera de cerezo y paredes amarillas que contrastan con la oscuridad del lugar. A pesar de la pausa para ir al baño y comer un bocadillo, el grupo luce agotado y receloso. No puedo definir si están menos entusiasmados respecto a este ejercicio que al de las pelotas choconas porque están cansados o porque nadie ansía estar bajo los reflectores. El asunto está por volverse personal, y no envidio a la pareja que vaya primero.

–Muy bien, amigos, ¿quién quiere comenzar? –pregunta Wanda tras un aplauso.

–Yo lo haré. –Max levanta una mano.

Se me retuerce el estómago cuando algunas personas

giran para ver mi reacción. Como de costumbre, tengo una expresión neutral, aunque por dentro quiero golpearlo. ¿Qué está haciendo? No tenemos una relación, ¿qué podría decir? ¿Y por qué demonios quiere que seamos los conejillos de indias en este experimento de parejas?

–¿Por qué quieres ir primero? –le susurro al oído.

Extiende un brazo sobre el respaldo de mi silla y susurra en respuesta:

–Busco una solución a tu inquietud de escuchar información personal de otras personas. Si vamos primero, después podremos poner una excusa para irnos. Además, no almorzamos, y me gustaría ir a buscar comida.

Ah, está bien. Aprecio que tenga en cuenta mis preocupaciones. Puntos de *pão de queijo* restituidos. De todas formas, dirá un montón de tonterías sin importancia, yo haré lo mismo, y luego podremos ir a comer algo. *Perfecto.*

–Adelante, Max –indica Wanda.

–¿Debo estar sentado o parado?

–Como te sea más cómodo. –Ella se encoge de hombros.

–Bien, me pondré de pie. Así puedo darle espacio a Lina.

–O proteger tus canicas –ríe Brazos Peludos. Su pareja le da una palmada en la cabeza para ahorrarme la molestia.

Max suelta un suspiro y se frota el rostro para conjurar su expresión seria.

–Los pondré en contexto: Lina y yo salimos hace poco tiempo, así que mucho de lo que diga puede ser producto de que la relación es muy reciente. Al menos eso es lo que me digo a mí mismo.

Muy bien, Max. Es bueno poner en contexto las cosas inventadas que estás por compartir.

–En fin –continúa. Se frota las manos y me dedica una mirada más seria de lo que el momento amerita–. Me gustaría que te abrieras conmigo. Tengo la sensación de que te cierras con todo el mundo y no sé por qué. Quiero saber lo que piensas, pero casi nunca lo dices. ¿Alguna vez te enojas? ¿De *verdad*? ¿Qué te entristece? ¿Cuál es tu mayor temor?

Aunque me muevo incómoda en la silla mientras lo escucho, mi rostro permanece impasible. O está hablando de corazón o es un buen actor que sabe cómo inquietarme. Espero que sea una actuación; a fin de cuentas, se puso en su papel de extraño enseguida cuando nos reencontramos en el Cartwright hace dos semanas. Sin embargo, luce muy serio. Y si es más que una representación, está haciendo preguntas que no se le ocurrieron a ningún otro hombre en mi vida, ni siquiera a Andrew. Con un demonio, no quiero emocionarme. Menos frente a estos extraños.

–Lina, ¿quieres responder algo? –pregunta James.

–Nop. –Es muy pronto para descifrar qué está pasando, así que me miro las uñas para enfatizar el aburrimiento (falso)–. Por ahora no.

Max asiente con la cabeza y, mientras flexiona y estira los dedos, continúa:

–Bueno, lo segundo se relaciona con lo primero. Me gustaría saber qué piensas de mí. Como persona. ¿Sigues enfadada? ¿Podemos superar lo que sucedió? Porque yo quiero hacerlo. Ya no soy la persona que era antes, y tú tampoco.

Mierda. Podría aplastarlo. O abrazarlo. Está usando esta pantomima para hablar conmigo. Para hablarme de *verdad*. No sé cuánto podré decir sin revelar sentimientos que prefiero guardarme. No necesita saber que me atrae ni que está bajando mis defensas al intentar conocerme. Ni que me gusta la persona que soy cuando estoy con él. Quizá si respondo a esas preguntas específicas, podré evitar que todo eso salga a la luz.

–¿Algo para decir, Lina? –insiste James.

Lucho contra el nudo en mi estómago y tomo aire para darme fuerzas.

–Me agradas, Max. Como persona. Mucho. No esperaba que fuera así, pero he estado haciendo algunas cosas atípicas para mí estas últimas dos semanas y eso me agrada. No estoy enfadada contigo, ya no. Quisiera que nos enfocáramos en las personas que somos hoy y que recordemos el objetivo en común.

–La presentación. Claro. –Presiona los labios y suspira–. Cómo podría olvidarla.

Mi respuesta lo decepcionó. ¿Será porque quiere que sea más profunda? ¿Que revele más?

–No se trata solo de la presentación, Max. Al menos no para mí. –Me inclino hacia delante–. Pero ¿por qué te importa tanto que podamos superar el pasado?

–Esto es bueno, muy bueno –comenta James–. Estás abierta a lo que dice y haces tus propias preguntas. Todos los demás, tomen notas.

Max duda, cierra la boca de golpe y vuelve a abrirla.

–Dime –lo animo.

–Está relacionado a la tercera cosa que me gustaría que hicieras –responde.

–Dinos una cosa más y luego escucharemos a Lina –agrega Wanda para darle tranquilidad.

No, claro que no. Tengo que salir aquí. Rápido. Si no lo hago, superaré mi cuota diaria de emoción, me sobrecalentaré y me desmayaré.

–Bueno –concede Max, sin apartar la mirada de la mía–. Es lo último, pero es importante. Me gustaría que vieras el potencial que tenemos. Sé que es difícil que me veas con otros ojos, en especial con nuestra historia, pero aquí hay *algo*. No sé qué es con exactitud, pero es muy fuerte y no quiero ignorarlo. Sé que es mucho pedir y que es complicado. Deben existir docenas de motivos por los que ni siquiera deberíamos intentarlo. Y tal vez no te imaginas conmigo, pero quiero que sepas que, si hay una mínima oportunidad para nosotros, la tomaré.

Una de las mujeres en Birkenstock jadea; la otra se desliza en su silla. Tengo miedo de moverme, parpadear o responder, pero sigo su ejemplo. El ejercicio está diseñado para tocar todas mis fibras sensibles, y todo es culpa de Max. Debería estar enojada con él por ponerme en esta situación, pero para ser honesta (*totalmente* honesta conmigo misma), es liberador. Aquí no tengo que disimular mis sentimientos y puedo compartir tanto como quiera. Además, no puedo ignorar el leve aleteo que sentí en el estómago cuando Max dijo que quería tener una oportunidad de estar conmigo.

No debería animarlo, en especial si no puedo darle lo que busca, pero él expuso sus sentimientos, y lo justo es que yo haga lo mismo.

Supongo que Wanda percibió que me siento vulnerable, porque me habla en tono suave:

–Lina, ¿quieres compartir tus tres cosas? Si no te sientes cómoda, no es necesario. Queremos que tengas tu turno, pero también queremos lo mejor para ti.

Mirando a Max, exhalo despacio y me pongo de pie.

–Claro, lo haré.

Muy bien, Lina. Aquí vamos.

· CAPÍTULO VEINTE ·

MAX

Entonces así se siente tener una experiencia extracorporal, ¿eh? No lo recomiendo.

No puedo creer haber desnudado mi alma en una habitación llena de, en su mayoría, extraños. No culparía a Lina si estuviera enojada porque esta vez la culpa es toda mía. Ella me dio una pequeña chispa (al decir que sus sentimientos hacia mí no se limitaban a la presentación), y yo la convertí en una maldita hoguera.

Después de aclararme la garganta, la miro con intención y le ofrezco una salida.

–Eh, Lina, ¿no tenías que devolver una llamada importante? –Miro mi reloj–. Es la hora. Quizá deberíamos irnos.

Me analiza un instante con una expresión que no revela nada y, tras varios segundos de silencio incómodo, responde:

–Olvidé decirte que se reprogramó la llamada. No tengo ninguna obligación, soy libre por completo.

Entendido. Me desplomo en la silla. Debe estar planeando mi fin o compartir algo vergonzoso sobre mí. ¿El incidente de los pasteles, tal vez? No me sorprendería que inventara algunas historias ridículas. Y no tendría forma de defenderme. Pero, para ser honesto, me merezco eso y más, así que me siento, la miro y espero lo que debo enfrentar.

Todavía lleva puesta la camiseta del retiro, a la que le hizo un nudo a un costado, de modo que deja a la vista una porción de su abdomen. Es como si estuviera frente a un obsequio de mi lista de deseos y por fin hubiera podido romper la primera capa del papel de regalo. El único problema es que Lina me noquearía si rompiera el resto de la camiseta.

Antes de continuar, se seca las manos sobre los muslos y se aclara la garganta.

–Tres cosas que me gustaría que no hicieras o que hicieras menos. Bueno, aquí voy. Me gustaría que fueras más consciente de lo que me estás pidiendo cuando dices que soy cerrada. ¿Quieres saber si lloro? ¿Si me enojo? Por supuesto, pero necesito un lugar seguro para hacerlo, y no abundan. Soy mujer, Max. Y afrolatina. No puedo ser emocional con libertad. Al menos no sin que tenga repercusiones.

–Tú lo has dicho, chica –apoya Wanda.

–Una mujer negra no se enoja con razón, se *irrita*. Si una persona latina confronta a otra, es feroz o peleadora. No me gusta levantar la voz en público, Max. Hacerlo lleva asociada demasiada carga. Si una mujer es emocional en el trabajo, la tildan de ser irracional e incapaz de liderar. Me *despidieron* por ser demasiado emocional en un lugar dominado por hombres.

Estamos hablando de la vida real. Se está tomando el ejercicio en serio, y no hay forma de que yo no haga lo mismo. Tengo la necesidad abrumadora de hacerle preguntas, así que me dejo llevar a pesar de mis reservas.

–¿Qué pasó, Lina? ¿Por qué te despidieron?

Cierra los ojos unos segundos, los vuelve a abrir y levanta el mentón.

–Antes de ser organizadora de bodas, fui asistente legal en una prestigiosa firma. –Recorre a todos con la mirada–. Amaba el trabajo. Era joven, aún no terminaba el tercer año de universidad, y lo único que quería era probar que merecía estar allí. Vi mi gran oportunidad cuando tuve que asistir a un compañero en un juicio. Por desgracia, lo arruiné en grande. Enumeré mal los elementos probatorios, no sé si fue porque estaba exhausta o qué. Como sea, el juez se confundió, el socio de la firma se confundió, *yo* me confundí. Y el jurado no tenía documentos para ver. Podría haberse solucionado, el juez nos hubiera dado tiempo para poner las pruebas en orden. Sin embargo, las emociones me superaron, me sentí tan decepcionada de mí misma que comencé a llorar. Y no fueron esas lágrimas tiernas que se ven en las películas, sino un llanto desconsolado y horrible. Después fui incapaz de enmendar mi error porque estaba avergonzada. Creo que no hace falta decir que el socio perdió la confianza en mí.

Es difícil imaginar esa versión de ella que está describiendo, pero no dudo de su historia. Aunque ha cambiado mucho desde entonces.

–Que te despidan no es lo peor que puede pasar en la vida –agrega–. Lo *sé*. Pero que me despidieran por tener un colapso emocional fue difícil de digerir. Aún lo es. En especial cuando pienso en la fuerza de mi madre en momentos difíciles. *Odio* no haber podido estar a la altura. En fin, después de eso, ninguno de mis colegas quiso trabajar conmigo, así que me despidieron. Sin una buena recomendación, tuve dificultades para conseguir trabajo. Una amiga, que sabía que me sentía mal por la situación, me pidió que la ayudara a organizar su boda y, como dicen, el resto es historia. Y no quiero volver a ser la persona que tuvo que pasar por eso. Así que, cuando me pides que demuestre más emoción, no es tan fácil como suena.

Mierda. Soy un hombre blanco y me avergüenza darme cuenta de que no hubiera pensado en nada de eso si ella no me hubiera obligado a verlo. Poder *ser* quien quiero ser y *decir* lo que quiero sin importar dónde esté es un privilegio que doy por sentado. ¿Cuántas veces vi a un colega hombre ponerse morado por un mínimo menosprecio y salir ofuscado de una sala de conferencias? ¿Alguna vez me mofé de él? No. ¿Pero cuando era una mujer la que lloraba en esa misma sala de conferencias? Sí, debo admitir que me incomodó. ¿Es por eso por lo que mi madre insiste en que Andrew y yo nos olvidemos de que somos sus hijos en la oficina? ¿Es para que no la vean como nuestra cuidadora emocional? ¿O como una líder débil? Es difícil saberlo. Para Lina, por el contrario, tiene sentido. Levantó muros a su alrededor porque los necesita.

–Lamento que hayas pasado por eso. Y quiero ser un lugar seguro para ti, como amigo o… como algo más, eso depende solo de ti.

–Significa mucho para mí –responde con una sonrisa tímida–. Gracias.

Wanda interrumpe golpeándose el muslo con un papel.

–Están haciendo justo lo que James y yo esperábamos: que se abrieran. Que se *comunicaran*. –Luego se extiende para tomar la mano de Lina–. Y estoy orgullosa de ti, pequeña. Expresaste tu verdad e hiciste que él te escuchara. ¿Hay algo más? Puedes detenerte si quieres.

–Sí, ha sido un día largo, estoy cansada y hambrienta, así que creo que terminaré con esto enseguida –suspira.

Por mi parte, me hundo más en la silla, exhausto por los dos. Si pudiera hacer algo para aliviar la sobrecarga emocional que está sufriendo, lo haría.

–Otra cosa que me gustaría que no hicieras –continúa, y yo me enderezo en la silla con la mirada fija en ella. Está evaluando lo que dirá, como si buscara una forma diplomática de expresarlo–. Me gustaría que no usaras a otros como medida de tu éxito. Aunque te conozco hace poco tiempo, puedo ver que eres una persona increíble por ti mismo. Competir con otro no te ayudará a encontrar lo que buscas, debes competir contigo mismo. Cuando quieras mejorar, piensa en lo mejor que hayas hecho y avanza desde allí.

Los dos sabemos que está hablando de Andrew. Sin querer, tocó el asunto que hace que les tema a mis sentimientos por ella. ¿Me comparará con Andrew? ¿Lo toma como medida de *mi* valor? Sospecho que no. Si lo hiciera, ¿por qué me aconsejaría que no lo haga? De todas formas, mentiría si dijera que no me preocupa.

–No es fácil. Me han comparado con otra persona durante toda mi vida. Pero prometo que lo intentaré.

–Bien.

–¿Algo más? –pregunta Wanda.

Lina niega con la cabeza y se sienta en su lugar.

No puedo negar que estoy decepcionado porque ignoró la parte en la que le pedí que le diera una oportunidad a lo nuestro. Pero ¿qué esperaba? ¿Que la exprometida de mi hermano admitiera que siente atracción por mí? ¿Que quiere probar si hay algo más entre nosotros?

No recuerdo ninguna de las razones por las que Dean dijo que Lina y yo no deberíamos estar juntos, pero no importa. Ella es una mujer centrada y no les dará lugar a mis fantasías ridículas de todas formas.

LINA

James anuncia un receso de quince minutos y, antes de que alguien salga de la sala, Max y yo nos lanzamos hacia él. Es claro que ambos tuvimos suficiente de esta farsa.

–Estamos agotados... –digo.

–Tenemos hambre... –dice él.

Dejamos de hablar al mismo tiempo e intercambiamos sonrisas cómplices.

–Largo de aquí, los dos. –James pone los ojos en blanco–. Se ganaron el resto de la noche libre. –Luego se acerca para hablar por lo bajo–: Se rumorea que están preparando un bufé en la cocina. Puede que consigan algo allí. –Mientras corremos hacia las puertas corredizas, exclama–: ¡Espero su devolución del retiro en la mañana!

–Por supuesto –respondo sobre mi hombro.

–Lo haremos –agrega Max, que me sigue de cerca.

Cuando todos los demás salen a tomar aire, nosotros nos colamos en la cocina, donde un hombre y una mujer están cubriendo bandejas metálicas con papel de aluminio.

–Es un poco temprano, amigos –dice el hombre de mediana edad con una sonrisa–. La cena estará lista en una media hora.

Max gruñe, o quizá sea su estómago.

–¿Hay alguna posibilidad de que nos llevemos un poco de pan? ¿Avena? ¿Queso? No soy pretencioso.

–Bueno, no podemos dejar que nuestros invitados pasen hambre, ¿no? –ríe la mujer y nos entrega enormes platos blancos–. Tenemos pollo a la pimienta y limón, ensalada de tomate y judías verdes, estofado de patatas dulces y rollos calientes. Pueden servirse. –Le echa un vistazo al corredor–. Pero no coman en las áreas comunes. No quiero que llegue una estampida.

–Es muy dulce de su parte –agradezco–. Me salvará de un desmayo.

Max y yo trabajamos en equipo para descubrir las bandejas y servirnos la comida. Cuando los platos están llenos, salimos en puntas de pie, balanceando nuestro botín (utensilios, servilletas, vasos de limonada y platos repletos).

–¿Vamos a la habitación? –susurro.

–Después de ti –responde.

Al llegar, nos instalamos frente a la chimenea a devorar la comida.

–Santo Dios, es justo lo que necesitaba –digo con la boca llena–. Perdón, perdí los modales.

Toma una pata de pollo con el pulgar y el índice y lo ataca como un perro a su hueso.

–Está bien. Tampoco soy la imagen de la elegancia.

Minutos después, luego de comer y de tomar turnos en el baño del corredor, nos hundimos otra vez en los sofás individuales, incapaces de resistir su suavidad. Hasta que la voz de Max me despierta del coma alimenticio.

–No veo por qué no podríamos dormir la siesta en la cama. A menos que no confíes en ti misma. Bueno, sé que soy irresistible, pero si puedes controlarte, disfrutaríamos de un colchón firme y nos salvaríamos de una contractura en el cuello.

Tengo muchas ganas de fulminarlo con la mirada, pero mi mente no está de acuerdo y, en cambio, me obliga a sonreír.

–No creo que entremos los tres en la cama.

–¿Los tres?

–Tú, yo y tu ego. –Abro un ojo para guiñárselo.

Se ríe mientras se pone de pie, me ofrece la mano (que acepto a pesar de las reservas), y me levanta sin esfuerzo. Si este era el plan, ¿por qué de pronto dudo en compartir la cama con él? Su declaración de interés en el retiro no tiene por qué significar nada, a menos que yo así lo quiera... y quizá sí quiero. Necesito espacio para pensar y no puedo hacerlo con él a pocos centímetros, así que busco mi bolso como si fuera un chaleco salvavidas que evitará que me ahogue.

–Estoy transpirada y sucia. Creo que tomaré una ducha antes de que a todos los demás se les ocurra lo mismo.

–Buena idea. Iré después de ti.

Que vaya a ducharse después de mí no debería encender ninguna chispa de deseo, pero nada tiene mucho sentido el día de hoy, así que lo hace, por supuesto. Lo imagino enjabonándose y frotándose el cuerpo, al tiempo que el vapor lo rodea y el agua corre por su torso y sus piernas. Cierro los ojos con fuerza para borrar la imagen, pero se vuelve más nítida, como si lo estuviera viendo en la pantalla de una computadora y los píxeles adquirieran más claridad a medida que el archivo se descarga. *¿Qué demonios, cerebro? Ya basta.*

–De acuerdo, no tardaré.

Una vez dentro del baño, abro la ducha y me saco la ropa. Al hacerlo, me horroriza descubrir manchas de césped en mi conjunto de ropa interior preferida, una edición limitada de La Perla que había elegido para la noche de bodas que nunca ocurrió. Tal vez tendría que haberlo tirado hace años, pero al demonio, no fue barato. Con esperanzas de limpiarlo antes de que las marcas sean permanentes, uso una muestra de jabón para ropa que llevo en el kit de emergencia, lo friego hasta que está casi limpio y lo dejo remojar en uno de los vasos de papel para los huéspedes. Esta es la ventaja de ser planificadora por naturaleza: siempre estoy preparada.

Es verdad, el recuerdo de Max gritándome por mi automóvil descompuesto intenta disentir, pero no importa. Nadie es perfecto.

Me baño y refresco en minutos, luego tarareo mientras vuelvo a ponerme el sujetador (mis pechos no deben estar libres en presencia de Max), y busco las bragas y la camiseta del retiro que él me prestó, ya que la mía está sucia. Encuentro la camiseta enseguida, pero después de revisar cada rincón y pliegue de mi bolso en busca de la prenda que siempre tengo a mano, descubro que olvidé empacarla. Me acerco al lavabo y observo el único par de interiores que tengo, uno que está empapado y hecho un bollo dentro de un vaso. Como lady Eloise, el personaje de Eartha Kitt en *Boomerang,* me miro al espejo y resumo mi predicamento en su susurro:

–No tengo ropa interior.

· CAPÍTULO VEINTIUNO ·

LINA

Estaré bien. La camiseta me llega hasta las rodillas, así que no me exhibiré frente a nadie. De todas formas, no es una situación ideal: estoy guardando un secreto potencialmente sexy justo cuando no debería pensar en sexo en absoluto.

Con una respiración profunda para darme ánimos, entro a la habitación.

Max se levanta del sofá, con la mirada sobre mi hombro.

–¿Buena ducha?

–Genial. –Jalo el dobladillo de la camiseta, con el bolso traicionero colgado del hombro–. Fantástica. Fue la mejor ducha de mi vida.

–Vaya. –Inclina la cabeza y alza la ceja izquierda–. Qué buena publicidad.

–Sí. Espera a probarla. –Giro la cabeza como un ventilador de techo, mientras que las tonterías se me escapan de la boca–. Muy revitalizante. Más que refrescante. Te encantará. Lo garantizo.

–Ajá –expresa mirándome con curiosidad–. No puedo esperar.

–¡Disfrútala! –Lo saludo cuando cruza la puerta con su bolso en mano.

Al quedarme sola, bufo y me desplomo en la cama. Debería cerrar los ojos y sucumbir a la combinación estimulante de ansiedad y cansancio. Casi lo logro, hasta que recuerdo que mis bragas siguen en el baño. En remojo dentro de un vaso.

Y Max también está allí.

Extiendo la manta que está a los pies de la cama y la arrojo sobre mi cabeza. Al parecer, no necesito dormir para ver mis peores pesadillas.

Unos minutos después, escucho la puerta y mi corazón se detiene. Presiono los muslos despacio, sin salir de debajo de la manta; de este modo, evito la mirada de Max y él se salva de quemarse con las llamas de vergüenza que arden en mis mejillas.

Siento el movimiento en el colchón cuando sube a la cama, aunque no dice nada, probablemente porque asume que ya me dormí.

–¿Cómo estuvo la ducha? –pregunto desde debajo de mi capa antivergüenza.

–No estaba seguro de que estuvieras despierta –ríe.

Después de una pausa, responde–: Estuvo bien. Buena presión de agua, aunque no fue nada especial.

–Debes ser un usuario más exigente que yo.

–¿Puedes respirar allí abajo?

Me río por lo bajo, salgo del escondite y giro de costado. *Ay, mi Dios.* Max está tendido sobre la cama con los mismos pantalones que antes y el cabello casi negro por el agua. Se cambió la camiseta por una del mismo estilo, pero de otro color, y sus labios lucen más carnosos y rosados de lo habitual. Un agradable efecto secundario de la ducha caliente, supongo. Cualquiera sea el motivo, su boca emana una energía irresistible.

–Lamento lo del auto –suelto, desesperada por llenar el silencio con una conversación no sexual, sin importar cuán banal sea–. Estás aquí varado por mi culpa y me siento mal.

Gira de lado y recorre mi rostro antes de mirarme a los ojos.

–No me siento varado, así que no tienes por qué disculparte. Aunque yo sí tengo algo por lo que pedirte perdón.

–¿Sí? –Levanto la cabeza de la almohada, me apoyo en un codo y alzo una ceja.

–Sí. –Con un suspiro, se deja caer de espaldas y cierra los ojos. Sigo su ejemplo y hago lo mismo–. Lamento cómo actué antes –dice en tono apenas más fuerte que un susurro–. No aceptaste que expusieran tu vida de ese modo, y no debí aprovecharme de la situación. A veces soy impulsivo y los resultados no siempre son agradables.

Su disculpa me hace reír, pues no puedo evitar recordar

mi comportamiento impulsivo de las últimas dos semanas, poco característico en mí.

–Max, fingí que no los conocía a ti y a tu hermano en una entrevista de trabajo y los convencí de seguirme el juego. Te jugué una mala pasada en un restaurante. Casi te pateo el trasero en una clase de capoeira. Creo que este mes te gané en impulsividad. Además, me ofreciste una solución, y no la tomé, así que también quería hablar de algunas de esas cosas.

Permanece en silencio por un tiempo, hasta que pregunta:

–Pero no de todas, ¿no?

Abro los ojos y miro el techo. Tiene razón, no estaba lista para hablar de todo. Al menos no en público. Aquí, en cambio, puedo intentarlo.

Me pidió que viera el potencial que tenemos, pero no existe. Él es el opuesto exacto de su hermano en muchos aspectos, y por eso somos incompatibles. No quiero a alguien que me afloje las rodillas. Odio la idea de estar con alguien que me provoque para hacer que reaccione. Y no me interesa pensar en nadie más de lo que debería. Me sucedió todo eso con Max y ni siquiera estamos saliendo. Además, ¿qué futuro podríamos tener? No me puedo imaginar cenando con sus padres, con mi exprometido al otro lado de la mesa. Probablemente lo golpearía con una *baguette*.

Aunque tal vez, solo tal vez, él sea la persona perfecta para tener una aventura, justo por el hecho de que es, sin duda, el hombre equivocado para mí. Si ya sé que nunca podríamos construir una relación duradera, ¿eso no evitaría que me enamorara de él? Sin embargo, ¿no sería injusto para Max? Si está buscando más de lo que estoy dispuesta a ofrecer, sí. Parte del problema es que no sé lo que quiere.

Pero antes de que pueda preguntar, se levanta de la cama.

Me siento tras él, sujeto el borde de la manta y me aseguro de mantener las piernas cerradas.

–¿Qué ocurre?

Max se despega la camiseta del cuerpo y se abanica con la mano, como si, de repente, la habitación fuera demasiado calurosa.

–Voy a salir. Me tomaré un momento para disfrutar del aire del campo –responde y toma la manija de la puerta.

Entonces, corro para poner la mano sobre la suya y evitar que abra.

Aunque se detiene, no me mira a los ojos, así que me obliga a observar su perfil.

–No estoy interesada en tener nada serio –comienzo, y mi voz suena más susurrante de lo que esperaba–. No funcionaría, Max. A menos no a largo plazo. Tenemos demasiada historia que superar.

Alza la cabeza y mira el techo, y el movimiento de su nuez de Adán me paraliza.

–En otras palabras, no buscas un compromiso –suelta por fin.

–Así es. Pero *sí* estoy abierta a una relación de compañerismo. Sin promesas.

Gira de costado para analizarme, con la cabeza y el hombro apoyados en la puerta.

–¿Y si te digo que puedo vivir con eso?

Antes de responder, extiendo la mano para acariciarle la barbilla. Cierra los ojos, se acurruca en mi mano y frota los labios en ella. Su reacción hace que surja calor en el centro de mi pecho y se expanda como lava fundida. Mis dedos ansían seguir recorriéndole la piel, pero me fuerzo a concentrarme en responder a la pregunta.

–Si puedes vivir con eso, te diré una cosa más que me gustaría que no hicieras.

–¿Qué es? –pregunta y abre los ojos.

–Me gustaría que no salieras de la habitación.

Sus labios se curvan en una sonrisa de lado, como si pensara que mi deseo es prometedor, pero esperara a escuchar cómo sigue la conversación para juzgarlo.

–Entonces, ¿puedo decirte qué más deseo?

–Dime. –Estoy en puntas de pie, cerca, pero sin tocarlo, y la anticipación embriagadora corre hasta las puntas de mis dedos.

Max se endereza y aparta un mechón de cabello que escapó de mi cola de caballo.

–Me gustaría poder besarte. Me gustaría poder tocarte. Me gustaría poder... –Niega con la cabeza y me estudia–. No, no estás lista.

–¿Qué? –Lo presiono de inmediato, sin preocuparme por que eso delate lo fácil que muerdo el anzuelo–. Puedo manejar cualquier cosa que digas.

Se muerde el labio inferior y me analiza con la cabeza de lado, en busca de evidencia de que digo la verdad. Es evidente que se está esforzando por no demostrar mucho interés en el objeto de su inspección, pero respira con pesadez, y sus pupilas dominaron sus ojos castaños y ocultan el color verdadero. Está excitado. *Por mí.* Ya no necesito escuchar lo que tenga para decir. Sea lo que sea, también lo quiero.

–De acuerdo –dice con un suspiro, como si por fin lo hubiera obligado a admitirlo contra su voluntad–. Me gustaría poder provocarte un orgasmo tan fuerte que te haga gritar hasta estallar las ventanas de esta estúpida y adorable posada.

Lleno los pulmones del aire que tanto necesito, que agita mi pecho con cada bocanada. Es un deseo fuerte. Me preocupa la posibilidad de alcanzar tal nivel de desenfreno, pero no puedo negar que me sudan las manos ni que estoy contrayendo mi sexo por la necesidad intensa que siento. Si estuviera segura de que no lo asustaría, le desgarraría la camiseta para revelar su torso y le recorrería el pecho con las manos para poder ver cómo sus músculos se tensan, tal como la naturaleza los manda. Ah, y quiero detalles. ¿Planea enloquecerme con la boca? ¿Con los dedos? ¿Con el miembro? ¿Con los tres? No al mismo tiempo, claro, sino en varios *rounds,* tal vez.

–¿Te dejé sin palabras? –pregunta y me despierta del torrente de pensamientos falocéntricos.

–No, en absoluto. Es solo que dudo que sea posible –respondo. Con eso, su expresión se desmorona; debió estar esperando una respuesta más significativa–. De todas formas, me encantaría que lo intentaras –agrego.

Levanta la cabeza de golpe y susurra mi nombre, no Lina, sino *Carolina*, y luego, en una serie de movimientos repentinos, termino con la espalda contra la puerta y sus dedos entrelazados en mi nuca.

–Vaya, eres ágil.

–¿Fue demasiado? –inquiere mientras me analiza el rostro, buscando señales para saber si se sobrepasó.

–No, fue lo justo y necesario. –Lo tomo por la cintura y lo atraigo más cerca; *deseo* que se pegue a mí.

Para ser honesta, *sí* fue demasiado, pero demasiado bueno. Es un inicio prometedor para un encuentro que preferiría que fuera mediocre, pues eso simplificaría este embrollo, ¿no? Es fácil dejar atrás el mal sexo; el bueno, en cambio, es difícil de olvidar.

Despacio y con tanto cuidado que dudo de sus intenciones, se aleja, me levanta el mentón con el dedo índice y me penetra con una mirada que me remite a mañanas perezosas de domingo, a sábanas arrugadas y a un rayo de sol colándose a través de las cortinas delicadas que vuelan con la brisa. Ya no puedo esperar, así que mordisqueo su labio inferior, lo estiro hasta que él frota su boca con la mía, de un lado al otro, de arriba abajo, llevándonos al abismo, pero sin dejarnos caer.

Justo cuando estoy por llegar al límite y suplicarle por más, separa mis labios, entrelaza la lengua con la mía y desliza las manos sobre mi cabeza para acorralarme. No quiero que esto sea bueno, pero a juzgar por esta demostración, maldito sea, estoy segura de que lo será.

Cuando por fin nos separamos, levanta la vista, que arde de deseo incontenido, y estudia mi rostro en busca de señales de... algo. Si espera encontrar una reacción al beso, no es allí donde la verá. Por el contrario, si baja la vista unos centímetros, notará mis pezones endurecidos. Si me desliza un dedo por el pecho, sentirá mi corazón acelerado. Y si baja las manos hasta mi entrepierna, notará el calor que hay allí. Mi cuerpo está listo. Sin embargo, mi mente va más lento porque no hay vuelta atrás de esto. Una vez hecho, hecho está. *Por favor,* que sea mediocre. *Por favor, por favor.*

–¿Qué piensas? –pregunta.

–No quieres saberlo. –Giro la cabeza para no mirarlo.

–Dime. –Se agacha y me da un único beso en el mentón. El contacto delicado me hace estremecer, maldito sea.

–Para ser honesta, espero que seas pésimo en esto. Quiero que sea el peor sexo de mi vida. Eso resolvería una tonelada de problemas.

–¿Porque así podrías alejarte con facilidad? –Levanta la cabeza con una ceja en alto.

–Exacto –afirmo porque no tiene sentido negarlo.

–Así que, lo que dices es que, si el sexo es increíble, ¿estarías decepcionada? –agrega con una sonrisita.

–Es rebuscado, ¿no? –Sonrío avergonzada.

–Entonces, solo te queda una cosa por hacer –sugiere y alza una ceja otra vez.

–¿Qué?

–Prepararte para quedar decepcionada.

· CAPÍTULO VEINTIDÓS ·

MAX

Sin saberlo, Lina planteó un desafío que planeo ganar. ¿Espera que el sexo sea malo? No si depende de mí. Pero ¿cómo abordaré la tarea para incentivarla a que trabaje conmigo por un bien común?

Con eso en mente, doy un paso atrás y me masajeo el mentón mientras la analizo para encontrar el punto justo para desarmarla. Sigue apoyada contra la puerta y su pecho sube y baja, a la espera de que haga o diga algo. Recreo los últimos minutos en mi mente, hasta detenerme en el momento en el que inició nuestro primer beso; el recuerdo me da una idea, que puede ser brillante o ridícula.

–Necesito que me des una oportunidad y creo que puedo ayudarte a hacerlo. Debes saber que soy como un perro. No en el sentido negativo que estarás pensando, sino porque me gusta complacer y soy fácil de entrenar. Así que, pienso que podrías decirme cómo arruinar esto, y yo haré justo lo contrario. –Cierro la idea con los pulgares arriba y agrego–: ¿Qué dices, amiga?

Mueve el mentón de un lado al otro mientras lo considera.

–En otras palabras, estás pasándome la responsabilidad.

–No, no, no. –Niego con el dedo índice frente a ella–. Nos hago socios igualitarios en el éxito de esta tarea conjunta.

–Hablas demasiado –ríe. Luego baja la cabeza y se masajea las sienes.

–Es verdad. Y algunas personas (también conocidas como *yo* mismo) dirían que tú no hablas lo suficiente. Entonces, ¿qué dices? ¿Me ayudarás?

–De acuerdo, lo haremos a tu modo –concede tras varios segundos de silencio.

–Que, en realidad, será *tu* modo.

–Cierra la boca, Max.

–Cierto.

A continuación, se posiciona como si fuera a dar una presentación y usa las manos para darle énfasis.

–Te diré algo que no me deslumbra: cuando un hombre cree que su miembro tiene todas las respuestas. Eso suele indicar que actuará con prisas, como si la penetración fuera el único objetivo. No lo es. Si un hombre no se toma el tiempo para explorar mi cuerpo, desperdicia una oportunidad de provocarme la clase de placer con la que soñaría despierta durante semanas.

–Con eso en mente, ¿puedo acercarme?

–Puedes hacerlo –sonríe.

–¿Cómo podría haber alguien que no quiera acariciar esta hermosa piel? –Cubro el espacio entro los dos, deslizo las manos por debajo de su cabello y le masajeo la nuca–. Sería un crimen horrendo.

Responde cerrando los ojos y llevando la cabeza atrás para dejar el cuello expuesto. Yo procedo a recorrer su clavícula con los labios, ascender por el cuello y posar un beso suave en su mentón. Su piel huele a una combinación embriagadora de melocotón y vainilla. Si salgo con vida de esta habitación, haré una cruzada en busca de un postre que me recuerde a este aroma.

–¿Qué hay debajo de esto? –pregunto cuando mi mano en su cintura levanta la camiseta–. ¿Puedo ver?

En respuesta, agacha la cabeza y levanta despacio la camiseta para revelar sus muslos sedosos. Estoy listo para devorarla con la mirada, pero duda.

–Muéstrame, Lina.

Entonces, mordiéndose la esquina del labio inferior, desliza la tela unos centímetros más arriba. Mierda. No lleva ropa interior, y ver su coño expuesto es más de lo que mi corazón sobrecargado puede manejar.

–Vaya, eres eficiente.

–No estaba en mis planes –dice con una risita, el sonido más dulce que oí jamás–. Es una larga historia.

–Empieza con los interiores que vi en el baño, ¿no?

–Sí. –Se baja la camiseta y se tapa los ojos.

–No lo hagas –le digo mientras le bajo los brazos–. Los escurrí y los traje. No quería que otro huésped se infartara. Ahora es nuestro secreto; uno que me hubiera gustado compartir hace media hora. ¿Te quitas la camiseta?

–Claro –accede. Toma la camiseta otra vez y, en segundos, se deshace de ella y la arroja sobre el sofá de la derecha.

El primer vistazo de su cuerpo me deja de rodillas.

–Lina –suspiro, incapaz de decir algo profundo. Con caderas redondeadas, pechos firmes detrás de un sujetador de encaje azul, pezones erectos y piel morena brillante, tiene todo lo que puede encenderme. Mi erección presiona la cremallera de mis pantalones, así que muevo la cadera para aliviar un poco la incomodidad.

–Me gusta estar desnuda –admite, con lo que me saca del trance–, pero solo cuando la otra persona también lo está. Quiero más que palabras. Quiero *verte*.

Mi camiseta desaparece en un instante. Luego desabrocho y bajo la cremallera de mis pantalones, con la intensa mirada sobre ella, los bajo hasta la mitad de los muslos y libero mi erección de los interiores que la limitaban. Mi miembro se agita algunas veces, firme y en alto, hasta estabilizarse en el aire, expectante.

–¿Mejor así?

–Mucho mejor –afirma con interés en sus brillantes ojos negros–. Con eso en tu arsenal, tus posibilidades de ganar la guerra son altas. Acércate para que pueda tocarlo.

–¿Por favor? –replico, pero el rastro de una sonrisa traviesa arruina el tono ofendido que intento fingir.

–Por favor –repite mientras se desprende el sujetador para revelar sus pechos turgentes. Avanzo distraído por la imagen y por poco caigo de cabeza contra la pared–. Tendrás que sacarte los pantalones primero –advierte entre risas.

Protesto para cubrir el error mientras me los quito y los alejo de una patada.

–Otra cosa que hace que el sexo sea insulso es que la persona no sepa divertirse –señala ella–. Una pequeña dosis de autodevaluación no es mala de por sí.

Comprendo lo que quiere decir, por lo que me inclino y palmeo los muslos.

–¿Viste eso? ¿Cómo tropecé con mis vaqueros? Fue muy gracioso, ¿no?

–Ven aquí, Max –dice con voz entretenida.

Disfruto de su tono autoritario y juguetón, así que no pierdo el tiempo, me acerco con un paso largo, coloco las manos en sus caderas y cubro su boca con la mía. Ambos gemimos en aprobación cuando nuestros cuerpos se reencuentran, y aquí, rodeado de calor, suavidad y curvas, encuentro mi nuevo lugar feliz personificado. Lina desliza una mano entre nosotros para tocarme de modo firme y seguro, que me obliga a apartar la boca, pues no puedo controlar el gemido que escapa de mi garganta. Esto es demasiado, ella es *demasiado*. Ya puedo anticipar que querré hacer esto una y otra vez; ahora solo tengo que asegurarme de que, para el final de la noche, ella sienta lo mismo. Para eso, me pongo de rodillas y levanto la vista en su dirección.

–Me gustaría pasar un momento aquí abajo. –Me

inclino, tomo aire y me humedezco los labios–. ¿Algún consejo antes de que empiece?

Antes de responder, aferra la manija de la puerta para estabilizarse. Sus ojos están en llamas.

–No disfruto cuando un hombre usa la lengua como si estuviera picando un nido de abejas con una vara. Tampoco que me mastiquen como un bocadillo crocante. El sexo oral es un arte, que requiere imaginación y variedad. Ah, y me encanta cuando me hablan sucio mientras lo hacen; en pequeñas dosis, por supuesto, porque deben estar concentrados en lo que hacen.

¿Sabrá que es ella la que me está hablando sucio ahora? ¿Se dará cuenta de lo tentadora que es al frotar los muslos con anticipación, mientras que la espalda arqueada resalta sus pechos hinchados? Si puedo provocarle al menos la mitad del placer que me genera tan solo al estar aquí parada, las ventanas de esta habitación estallarán, sin duda.

–Ponla sobre mi hombro –le indico señalando su pierna derecha–. Si es necesario, tómame del cabello. Me gusta eso.

Aunque no suelta el pomo de la puerta, como si fuera su forma de no colapsar, sí me coloca la pierna sobre el hombro y me toma la cabeza por detrás. Así, hundo el rostro entre sus muslos y comienzo a lamer sus pliegues, gimiendo ante la humedad que me recibe.

–Ay, Dios –gime–. Sí, Max. Así.

–Dime lo que necesita tu coño, bebé –suplico mirando su rostro–. Haré lo que sea.

–El clítoris –murmura–, necesito que lo succiones. Rózalo con los dientes.

Eso hago. Sin prisas, la recorro con la lengua en trazos largos y cortos, luego rodeo el clítoris con los labios y succiono con suavidad mientras uso los dedos para abrirme paso a donde debo llegar.

Unos minutos después, su presión en mi cabeza se debilita, hasta que se pone derecha y se aferra a mi nuca con más fuerza antes de empezar a mecer las caderas al ritmo del movimiento de mi lengua.

–Ah, no puedo... Sí... Quiero... Se siente muy bien, Max.

Percibo cómo su voz aumenta el volumen con cada palabra. En un mundo ideal, quisiera que me dijera si está cerca del clímax porque me rehúso a abandonar esta porción del cielo sin una buena causa. Decido ponerla a prueba usando la imaginación que ella pidió, así que estimulo el clítoris con los dientes y, al mismo tiempo, deslizo dos dedos dentro de ella. Eso inicia la detonación, con la que suelta un grito, al tiempo que su cuerpo se agita como si explotara desde el interior y sacude la manija de la puerta, hasta que su mano cae inerte.

A medida que parpadea para recuperar la consciencia, me limpio la boca y me siento sobre los talones para disfrutar de la vista. Luce lánguida y desaliñada, con la coleta del cabello colgando y un brillo de sudor bañando la piel de su vientre y sus muslos.

Podría contemplarla el día entero, pero menos de diez

segundos después de que temblara estimulada por mi lengua, alguien llama a la puerta.

–La cocina cerrará pronto, amigos. Pero son bienvenidos a acompañarnos con una copa en el salón si gustan.

Lina resopla con los ojos desorbitados y luego se tapa la boca al percatarse de que pueden oírla detrás de la puerta.

–Gracias por la invitación, pero nos quedaremos aquí esta noche –respondo.

Se inclina un poco y arruga la nariz.

–¿Quién necesita una copa cuando puede tener tu boca?

Ya era irresistible, pero descubrir que tiene un sentido del humor pícaro y sincronía perfecta termina de sellar mi destino: es la mujer perfecta para mí, y eso solo puede generar problemas. Pero ¿ahora? No podría importarme menos.

· CAPÍTULO VEINTITRÉS ·

LINA

Hasta ahora, Max está haciendo un trabajo perfecto para decepcionarme. Tendría que haber sabido que no cooperaría; a fin de cuentas, mi cuerpo tampoco cooperaría. Creo que es un *muy buen chico.* ¿Y quién puede culparlo? Yo le dije que el sexo oral era un arte, y él se dispuso a crear una obra digna de su propia ala en el museo del Louvre.

Que Dios lo condene a un mundo sin pasteles.

El protagonista de mis fantasías de las próximas semanas se pone de pie, con la erección firme apuntado al techo. Más músculos de los que creí que un humano pudiera tener se flexionan cuando se mueve (como imagino que trabajarían los engranajes de un reloj para marcar el paso del tiempo). Es fascinante… y desconcertante.

Sé que aún hay posibilidades de que él lo arruine, pero las probabilidades no están a mi favor y, como ya señaló, también soy responsable por el éxito de esta misión.

–Una pregunta: ¿tienes algo en contra de la cama?

–En absoluto –niego con una ceja en alto–. ¿Por qué?

–Porque comienzo a pensar que tu espalda se fusionará con la puerta.

Me alejo de la puerta en cuestión, sonrojada por su mirada juguetona, y observo la cama: el delicado cabecero con su diseño intrincado y su dosel elegante me llaman. La cama es tan… íntima. Eventualmente dará paso a dormir juntos, quizá hasta dormir abrazados si somos osados. Y la noche llevará a la mañana siguiente. Y puede ser que esté llena de arrepentimientos y de «mierda, qué demonios hice». Pero pensar que puedo evitar todo eso es una tontería, y me alegra que Max lo haya señalado.

Disfruta el momento. Después podrás preocuparte por todo lo demás.

–No tengo ningún problema con la cama –insisto negando con la cabeza. Para probarlo, esquivo a Max, retiro la manta y subo al colchón. Una vez allí, me recuesto de costado con el mentón sobre una mano–. Ahora, ¿en qué estábamos?

–Estabas por enseñarme los detalles para darte placer –responde al recostarse a mi lado.

La respuesta no me convence. No se trata solo de mí y sería egoísta que nos enfocáramos solo en mis necesidades, en especial cuando ya las ha comprendido muy bien.

–Cambiemos la perspectiva y hablemos de lo que te gusta a *ti*.

Se queda callado, con expresión pensativa, y luego frunce todo el rostro.

–¿No serás muy dura conmigo?

–Si pides mi aprobación, nunca podría ser muy dura.

–Bueno, me arriesgaré. –Bufa y pone los ojos en blanco–. Debo decir que no soy fanático del estilo zarigüeya.

–¿Estilo zarigüeya? –replico boquiabierta–. ¿Qué demonios es eso? No me digas que eres un cambiaforma.

–No –ríe–. Me refiero a cuando una mujer solo se recuesta en la cama, dura como una estatua. O, como me gusta describirlo, cuando se hace la muerta como una zarigüeya. Es muy perturbador. No me malinterpretes, no soy un cretino, comprendo si alguien no puede montarme como una estrella del rodeo. Con eso en claro, disfruto que la persona con la que tengo sexo participe de la acción.

Me sacudo de la risa al imaginar a una zarigüeya. Al recuperarme, propongo una teoría alternativa.

–¿Estás seguro de que no era una fantasía de la otra persona y tú no lo sabías?

–Si lo era, yo no lo sabía.

–O quizá no fuiste excitante. También es una posibilidad.

–Eres despiadada, y no te trataré con guantes de seda solo porque tu coño es increíble. –Se sienta haciéndose el distraído y, antes de que pueda descifrar sus intenciones, toma una almohada y me golpea en el rostro.

Chillo sorprendida mientras me pongo de rodillas, y me

armo con mi propia almohada, lista para atacar, hasta que alguien llama a la puerta. Otra vez.

–¿Todo bien por aquí? –pregunta la persona del otro lado.

–Creo que es James –susurra Max–. Estamos bien –responde en voz alta.

–Tenemos una guerra de almohadas –explico demasiado fuerte.

–Ah, de acuerdo. Creo que algunos se están alistando para dormir –advierte James.

–Haremos silencio, lo prometemos –aseguro.

Max baja de la cama, busca sus pantalones y revisa un bolsillo lateral. Luego vuelve con algunos condones. Le lanzo una mirada acusatoria, con los labios fruncidos en una expresión que le dice: «Por supuesto que estás preparado, engreído hijo de perra».

–Los tenías de casualidad, ¿eh?

Hace pucheros y finge estar ofendido por la pregunta.

–La verdad es que no los tenía. Los encontré en el gabinete del baño. Lo revisé en caso de que esto pasara.

–¿Comprobaste la fecha de expiración?

–Sí.

–Dame uno, por favor.

Se acerca de rodillas hasta el centro de la cama para dármelo, con una mano un poco temblorosa a la espera de que lo tome. No quiero que esté nervioso por esto, pero me pregunto si toda mi charla sexual (destinada a alimentar mi propia audacia), le ha puesto una presión innecesaria. Si así fue, quiero arreglarlo, así que también me acerco de rodillas y dejo el condón en la cama. Luego, con una mano en su hombro, me inclino para besarle el pecho, la nuez de Adán y el mentón. Al levantarme, lo miro con intensidad.

–Todo ha sido increíble hasta ahora, y de verdad creo que no hay forma de que lo arruinemos. –Tras un beso suave en los labios, comienzo a tocar su erección despacio–. Solo quiero que nos hagamos sentir bien el uno al otro.

–Ah, Lina –suspira. Se estremece contra mí y se le cierran los ojos–. Creo que ya podemos tachar eso de la lista.

–Aún no –lo contradigo y lo empujo del hombro para indicarle que se recueste.

Se sienta sobre los talones, luego desliza las piernas hacia delante y cae de espaldas. Observo su piel suave, sus hombros anchos, su erección firme, todo lo que está esperándome, y es alarmante lo mucho que ansío que llegue.

–Te necesito, Lina –gime con la voz quebrada, como si tuviera piedras girando en la garganta.

El anhelo en su voz alimenta mi propia necesidad, la lleva a otro nivel y amenaza con hacerla salir de control. Tengo los pezones tan hinchados que me duelen, y siento la humedad entre los muslos. Me monto sobre él enseguida y recupero el condón, pero suspiro frustrada porque no puedo abrirlo con facilidad. Mientras forcejeo con el envoltorio que se rehúsa a ser abierto, Max toma mis pechos y toca los pezones con movimientos ligeros y tortuosos. Cuando por fin logro abrir el condenado envoltorio, meto un dedo para sacar el condón, pero mis ojos se salen de sus órbitas y el estómago me da un vuelco.

–Está vacío.

–¿Qué? –Max levanta la cabeza de la almohada–. Buscaré otro.

–No te molestes –bufo al observar el sobre–. Son condones de broma, Max. Se llaman Nojan. La etiqueta dice: «Para el que no tendrá acción esta noche».

Su rostro adquiere un adorable tono rosado antes de que se tape con la almohada. Después lo piensa mejor y se asoma por detrás.

–Admítelo, *es* el peor sexo que has tenido.

–No es el peor, pero sí el más memorable –admito y le saco la almohada. Después salgo de encima de él, giro a un lado y tomo su erección con una mano. Antes de descender con la boca, agrego–: No te preocupes, lo mejor está por llegar.

· CAPÍTULO VEINTICUATRO ·

LINA

El lado de Max de la cama está vacío cuando me despierto. Miro el techo y espero que el «mierda, qué demonios hice» resuene en mi mente, pero no lo hace. Es fácil saber por qué: Andrew es mi pasado, Max es mi presente. Además, Max y yo no tenemos interés en crear un futuro juntos; estamos cegados por la atracción mutua y estamos disfrutándola por lo que es. No tenemos motivos para sentirnos culpables, ni tendremos que preocuparnos por las consecuencias a largo plazo porque no habrá.

Vuelvo a acurrucarme debajo de la manta, decidida a disfrutar de unos minutos más de paz, pero segundos después de que cierro los ojos, entra Max con su taza en la mano:

–¡Arriba! Hora de brillar y beber café, encanto. Tenemos que salir a la ruta.

–Pero aún no tenemos automóvil –protesto mientras me siento y me acomodo los rizos.

Se acerca a la cama, deja la taza en la mesa de noche y se inclina para darme un beso delicado. Al alejarse, se lleva mi labio inferior con él, por lo que me obliga a ponerme de rodillas para prolongar la dulzura del saludo.

–TJ trajo tu auto temprano. Las cuentas están pagas (supongo que podemos arreglarlas después), y somos libres de irnos. Es domingo de Pascuas, así que tengo que estar temprano en Viena para una cena familiar.

–Ah, rayos. Yo también –recuerdo. Bajo de la cama y rodeo la taza con las manos–. Ya es suficiente con tener que escuchar un discurso por haber faltado a la iglesia. –El café me calienta el estómago como una comida casera–. Me pongo una camiseta limpia con los vaqueros de ayer y ya podemos irnos.

–Y tal vez podrías cepillarte los dientes –comenta mientras guarda su cargador de viaje de lujo.

Le miro fijamente la espalda hasta que gira la cabeza y me mira con una sonrisa maliciosa. Entonces, bufo y le arrojo una almohada a la cabeza.

–Voy a asearme.

–Tengo una idea –sugiere al interceptarme en la puerta con un abrazo por detrás.

–¿Cuál? –pregunto e inclino la cabeza para que pueda posar los labios en mi cuello.

–¿Por qué no te pones solo mi camiseta? Es larga y, de hecho, se ve tierna. Nadie sabrá que no era para usarse en público, y me permitirá disfrutar de la vista de tus piernas encantadoras en el camino a casa.

–Lo pensaré mientras *me cepillo los dientes* –replico con un empujón en broma.

En el baño, decido que no tuvo una mala idea y me pongo un cinturón delgado para fingir que es un atuendo moderno. Aunque no funciona, como implica que Max podrá deslizar las manos entre mis muslos en el camino, enfrentaré el crimen de la moda. Mientras me cepillo los dientes, me maravilla la naturalidad con la que interactuamos esta mañana. No fue incómodo en absoluto, y lo atribuyo al hecho de que ambos fuimos sinceros con nuestras intenciones.

De vuelta en la habitación, encuentro a Max sentado en un sofá, con un libro y una hoja sobre las piernas.

–No te olvides de completar la evaluación del retiro. James está en la entrada, asegurándose de que los que se vayan temprano la entreguen antes de partir.

Tomo mi hoja del aparador, me dejo caer en el sofá junto a él y leo la primera pregunta.

–¿El retiro ayudó a que usted y su pareja se acercaran? Mmm. Teniendo en cuenta que estábamos a punto de apuñalarnos y terminamos dándonos orgasmos increíbles el uno al otro, diré que sí.

–Qué casualidad –ríe Max–, escribí lo mismo en la sección de comentarios.

–Mentira –respondo, inclinada para ver su hoja.

–Es privado, señorita. –Levanta la hoja y la pega contra su pecho–. Ocúpese de su propia evaluación.

Pongo los ojos en blanco y termino de responder.

Una vez que ambos terminamos, recogemos nuestras cosas y nos preparamos para salir. Antes de cerrar la puerta detrás de mí, le echo un último vistazo nostálgico a la habitación. Hacemos una visita rápida a la cocina en busca de pastelillos para el camino y luego nos reunimos en la entrada con James, que extiende la mano de inmediato. Las evaluaciones son su prioridad.

–Muy bien, amigos –dice con una sonrisa–, fue un placer conocerlos. Me hubiera gustado pasar más tiempo con ustedes, pero creo que han conseguido lo que necesitaban de esta experiencia.

Le guiño un ojo a Max, y sus labios se tuercen.

–Lo conseguimos, sin duda –afirma.

–Debo confesarles que en los años que Wanda y yo llevamos en esto, es extraño ver que una pareja nueva sea tan abierta –susurra James–. Eso me dice que tienen las bases para hacer que la relación funcione. Las herramientas están aquí. –Señala el corazón de Max y luego el mío–. Solo tienen que usarlas. Recuerden: la comunicación lo es todo.

Eso inspira la primera oleada de culpa genuina. James es un hombre muy dulce y odio que le hayamos mentido solo para conseguir un alojamiento más cómodo. Sin embargo, es verdad que Max y yo tuvimos un avance ayer, y eso aplaca la chispa de remordimiento que se encendió en mi pecho.

–Si alguna vez van a DC con Wanda, búsquenme –sugiero al entregarle una tarjeta que saqué de mi bolso–. Me encantaría invitarlos a almorzar algún día.

–Lo haremos –responde mientras lee la tarjeta–. Solo vamos en ocasiones especiales, pero Wanda siempre insiste en ver un espectáculo en el Centro Kennedy. Supongo que podríamos ir a pasar el día completo.

–Sería genial. También podría recomendarles algunos lugares para ir a cenar.

–Tenemos que irnos, bebé. –Max me toma de la mano, la levanta y me roza los nudillos con los labios–. Tenemos un largo viaje y quiero hacer un último paseo por el campo de flores.

El impacto momentáneo por el modo casual en que me dio un beso en la mano queda eclipsado por la confusión. ¿Quiere recorrer la granja otra vez? No lo sabía.

–Bueno, no los retengo más –dice James–. Es un día precioso para pasear. Si pasan las plantaciones, prácticamente no verán ni un alma. Es un lugar perfecto para un picnic matutino.

–Sí –afirma Max–. Ayer Hannah mencionó que era un lugar perfecto para tomar fotografías y pensé que a Lina le gustaría verlo.

¿Hannah lo mencionó? ¿Cuándo?

–Bieeeen. –James alza el mentón hacia Max y luego saluda con un sombrero imaginario–. Disfruten y conduzcan con precaución.

Una vez afuera, rodeo mi automóvil y lo inspecciono con mirada maternal.

–Mi bebé está bien.

–Por ahora –agrega Max por lo bajo.

–TJ también lo lavó.

–Necesita toda la ayuda posible. –Es evidente que no está impresionado al ver el automóvil.

–Muy bien –comienzo señalándolo con un dedo–. Este automóvil nos llevará a casa, así que será mejor que lo trates bien.

Niega con la cabeza y frunce los labios para fingir disgusto, pero antes de que suba al asiento del acompañante, lo escucho susurrar:

–Lo siento, bananamóvil.

–De acuerdo, ¿cómo llegamos a ese lugar mágico que mencionaste? –pregunto una vez que me ubico en mi lugar con las manos en el volante.

Señala una bifurcación en el camino de tierra. Ambos caminos están surcados por árboles con poco espacio entre ellos.

–Toma ese camino y no gires. Si lo seguimos, no nos perderemos.

–Entendido. –Bajo la ventana de mi lado lo suficiente para oír los ruidos de la mañana, pero no tanto como para que me despeine. Esperaba escuchar a un caballo relinchar o un mugido ocasional, pero se escucha más que nada el canto de las aves y el ruido que hace la maquinaria pesada a la distancia. Hoy el sol brilla con intensidad y sus rayos proyectan un brillo dorado sobre el campo–. Es un día hermoso, ¿no crees?

–No podríamos haber pedido un día mejor. –Max asiente despacio con la cabeza.

Después de un minuto de viaje, la cerca que rodea el

ganado termina y el paisaje muta hacia una mezcla de césped y árboles, seguida por varios sembradíos, cada uno con un letrero que indica la clase de vegetal que crece allí.

–¿Estás seguro de que vamos por el camino correcto?

–No, pero con todo esto al otro lado de la ventana, ¿a quién le importa dónde nos dirigimos? –replica con el indicio de una sonrisa.

–Bueno, a... –Antes de que pueda decir que a *mí* me importa, la imagen que aparece frente a nosotros me arrebata la capacidad de ser brusca con el mundo–. Santo Dios, mira eso. –Hileras y más hileras de tulipanes (amarillos, rojos y rosados), cubren el terreno hasta donde alcanza la vista–. ¿Podemos detenernos?

–Esperaba que lo hiciéramos –responde. Su mirada es suave al contemplar mi reacción.

Estaciono en un pequeño claro y bajamos. Me adelanto corriendo por los caminos estrechos entre las flores, acariciando los pétalos con los dedos. Me siento como una niña sin preocupaciones y quisiera poder quedarme en este rincón escondido del mundo para siempre.

De repente, Max me toma una fotografía, que se convierte en una sesión de fotografías ridículas, con gestos tontos y poses trilladas. Al terminar, vuelvo a correr delante de él, ahora en dirección al automóvil, pero me alcanza y toma mi mano para que sigamos caminando sin prisa.

–¿Esto era lo que querías que viera?

–Sí. Lo vi en la reseña de un cliente y pensé que te gustaría.

–Me gusta –afirmo y descanso la cabeza en su hombro–. Gracias.

–Por nada. –Me rodea con un brazo y hunde la nariz en mi cabello.

Esto es lo que hacen las parejas, ¿no? Bueno, las parejas en películas cursis, claro. Correr por un campo de flores, tomarse fotografías, caminar tomados de la mano. No debería ser así entre nosotros, pero de algún modo lo es. Es claro que necesitamos un cambio de dirección.

–Hora de volver. –Me libero de sus brazos y llego al automóvil caminando con determinación.

–Espera un minuto y date la vuelta. –Max me toma de la mano antes de que suba–. Es la última oportunidad de disfrutar la vista. –Con los hombros encorvados, cedo y me doy la vuelta. Él analiza mi expresión mientras contemplo el campo, luego me lleva hacia el capó del automóvil–. Siéntate, relájate y disfruta.

Suspiro como si apreciar la naturaleza fuera un tedio, entonces ríe por lo bajo, me levanta en brazos y me deposita con cuidado sobre el capó.

–Bésame –me pide con los ojos cargados de seducción.

Aunque quiero hacerlo, no debería. Pero pensándolo bien, ¿no estaría corrigiendo la dirección? Lo que suceda ahora nos recordará que esto es en mayor parte sexo, con un rastro de amistad potencial. Convencida con mi razonamiento irrefutable, me levanto el dobladillo de la camiseta (así que por *eso* lo sugirió), y abro las piernas para hacer espacio suficiente para él, que lo ocupa enseguida, con las manos apoyadas junto a mis muslos. Luego deslizo las manos alrededor de su cuello, lo atraigo hacia mí e inclino la cabeza para que nuestros labios se encuentren.

Este beso es diferente. Menos suave, más descontrolado. Lo que no tiene de delicado lo compensa con entusiasmo. Estamos más concentrados en los resultados que en el proceso, como si quisiéramos entrar en el otro y el beso fuera el pasaje para lograrlo. Un gruñido brota desde el pecho de Max y escapa por su garganta cuando llevo sus manos entre mis muslos.

–Tócame –logro decir en medio de mi propio esfuerzo por inhalar su esencia y frotar la nariz en sus mejillas y barbilla.

–Cielos, Lina, estás... ardiendo aquí –señala.

Su voz es ronca y quebrada, pero sus dedos son certeros al hacer a un lado mis bragas y deslizarse dentro de mí.

–Ah, sí, así. –Incapaz de mantener la cabeza en alto, la llevo hacia atrás y separo más las piernas.

Me toca sin parar, acariciándome el clítoris con el pulgar en una doble estimulación agónica que no me da respiro. Estoy desesperada por alcanzar el clímax, así que alzo el cuerpo unos centímetros, entierro los dedos en sus hombros y me muevo con su mano para sentir la presión del pulgar en mi centro. Mientras me meso sobre el capó del automóvil, apoyo la cabeza en el pliegue de su cuello.

–Quiero estar dentro de ti –susurra–. ¿Te gustaría eso?

–Ojalá pudiéramos –suspiro–. En cuanto lleguemos, conseguiré todo un contenedor de condones.

Me toca el hombro, por lo que levanto la cabeza y veo

un envoltorio plástico. Es un condón real. Se lo arranco de la mano y lo analizo como si fuera una forma de vida desconocida.

–¿De dónde sacaste esto?

–¿Recuerdas al hombre de los brazos peludos? –pregunta con una sonrisa engreída–. Él me ayudó.

–Brazos Peludos nos salvó. ¡Genial! –exclamo.

Mientras abro el envoltorio, Max se desabrocha los pantalones y se los baja hasta los muslos. Levanto el trasero para bajarme la ropa interior.

–Ven aquí –le indico–. Te lo pondré. –Me acerco al extremo del capó para hacerlo, sin apartar la mirada de la suya–. ¿Listo?

–Tan listo que podría explotar de la frustración –responde y muerde mi labio inferior.

–Y no podemos permitir eso, ¿verdad? –Coloco las manos entre los dos para ubicarlo en mi entrada.

–No... –Se paraliza cuando lo recibo dentro de mí–. Mierda, Lina... es... yo... *Sí.*

Mi cuerpo se abre para él al recibir cada centímetro de su erección. Es una plenitud embriagadora, que nubla mis cinco sentidos, pero agudiza uno nuevo: mi sentido de Max. Si estallara una bomba a un metro de distancia, probablemente no me enteraría. Pero si Max parpadea, lo sabré sin siquiera mirarlo.

–Se siente bien –balbuceo.

Se sacude como si lo hubiera despertado del trance, cierra mis piernas a su alrededor y apoya las manos sobre el capó.

Luego se mece despacio dentro de mí, prueba la fricción y analiza mi respuesta.

–¿Te gusta así?

Cierro los ojos con fuerza para concentrarme en las palabras correctas. ¿Cómo le explico que encajamos a la perfección? ¿Que quiero hacer esto con él todos los días en el futuro cercano? ¿Que tengo la boca seca y los pechos hinchados y que mi cabeza está por explotar porque es demasiado, pero, al mismo tiempo, no lo suficiente? No puedo decir nada de eso. *No, no, no.*

–Me gusta. Me gusta mucho –digo en cambio. Al abrir los ojos, veo su sonrisa de satisfacción, que me anima a agregar–: Se siente tan bien que podría explotar.

–Esa es la idea –ríe. Luego su mirada se vuelve seria, cargada de deseo–. ¿Y así? –Se mueve más rápido y presiona mi pelvis antes de cada salida.

Boquiabierta, aferro su camiseta para sostenerme y recibir cada embestida. Sin embargo, tiene otros planes. Me recuesta sobre el automóvil y sujeta mi trasero para llevarme más adelante. Aunque estoy balanceándome al borde del capó, la posición le permite presionar el pecho contra mí y acercar el rostro a centímetros del mío. Me estremezco por la proximidad y cierro los ojos.

–Ábrelos, bebé. Por favor –ruega.

No. No quiero hacerlo. Ya estoy abrumada por él y mirarlo a los ojos mientras me provoca tanto placer me generará algo para lo que no estoy preparada. No sé qué exactamente, pero *sé* que lo hará, y que será irreversible.

–Lina, no me dejes solo en esto –insiste con voz ronca. No sé qué es «esto», pero no puedo ignorar su tono suplicante, así que abro los ojos y enfrento su mirada, que rebosa de deseo–. Aquí estás –dice.

Me toma de las manos y las aprieta con fuerza; el cosquilleo entre mis piernas se dispara y corre hasta mi corazón, que late a tal velocidad que Max tendrá que resucitarme antes de terminar. *No, no, no.* Libero las manos, pues prefiero rodear su trasero, y el pequeño cambio provoca algo en *él.*

–Demonios, Lina –gruñe–. Sí. –Levanta el pecho, desliza una mano entre nosotros y usa dos dedos para dibujar círculos perfectos en mi clítoris.

La necesidad de liberar la tensión creciente hace que me sacuda contra él. Haré lo que sea para correrme. *Lo que sea.*

–Max... ya casi. Ya...

Mi cuerpo se tensa contra él. Y él también. Después comienzan los espasmos sobre mí. Maldiciones incoherentes, seguidas del grito de «Por Dios», llenan el aire sereno de primavera. A pesar del estado frenético, no se olvida de mí.

–Quiero que explotes de placer. –Con determinación feroz en la mirada, sigue moviendo los dedos en un círculo lento y glorioso, hasta que me desarmo, me retuerzo debajo de él y grito como el zorro que vivía en el bosque detrás de nuestra casa cuando era niña. Si alguien me escucha, pensará que Max está asesinándome. Es un sonido perturbador, no muy agradable al oído y, a decir verdad, me provoca una vergüenza irremediable. Sin embargo, mientras los espasmos ceden, estoy segura de algo: valió la pena.

Al final, Max enrosca un rizo en su dedo y se inclina para besarme. No usa la lengua, solo es un encuentro prolongado de labios, el punto que cierra esta encantadora oración. Debería estar tranquilizándome, pero, por el contrario, mi corazón está cada vez más acelerado. Inquieta y con la mirada en el cielo, me muevo debajo de él.

Siento que está mirándome, pero no puedo devolverle la gentileza.

Por fin se levanta y sale de mí. Escucho movimiento y cómo se cierra la cremallera de los pantalones, luego, sin mediar palabra, baja mi camiseta y me ayuda a sentarme. Ya no puedo *no* mirarlo, sería grosero.

Mordisquea su labio inferior mientras me analiza. Finalmente, le da unas palmadas al capó del automóvil.

–Olvida que alguna vez critiqué al bananamóvil. Él y tú me ayudaron a tachar lo primero en mi lista de cosas que quiero hacer antes de morir. –Me da un beso en la frente y me ofrece un pañuelo–. Gracias.

Son las palabras correctas para decirle a alguien que, sin duda, está teniendo dificultades para ver lo que acabamos de hacer desde la perspectiva indicada. Sin embargo, se sienten *mal*, y ese es un problema.

· CAPÍTULO VEINTICINCO ·

MAX

Despierto atontado y desorientado. *¿Dónde demonios estoy?* Abro un ojo y veo el tablero de un automóvil. Ah, claro. El bananamóvil se convirtió en el silenciomóvil.

Es verdad que tener sexo con Lina me ja dejado sin energías hasta el punto en que me hubiera quedado dormido de todos modos, pero me dormí pocos minutos después de haber subido al automóvil porque era claro por cómo actuaba que eso era lo que ella quería. Si necesita espacio, lo tendrá.

Y si está preocupada por lo nuestro, no es la única. Este fin de semana fue mucho más intenso de lo que podríamos haber predicho. Pero pronto estaremos en DC y el ritmo del día a día nos ayudará a seguir con la relación casual que acordamos tener. Si conozco a Lina, y creo que comienzo a hacerlo, concentrarse en el trabajo la ayudará a aliviar la tensión y le dará confianza en que podremos seguir sin compromiso a futuro.

–Perdón por haberme dormido. –Me enderezo y acomodo el cinturón de seguridad–. Drenaste mi energía. –*Maldita sea. ¿Así te enfocas en el trabajo, Max?*

De todas formas, se dibuja una sonrisa en sus labios.

–Está perfecto y es comprensible. Algunas personas tienen más energía que otras. –Presiona los labios en un esfuerzo evidente por ocultar la sonrisa.

No te involucres. Llegarás muy lejos y ella se quedará callada otra vez. En lugar de responder, abro la aplicación de notas.

–Hablemos de ideas o conceptos que tengas. De camino hasta aquí, estábamos de acuerdo en el tema del hada madrina de las bodas. ¿Alguna idea de escenarios en los que podríamos explotar ese tema?

Con eso, se sienta derecha y su rostro se ilumina por la emoción. Esta mujer es demasiado adorable. Si no tengo cuidado, querré estar cerca de ella a toda hora.

–Me gusta la idea de ser la calma en medio del caos –admite–. Imagino pequeñas catástrofes, conmigo en el centro, solucionándolas. Cuando los clientes me contratan, les preocupa que todo sea un descontrol sin mis servicios. Sería inteligente transmitir esa idea.

Es una buena idea, pero hay un detalle que no ha tenido en cuenta, y mi trabajo es señalárselo.

–Estás habituada a trabajar con varios prestadores, locaciones y demás, pero trabajando en el Cartwright, ese será tu único prestador. Ellos ofrecerán la locación, el catering, las habitaciones para invitados, la disposición de las mesas y muchas cosas más. No creo que a Rebecca le agrade que la presentación sugiera que su hotel podría ser el centro del caos, aunque su coordinadora de bodas estrella acabaría por salvar el día.

–Ajá, entiendo lo que quieres decir. Déjame pensarlo un poco. –Refunfuña juguetona–. Algunas personas tienen que presumir y destacarse.

Sonrío a pesar de que intento ser estrictamente profesional.

–No tenemos que definirlo hoy. ¿Qué hay de las instalaciones del hotel?

–¿Qué con ellas?

–¿Las has probado? ¿Una habitación, el restaurante, el spa al que pueden ir a relajarse los invitados antes de la boda?

–Almorcé en el restaurante la semana pasada. Tengo que ir a cenar algún día. Y Rebecca dijo que me organizaría un recorrido por las instalaciones cuando sea conveniente para mí. Creo que propondré que unan dos habitaciones para crear una suite de bodas especial. Tal vez más de una. Eso reforzará la imagen del hotel como centro para bodas.

–Es una buena idea –afirmo y lo escribo en mi anotador–. Podemos añadirlo a la lista de deseos. No tendremos la habitación exclusiva antes de la presentación, pero creo que sería astuto mencionarlo como parte de tu visión general. Puedo ir contigo, por cierto.

Noto el ceño un poco fruncido en su perfil. Al parecer, no fui muy claro con esa propuesta.

–¿Ir a dónde? –pregunta.

–A Blossom, el restaurante del hotel. Para cenar. Podemos compartir una comida de vez en cuando, ¿no?

–Ah, sí, claro. Sería agradable. –Después de varios segundos de silencio, agrega–: ¿Te gusta lo que haces?

La pregunta es inesperada, por lo que levanto la cabeza de golpe, sorprendido. No estoy seguro si la incomodó la idea de cenar conmigo o si de verdad siente curiosidad por mis aspiraciones profesionales. Quizá sean ambas.

Antes de que responda, se apresura a explicarlo:

–Es que Rebecca me hizo la misma pregunta hace poco, y eso hizo que me diera cuenta de lo habitual que es que alguien sea competente e incluso excelente en su trabajo, pero no sienta pasión por lo que hace.

–Hay muchos aspectos que me gustan –le digo–. Aprender acerca del negocio del cliente, investigar el mercado, crear una estrategia de marketing para cumplir con los objetivos del cliente. Me gusta que mis herramientas de trabajo sean una parte de ideas y una parte de información. Eso nutre mi lado creativo y mi lado resolutivo a la vez.

–¿Y qué aspectos *no* te agradan? –pregunta.

–Tener que besar traseros –respondo enseguida–. Infinidad de traseros. Tener que hacer contactos. Y que, a veces, nuestros clientes tienen negocios que apestan o estrategias pésimas desde el origen, y no hay equipo de marketing que pueda ayudarlos a vender una idea de mierda.

Asiente comprensiva.

–¿Cómo es trabajar con tu madre?

–Un desafío. –Giro la cabeza hacia ella con el rostro inexpresivo–. Es una buena jefa, pero le cuesta aceptar que Andrew y yo no podemos fusionarnos para ser un solo humano perfecto. Intento salir de la burbuja que creó alrededor de nosotros, pero ella cree que todo funciona a la perfección.

–Así que el trabajo para Rebecca es tu oportunidad de demostrarle lo que puedes hacer por tu cuenta, lo entiendo –reflexiona.

Exacto. No hace falta que le explique por qué quiero despegarme de Andrew, ella lo comprende.

–Tienes toda la razón. Si logro impresionar a Rebecca, tal vez mi madre me pida que me haga cargo de la cuenta.

–Eso si es que logras impresionar a Rebecca más que Andrew, querrás decir. –Me mira de reojo y luego vuelve la mirada al camino.

–Sí, claro. Es algo inevitable. Pero piénsalo de este modo: trabajando conmigo, le estás dando su merecido a Andrew.

–Pero ese nunca fue mi objetivo. –Frunce el ceño, confundida–. Es el tuyo.

–No es un objetivo, solo un resultado colateral –replico y me encojo de hombros.

–Mi medidor de patrañas dice lo contrario.

Maldición. Creí que lo entendería, pero al parecer no es así. Ese es el problema de tener un vínculo inexorable con Andrew: aun cuando intento dejar de vivir a su sombra por mi propio bien, me veo arrastrado de vuelta a la competencia. Sé que esta conversación no terminará bien, así que finjo un enorme bostezo con los brazos sobre la cabeza.

–Creo que necesito otra siesta. ¿Te molesta?

–Para nada –niega con la cabeza, con los labios fruncidos–. Sabes que disfruto del silencio. Y, como dije, algunas personas tienen más energía que otras.

Creo que esta vez no se refiere a mi resistencia física, pero si es así, prefiero no confirmarlo. Y cuando no quiero lidiar con algún asunto, dormir siempre es la respuesta. Siempre.

–¿Quieres subir? –pregunto. Como no responde, agrego–: Solo para ver el lugar.

Estamos estacionados en doble fila frente a mi edificio, una casa adosada de tres pisos, que el propietario dividió para crear tres viviendas (la única razón por la que puedo pagarlo). La peor parte es que comparto la cocina con los demás inquilinos, aunque no solemos cruzarnos.

–Me encantaría, pero no tengo un diploma en lectura de letreros de estacionamiento en DC, así que es probable que remolquen mi automóvil. –Mira la calle por el parabrisas–. Y no creo que haya lugares disponibles.

–Hay libre estacionamiento los sábados. Pero tienes razón, la calle parece estar llena. –Miro a un lado y al otro y solo veo espacios ocupados. Bajo del automóvil contra mi voluntad, la necesidad de extender mi tiempo con ella hace que lo haga más despacio–. De acuerdo, quizá otro...

–Oye, Max –llama mi compañero Jess, con la mitad del cuerpo asomado por la puerta. Es jefe de personal de un concejal de DC y casi nunca está en casa. Eso es casi todo lo que sé de él–. Iré a la oficina –agrega mirando el automóvil–. ¿Necesitas lugar para estacionar?

–Sí, sería genial. Gracias. *–Jess, hermano, seremos mejores amigos por siempre.*

–No hay de qué –responde antes de volver adentro.

Después de que Lina y Jess terminan el intercambio encubierto del espacio de estacionamiento en DC, ella me sigue por la breve escalinata hacia mi entrada.

–Bienvenida a mi humilde morada –digo–. Vivo en el segundo piso.

–Estamos en Adams Morgan, ¿qué hay de humilde en eso? –replica al inicio de las escaleras.

–Buen punto –afirmo tras ella.

–Escucha, no me voy a quedar mucho tiempo. –Sube deslizando la mano sobre el barandal–. Solo echaré un vistazo por curiosidad y me iré.

–Claro, no hay problema. –Paso junto a ella para abrir la puerta–. Eso era justo lo que esperaba que hicieras. –Tomo aire y finjo estar nervioso antes de abrir la puerta–. Aquí está.

Al entrar, se queda boquiabierta.

–Vaya. Parece una exposición de *Crate & Barrel,* edición para solteros. –Se enfoca de inmediato en mi parte preferida del lugar: la pared de ladrillo a la vista en el lado sur del apartamento, en la que colgué más de veinte fotografías en blanco y negro. Gira hacia mí y las señala con el pulgar–. No me digas que tú las tomaste.

–Claro que no –niego con la cabeza–. Solo soy fanático de las fotografías en blanco y negro. Siempre compro una cuando la veo. Por alguna razón, los festivales de vino son excelentes lugares para comprar arte.

Observa la pared contraria, donde se detiene en el pequeño gimnasio casero en una esquina.

–Ah, así que ahí es donde consigues todos esos cuadrados en el abdomen.

–Tengo una regla personal: si estoy mirando televisión, lo hago desde esa máquina.

–Es una brutalidad –suelta con la nariz arrugada–. Cuando miro televisión, mi ejercicio consiste en pausas para ir al baño o al refrigerador. –Levanta el dedo índice antes de que pueda hablar–. Antes de que me critiques, debes saber que bebo mucha agua mientras miro televisión, así que camino unos cien pasos como parte del plan.

–No diré una palabra. –Levanto las manos en señal de rendición.

–Muy listo. –Señala el corredor–. ¿La habitación?

Es una pregunta simple, ¿por qué se me atoró la respuesta en la garganta? *Dios. Contrólate, Hartley.*

–Sí.

–Deja de pensar cosas sucias, Max. Solo quiero ver si eres uno de los pocos hombres menores de treinta que usa sábanas.

Sonrío con suficiencia ante el comentario. ¿Quién diría que era tan sabelotodo? Me cubro la boca y me acerco como si fuera a decirle un secreto.

–Oye, incluso tengo cubresommier.

–Ah, *tengo* que ver eso. –Tras la noticia, marcha de forma dramática hacia la habitación–. Debe ser algo tan singular como el diamante Hope.

Desde el umbral, se asoma y recorre la habitación con la mirada, mientras yo la observo desde el corredor. ¿Estará imaginándome durmiendo allí? O mejor, ¿estará imaginándonos a los dos *no* durmiendo allí? Yo la imagino recostada sobre mis sábanas, con el cabello despeinado sobre el rostro, y a mí apoyado en los codos sobre ella, listo para sumergirme en la dulzura de ese cuerpo.

Lina aplaude de repente, y el sonido aplaca el calor que estaba brotando dentro de mí. *Maldición.* Ni siquiera puedo ver una cama sin imaginármela en ella. Soy un hombre terrible.

–Bueno, esto fue genial. Fantástico. Gracias por dejarme ver tu humilde morada. Es muy linda.

Desde que la conozco, solo la he visto parlotear así cuando está excitada y cree que no debería ser así. Creí que habíamos acordado tener una aventura sin compromisos, pero, al parecer, algo en los eventos de esta mañana nos hizo volver al inicio. No sé qué está pasando por su mente, solo sé que quiero que se sienta tranquila conmigo. Si eso implica esperar a que resuelva lo que la está asustando, así será.

–¿Me acompañas a la puerta? –pregunta.

Como si hubiera alguna duda. *Vamos, señorita, Santos.*

Espero que me conozca lo suficiente para saber que tengo un mínimo de decencia.

–Por supuesto.

Antes de que lleguemos a la puerta, gira y me apoya una mano en el abdomen.

–He estado actuando de forma extraña, ¿no? ¿Lo has notado?

Mis labios quieren rebelarse y dibujar una sonrisa, pero me resisto, pues no quiero hacer nada que la vuelva escurridiza.

–Cuéntame qué te está pasando.

Suspira antes de comenzar.

–Eh... Creo que este fin de semana me dominaron la adrenalina, las feromonas y el aire primaveral. Todo fue perfecto hasta que me llevaste al campo de flores y sentí que fue demasiado. De vuelta en el automóvil, toda la adrenalina, las feromonas y el aire primaveral desaparecieron y sentí la magnitud de lo que hicimos.

Solo a una persona con la cabeza en el trasero le sorprendería la explicación. Me alegra saber que no es mi caso.

–La verdad es que lo supuse. Pero no tiene por qué ser gran cosa, ¿recuerdas? Lo haremos a tu manera. A consciencia y sin promesas. No tiene que ser más de lo que es.

–Claro –afirma, presiona los labios y mira a un punto detrás de mí. Luego sacude los brazos, como si se deshiciera de lo que está molestándola–. Tienes razón. Bien, debo irme. Tal vez podríamos vernos en la semana.

–Esperaba que dijeras algo así.

–De acuerdo. Muy bien. –Palmea mi abdomen y gira

hacia la puerta, pero duda y vuelve a girar hacia mí con expresión suave y voz insegura–. ¿Puedo darte un beso de despedida?

Esa maldita pregunta. Tiene pulso propio y dedos que está enterrando en mi pecho como si quisiera arrancarme el corazón y entregárselo a ella. *Qué demonios.* Hincho las mejillas para fingir que evalúo el pedido.

–Lo estoy pensando.

–¿Sí o no? –insiste con un piquete en mi estómago.

–Definitivamente sí. –Tomo sus muñecas con cuidado y la atraigo hacia mí. Ella se acomoda a mi lado y coloca la mano derecha sobre mi izquierda, una posición que he visto en muchas ocasiones especiales, cuando los recién casados bailan por primera vez. Me pregunto si lo habrá visto tantas veces que se acostumbró a imitarla.

–¿Estamos bailando?

–No. Solo me gusta estar pegada a ti –responde enlazando los dedos con los míos. Me inclino para besarle la frente, y ella aprovecha la oportunidad para apoyar un dedo en mi mentón y rotarlo para que nuestros labios se encuentren. Su lengua marca el ritmo, la mía lo sigue. El dedo se convirtió en una caricia de la mano en mi mejilla y barbilla, y a pesar de que hay muchos puntos de contacto entre nosotros, es esa mano la que me hace estremecer. Nos separamos despacio, ambos un poco mareados, y ahora soy yo el que está movilizado por la magnitud de lo que hicimos. De todas las cosas que hemos compartido este fin de semana, este momento es el que más recordaré.

· CAPÍTULO VEINTISÉIS ·

LINA

—Sube el volumen. Súbelo. –Rey sacude las manos en el aire, excitado. Mi hermano mayor es demandante cuando el control remoto no está en su poder. Conscientes de ello, Natalia y yo nos lanzamos el dispositivo la una a la otra para que no lo alcance.

–Son unas abusivas –protesta al intentar atraparlo en el aire. Eventualmente, mi prima y yo dejamos de molestarlo y subimos el volumen.

Estamos en la sala de la casita que mi madre y sus hermanas comparten en Silver Spring. Todos a excepción de Jaslene y yo visten el atuendo de domingo de Pascuas y, como para que no lo olvide, mi madre niega con la cabeza con frecuencia para recordarme que mi ropa (una blusa color crema y pantalones grises), no es impresionante. Jaslene, que suele pasar los días festivos con nosotros porque vive sola y su familia está en Nueva York, por ahora, está exenta de la ira de mi madre.

Paolo logró transmitir YouTube en la televisión y estamos viendo videos del carnaval de este año en el Sambódromo de Río de Janeiro. Es el cierre de un esfuerzo intensivo y, al parecer, absorbente, por parte de decenas de escuelas de samba para dar el desfile más elaborado del mundo.

–¿Qué escuela de samba es esta? –pregunta Jaslene con un pastel de carne en la mano. En esencia es una empanada de carne al estilo brasileño, pero, dado que tienden a hacer todo a gran escala, su versión es del tamaño de una porción de pizza.

–*Estação Primeira de Mangueira* –responde Natalia desde su lugar en el sofá que ocupa con Paolo–. La temática de este año fue perfecta y somos campeones otra vez –celebra con los brazos en el aire.

–Quería que ganara *Unidos da Tijuca* –bufa la tía Izabel.

Todos a excepción de Jaslene le chistan.

–Esperen. ¿Qué hay de malo en lo que dijo? –dice con el ceño fruncido.

–Las escuelas de samba en realidad son clubes relacionados con diferentes partes de la ciudad –explico–. Para muchos, la escuela está al mismo nivel que su equipo preferido de un deporte profesional. Así que es inevitable que haya lealtades y rivalidades. Eso fue como decir que eres fanático de los Phillies en un bar lleno de fanáticos de los Mets. –Le dedico una mirada malvada en broma a mi tía–. Es una mala idea. Y cualquiera que no sea fanático de *Mangueria* en esta casa es sospechoso.

Izabel resopla y se reúne con sus hermanas en la cocina, mientras que Natalia me sonríe y choca los cinco.

–Miren la bandera. Debió haber causado un alboroto –comenta Rey.

Se refiere a que *Mangueira* rediseñó la bandera de Brasil e incluso cambió los colores de verde y amarillo a rosado, verde y blanco para representar a los brasileños olvidados: poblaciones indígenas, afrodescendientes y pobres.

–Miren el traje de esa mujer –comenta Jaslene, escandalizada–. Creo que me duele el trasero solo de verla. No debería tener ese material allí arriba.

Para algunos, los trajes son escandalosos, pero para mí, son un símbolo extravagante de nuestra cultura y el despliegue colorido y provocador me deslumbra. Sin importar cuántas veces vea el carnaval, ya sea en persona o en televisión, la competencia de escuelas de samba no deja de asombrarme. Se preparan por meses, en los que crean carrozas elaboradas, diseñan trajes descomunales y perfeccionan las canciones y bailes que, con suerte, conquistarán tanto a los fanáticos como a los jueces.

–Quisiera haber estado allí este año –exclamo.

–Talvez no próximo ano, filha –responde mi madre con la cabeza asomada por el pasaplatos de la cocina.

–Falta mucho para el año que viene –lamento–. Y es difícil hacerme tiempo en marzo; siempre tengo que prepararme para la masacre de la temporada de bodas.

–Eso me recuerda que mamá me dijo que quedaste varada en Virginia por trabajo. –Natalia se extiende y palmea mi muslo–. ¿Qué pasó?

Mientras mi rostro está en blanco, mi mente está en alerta máxima y mi estómago está revuelto.

–El auto me dejó tirada. –Sacudo la mano para restarle importancia–. No fue gran cosa. La locación que iba a visitar estaba a pocos kilómetros. Me quedé en su posada. –*Nada mal, Lina. Información sucinta.* Con algo de suerte, quedará satisfecha con la respuesta y cambiará de tema.

–A Max le habrá *encantado* –comenta Jaslene.

Mierda.

Todas las mujeres a mi alrededor y en la cocina giran las cabezas hacia mí. De hecho, estoy segura de que la fuerza de sus movimientos sincronizados provocó la brisa que acaba de atravesarme. Inflo las mejillas y me masajeo las sienes.

–No fue nada. Nos quedamos a pasar la noche y volvimos la mañana siguiente.

–Me alegra que todo saliera bien –responde Natalia al pasar antes de ponerse de pie–. Bueno, ya que Jaslene y tú están aquí, ¿podríamos hablar de algunas ideas de último minuto para la boda? –Señala la habitación de arriba con los ojos saltones y movimientos exagerados de los brazos–. Algunas tienen que ver con mi vestido, así que Paolo no puede estar presente en la discusión.

Miro al techo porque sé que planea sacarme información del viaje a Virginia. Es mi prima más cercana, pero también es volátil e impredecible. Además, es la integrante de la familia más propensa a divulgar secretos familiares de décadas de antigüedad cuando está alcoholizada, así que es sensato tener cuidado con ella. Jaslene, por el contrario, es discreta y nunca juzga a nadie más que a sí misma. Su presencia hará que Natalia sea menos exagerada, así que agradezco que esté aquí.

–Está bien, subamos a tu antigua habitación.

–No se tarden –advierte la tía Viviane detrás de nosotras–. Comeremos pronto.

Natalia sube los escalones de dos en dos. Jaslene y yo subimos como adultas adaptadas que funcionan a una velocidad normal. Una vez en la habitación, mi prima se lanza de frente sobre su vieja cama y apoya los codos para levantarse.

–Suéltalo. Y que sea interesante.

Jaslene solo se sienta frente al escritorio y espera a que hable. Antes de que llegue a cerrar la puerta, Rey aparece y abraza el marco.

–Yo también quiero escuchar el chisme –dice alzando las cejas.

Le saco la lengua y ocupo el lugar junto a la cabeza de Natalia. No hay mística en compartir lo que pasó, así que abro la boca y rezo para que sea lo mejor.

–Max y yo fuimos a Virginia a ver una locación, la batería de mi auto murió, no había lugar en la posada, discutimos, una persona que estaba dando un retiro para parejas nos escuchó y nos invitó a participar. Fingimos ser pareja y aceptamos para poder ocupar la única habitación disponible y luego tuvimos sexo. Eso es todo. –Tomo aire al terminar de decir todo eso–. Ah, puede que hayamos acordado seguir viéndonos sin compromiso. ¿Preguntas?

Rey pone los ojos en blanco.

–Los hetero hacen que todo sea demasiado complicado sin necesidad. Buena suerte. Usen protección. Adiós. –Escapa por la puerta y la cierra tras él.

–¿Serán exclusivos? –pregunta Jaslene. La conversación continúa como si Rey nunca hubiera entrado.

–¿Qué? –digo mientras niego con la cabeza.

–¿Max y tú acordaron verse sin compromiso de exclusividad? –Jaslene me toma la mano.

Me quedo pensando en la pregunta mientras las dos me miran. Por cierto, el silencio de Natalia es perturbador. Ahora que lo pienso, Max y yo no hablamos demasiado. Fue suficiente con decir lo que *no* sería nuestra relación.

–No hablamos de eso. Supongo que debería hacerlo.

–A menos que haya otro hermano. En ese caso, querrás dejar las opciones abiertas –comenta Natalia con malicia.

–Puedo hacer que liberen un enjambre de abejas al final de tu ceremonia, ¿sabes? –replico con mi mejor cara de zorra. Balanceo las manos como si sopesara las opciones–. Mariposas, abejas, ¿cuál es la diferencia?

–Como sea. No te olvides de que estoy pagándote –amenaza tras sacarme la lengua.

–Con un enorme descuento, así que no te pongas muy pretenciosa. Obtienes lo que pagas.

Estoy bromeando, por supuesto. Tiene el mismo servicio que los clientes que pagan el precio regular. La ventaja para mí es que puedo decirle cosas que nunca le diría a nadie más, razón más que suficiente para justificar la reducción del precio de mis servicios.

Jaslene se sienta más adelante en la silla.

–Lina, ¿crees que la presentación del mes que viene se verá afectada por lo que Max y tú están haciendo? –Agita las manos frente a ella–. Sea lo que sea.

–¿De forma negativa? –pregunto con una ceja en alto.

–No sé. De cualquier forma, supongo.

–Si algo hará, es ayudar –le aseguro–. Estuvimos en malos términos desde el principio. Es decir, desde el inicio afirmé que no cooperaría con él. Pero ¿ahora? Ahora estamos trabajando juntos por un objetivo en común. Esa es la parte fácil, de hecho.

–¿Y cuál es la difícil?

–Asegurarnos de no ser tan tontos de creer que puede ser más que una aventura –suspiro.

–¿Por qué no podría serlo? –replica con el ceño fruncido–. Andrew y tú ya no están juntos y lo que hagas con Max no es asunto suyo.

Tiene razón. Andrew y yo nos separamos hace mucho tiempo por decisión de él, no mía. Mi relación actual no debería ser su problema. De todas formas, no quiero meterme entre dos hermanos que ya tienen una relación complicada. Además, nunca me sometería a una vida en la que tenga que interactuar con mi exprometido. Sería muy incómodo, en especial para Max. ¿Y para sus padres? Santo Dios, ¿qué dirían de todo esto?

Natalia exhala con exageración.

–Cielos, ¿te imaginas cómo serían las cenas con la familia política?

–Exacto. Y aunque Max no fuera hermano de Andrew, es demasiado... de todo. No soy yo misma cuando estoy con él. Me hace más propensa a decir y hacer cosas que nunca haría. No es el hombre que imagino para mi vida.

–No quieres a Andrew, pero quieres a alguien como él, ¿no? –Jaslene entorna los ojos.

–Ahora lo entiendes. Necesito a alguien tan poco provocador como sea posible. En fin, no sé por qué llegamos tan lejos con esta conversación.

–Yo sé por qué –afirma mi amiga con una sonrisa cómplice.

–Mírate –le dice Natalia–, ahí sentada como un oráculo.

–Bueno, ¿quieres contarnos? –Le doy la palabra con la mano extendida y una señal de la cabeza.

Jaslene se pone en el personaje que Natalia le adjudicó, se endereza, abre las manos y adopta un tono majestuoso.

–Porque a pesar de todas las razones por las que no deberían estar juntos, tú misma admitiste que limitar la relación a una simple aventura será, cito, «la parte difícil». ¿Qué te dice que ya necesites recordar eso?

–Es un buen punto. –Natalia inclina la cabeza y asiente.

–Me dice que soy una persona precavida, nada más. –Me levanto de un salto y sacudo el frente de mis pantalones–. Creo que ya deberían saber eso de mí. Bueno, apuesto a que ya es hora de comer. ¿Listas?

Las dos se sonríen mutuamente a pesar de que no creo haber dicho nada entretenido.

Justo cuando estamos por empezar con la cena, suena el timbre de la puerta. Rey regresa con Marcelo, que ocupa la silla vacía junto a la tía Viviane. Él le da un golpecito de hombros y ella le guiña un ojo. Sí, estoy segura de que esos dos se han visto desnudos.

Nos pasamos los tazones de comida unos a otros como en un tenedor libre; si los platos giran en sentido antihorario en el proceso, es un golpe de suerte. Soy la última en recibir la *feijoada* y, como era de esperarse, los buitres despojaron el platillo de todos los trozos de cerdo y de res que hacen que este estofado con frijoles sea una de mis comidas preferidas.

–¿En serio, gente? –exclamo con la cuchara en alto–. No dejaron *linguiça*. –La *feijoada* no está completa sin la salchicha de cerdo picante, así que estoy lista para pelear con quien sea.

Mi madre, sentada a mi derecha, coloca un trozo de *linguiça* en mi plato y sigue pasando las fuentes que le llegan.

–*Obrigada, mãe* –le digo.

–*De nada, filha*. –Sonríe encantada, como cada vez que una palabra en portugués sale de mi boca.

Mientras comemos, Marcelo nos cuenta de la casa de su hija en Vero Beach, Florida. Según dice, es espaciosa y él vivirá en el ala de visitas.

–Podrías venir a visitarme –le sugiere a la tía Viviane.

–O podrías visitarme tú –replica ella levantando el mentón.

–Serás uno de esos pervertidos que observan a la gente en la playa, ¿no? –bromea Natalia con una sonrisa.

–Cariño, deja eso –bufa Paolo–. Es domingo de Pascuas...

–No –dice Marcelo sobre él, al tiempo que niega con la cabeza–. Cuando las mujeres me vean en traje de baño, serán ellas las que me mirarán a *mí*. –Luego susurra–: Y es una zunga.

Natalia se mete un dedo en la boca y hace arcadas; Rey se estremece; Jaslene solo parpadea con la mirada fija en él.

Las bromas sobre la mudanza inminente hacen que la consecuencia pase por alto: pronto no tendré más oficina y, a menos que consiga el puesto en el Grupo Cartwright, tendré que administrar el negocio desde el asiento delantero de mi automóvil.

Puede que haya hecho algún gesto al pensar en las repercusiones, porque Marcelo deja de reír y se pone serio.

–¿Has tenido suerte para encontrar una nueva oficina? –pregunta.

–Todavía no. Jaslene y yo estuvimos dedicando algunas horas al día a buscar opciones.

–Tu tía me ha dicho que intentas conseguir un trabajo nuevo. ¿De qué se trata?

Le cuento del puesto e incluso menciono el posible aumento significativo de sueldo.

–*Cachín* –dice Natalia entre bocados de comida.

–Así que, si consigues el puesto, no tendrás que preocuparte por la oficina, ¿cierto? –reflexiona Rey.

–Exacto. Me quitará ese peso de encima. Además, tendré más dinero.

–Pero estarás trabajando para alguien más –señala la tía Viviane–. ¿Estás preparada para que alguien más te diga qué hacer? ¿Aunque represente más dinero?

¿Estoy lista? Claro que sí, lo estoy. Administrar mi propio negocio es estresante (tengo sudores nocturnos cuando se acerca el momento de la declaración de impuestos), y con gusto lo dejaría si apareciera una oportunidad mejor. Pero estas mujeres se reirían de mí si les contara mis problemas. Ellas vinieron de otro país, se casaron y divorciaron, aprendieron inglés y abrieron sus propios negocios. No tienen tiempo para escuchar mis insignificantes problemas de joven estadounidense, así que tomo la pregunta de la tía Viviane a la ligera.

–Ja, ja. Soy organizadora de bodas, las personas me dicen qué hacer todo el tiempo.

–Sabes a lo que me refiero –replica.

–No es necesario que lo haga para siempre –aseguro–. Es una gran oportunidad.

–Así parece –afirma la tía Izabel con una sonrisa alentadora.

–Tener opciones no hace daño –comenta mi madre sin más.

La tensión me tiene en el aire como una hoja de papel porque no puedo dejar de pensar que están decepcionadas de mí, en especial la tía Viviane. Ella es la mayor y la responsable de que mi madre y la tía Izabel pudieran venir a los Estados Unidos. Juntas, enfrentaron y superaron obstáculos, y en circunstancias mucho más difíciles que las mías.

La verdad es que fracasar no es una opción para mí, pero si ni el plan A ni el B funcionan, ¿cómo lo evitaré? Ahora me doy cuenta de la magnitud de mi predicamento: necesito un plan C, pero no lo tengo.

· CAPÍTULO VEINTISIETE ·

MAX

Empiezo la semana laboral de la misma forma que creo que la terminaré: pensando en Lina.

Me gustaría hablar con ella, pero no estoy seguro de cómo hacerlo. Creo que un e-mail sería muy impersonal, pero un mensaje de texto sería demasiado familiar. No, debería llamarla a la oficina, así puedo empezar la conversación hablando de trabajo y evaluar si puede terminar con algo más personal. Después de marcar el número de su oficina, noto mis manos sudorosas. Maldición, volví a la escuela secundaria.

–Buenas tardes, habla con Del Te quiero al Sí quiero, donde cuidamos cada detalle. ¿Cómo puedo ayudarlo?

–Eh, hola. Soy Max Hartley. Lina... ¿Puedo hablar con Carolina Santos, por favor?

–Max, soy Jaslene, la asistente de Lina.

–Hola, Jaslene. Qué bueno hablar en mejores circunstancias.

–Sí, Natalia estaba en su máxima expresión ese día. Perdón si te hicimos sentir incómodo.

–No hay problema. Me alegra saber que Lina tiene gente que la apoya.

–La tiene –afirma–. Escucha, Lina ya está en el Cartwright, puedes alcanzarla allí.

–¿En el Cartwright? –Repaso mi agenda mental por si me olvidé de algún compromiso, luego reviso la del reloj, que indica que tengo la tarde libre.

–¿No la verías para el recorrido de...? Ah, rayos. Olvídalo, Max. Debí haber malinterpretado sus planes.

–Gracias de todas formas, Jaslene. –Así que Lina está en el Cartwright, recorriendo las habitaciones para nuestro proyecto en común, pero no me invitó a hacerlo con ella. *Interesante.*

–Max, espera –agrega Jaslene, en un tono mucho menos animado que cuando contestó el teléfono.

–¿Sí?

–Si quieres ir al hotel, habla con ella primero. No te presentes sin aviso. Ya me siento mal por haberte dicho dónde está.

–Te doy mi palabra.

–Haz que eso signifique algo.

–Lo haré –aseguro antes de colgar.

Jaslene y Natalia son muy leales a Lina. Mientras que la

primera lo demuestra con sutileza, la segunda se comporta como si pudiera apuñalarte en cualquier momento. De cualquier manera, me alegra que la protejan. Si ella me lo permitiera, yo también lo haría.

Max

Hola, Lina. Quería saber si te gustaría que visitáramos las habitaciones del Cartwright juntos. Mi agenda es bastante flexible esta semana.

Pienso decirle la verdad, pero me da curiosidad saber qué responderá a la pregunta abierta.

Lina

De hecho, estoy en el Cartwright ahora. No hay mucho que ver. Tomé algunas fotografías, pero casi todo está disponible en su sitio web.

Quizá yo vea algo a lo que tú no le prestaste atención. Cuatro ojos ven mejor que dos, tú sabes.

Mmm.

Bueno, me atrapaste. Solo quería verte.

¿Qué tan rápido puedes llegar?

Estoy en la recepción.

En un minuto, supongo.

????

Te lo explico arriba si es que todavía quieres que suba.

Claro, ven. Habitación 408.

Estoy yendo.

El elevador no es tan rápido como esperaba, por lo que tardo dos minutos en llegar. Después de tocar la puerta, me peino un poco y espero a que responda. Lina abre y se hace a un lado para dejarme pasar.

–Esto es espionaje de alto nivel. ¿Dónde está tu seguridad?

–Abajo. Les dije que se aseguraran de que nadie subiera. –Entro y observo el lugar en detalle antes de fijar los ojos en ella. Tiene un vestido amarillo con florcitas azules en la falda, que se ajusta en la cintura y acentúa sus curvas. Hoy lleva el cabello suelto, con un mechón del frente retorcido y sujeto con dos hebillas amarillas. De repente, se me antoja una tarta de banana.

–Hola.

–Hola a ti –responde con los ojos centelleantes–. ¿Cómo me encontraste?

–Bueno, no la culpes –advierto con las manos en alto–, pero a Jaslene se le escapó que estabas aquí. –Luego frunzo el ceño–. Al parecer, creía que haríamos la visita juntos.

–Mi intención no era dejarte afuera si eso es lo que quieres decir.

–No quiero decir nada, solo tenía curiosidad. Como sea, entiendo que te sientas incómoda estando a solas conmigo en una habitación de hotel. Ambos sabemos que no tienes control cuando estoy presente.

–Estás bromeando, pero es verdad –responde moviendo las cejas.

–¿Y es un problema?

–Un poco –indica con el ceño fruncido y haciendo «más o menos» con la mano–. Pero empiezo a acostumbrarme.

Es una gran confesión, pero sé que no debo pensar de más, así que señalo alrededor con el brazo.

–Entonces, ¿se te ocurrió alguna idea brillante para esta habitación?

–Por supuesto –responde y me estudia con dos dedos sobre los labios abiertos y un brillo malicioso en la mirada.

Me quedo boquiabierto y mi corazón se sacude como postigos en una tormenta, pero debo ser la voz de la razón porque estamos en el que podría ser su lugar de trabajo.

–Me gusta el curso de tus pensamientos. Sin embargo, debo señalar algo obvio.

–¿Y qué sería? –Se acerca a mí, y yo levanto una mano.

–Nunca sabes quién puede estar cerca o si a Rebecca se le ocurrirá venir, en cuyo caso… –muestro los dientes–, sería incómodo.

Dean cree que no tengo control. Quisiera que me viera en este momento; estaría orgulloso.

Lina se queda congelada, inclina la cabeza y frunce los labios, pensativa.

–Pero un beso no hace daño, ¿cierto?

Da los besos más deliciosos, así que no hay forma de que rechace su oferta. Cubro la distancia entre los dos y atraigo su cuerpo hacia mí. Me rodea el cuello de inmediato, entrelaza los dedos sobre el vello en mi nuca, se para de puntillas e inclina la cabeza, todo en una serie de movimientos fluidos. Es una sucesión de acciones que parecen instintivas, como si besarme estuviera en su memoria muscular.

Este beso es lento y tierno, por lo que abro los ojos sorprendido cuando sus manos bajan por mi espalda y se detienen en mi trasero. Con un gemido, me froto contra ella, incapaz de resistirme a la posibilidad de excitarla con la ropa puesta.

Justo en ese momento, alguien llama a la puerta y nos quedamos helados.

–Mierda –masculla.

–Maldición –murmuro.

–Lina, soy Rebecca. Pensé en pasar a saludar.

–La llamaste –me dice Lina con falso disgusto.

–No tenemos tiempo para hacer acusaciones –respondo entre dientes. Ella se encoge de hombros.

–Actúa normal. Estamos trabajando.

–Esto no concuerda –señalo al bajar la vista a mi entrepierna, que luce una erección de proporciones considerables–. Y ni siquiera tengo una chaqueta para cubrirme.

–Métete en la ducha. Nunca adivinará que estás allí.

Así que este es el curso que tomó mi vida. Ahora me escondo en duchas.

–Ve. –Con los ojos bien abiertos, me empuja hacia el baño.

Camino de puntillas mientras ella va a abrir la puerta. Luego, con el mayor de los cuidados, corro la cortina y entro a la tina.

–Hola –saluda Lina–. Ya estoy por terminar aquí.

–No quería interrumpir tu trabajo, pero Bill, de la recepción, me dijo que estabas de visita, así que decidí pasar a saludar.

–Ah, es muy considerado.

–Así que, ¿qué piensas de la habitación?

–Es espaciosa. Enorme. Gigante. *Imponente.*

Si no la conociera, creería que está hablando de mi erección.

–¿Eso crees? –pregunta Rebecca–. No creí que fuera más grande que el promedio.

–Ah, sí. Lo es. Sé lo que digo, he visto muchas y te aseguro que esta resalta. Se destaca, quiero decir.

Sí. Está hablando de mi miembro. *Bien hecho, Lina.*

–Es funcional y atractiva. Y de seguro le causa placer a quien tenga el honor de usarla. Lo mejor es que tiene el potencial para expandirse si usas la imaginación.

Así es, Lina.

–Bueno, me dejas intrigada –comenta Rebecca–. Ansío ver tu presentación.

–Yo también estoy ansiosa.

Escucho la puerta de la habitación abrirse.

–¿Acabaste aquí?

Cierro los ojos con fuerza.

–Por desgracia, aún no. *Pero pronto.*

–Muy bien, entonces. Un placer verte otra vez.

–También a ti.

Después de que se cierra la puerta, cuento hasta quince para salir de la tina de un salto y abandono el baño. Lina está parada junto a la ventana con una sonrisa perversa.

–Eres una pésima influencia –dice.

La atraigo contra mi pecho y, en cuestión de segundos, su mirada se vuelve profunda con anticipación.

–Tu comportamiento desvergonzado tendrá consecuencias.

–Ah, ¿sí? –dice con una sonrisa provocativa–. ¿Y cuándo llegarán?

–Por desgracia, aún no. *Pero pronto* –bromeo y retrocedo para darle un toquecito en la nariz.

–¿Cuándo será *pronto*? –protesta con las manos a los lados y un pisotón.

–¿Cuándo podré conocer tu casa?

–¿Estás buscando una invitación?

Claro que sí. Sería mucho más fácil fantasear con ella si pudiera imaginarla recostada en su propia cama. O caminando en ropa interior, con una camiseta delgada que resalte sus pechos...

–Max –advierte.

–¿Cuál fue la pregunta?

–Pregunté si buscabas una invitación a mi casa –resopla.

–Sí, definitivamente estoy buscando una invitación –afirmo mientras finjo revisar mis bolsillos.

–Entonces, quedas formalmente invitado a cenar en mi casa –dice con las manos sobre el pecho y se humedece los labios.

–¿Cuándo? –pregunto, consciente de que esto es mucho para ella.

–¿Qué tal el viernes?

Faltan cuatro días para eso. Siento ganas de dar un pisotón y pedirle que sea esta noche, pero ya que hace unos minutos me felicité a mí mismo por mi autocontrol, no puedo quejarme sin ser un grandísimo hipócrita.

–El viernes está bien.

–Y no tendremos que preocuparnos por madrugar. –Respira hondo–. Si quisieras quedarte, claro. Como tú quieras. Estoy acostumbrada a dormir sola, así que no debes sentirte obligado. Fue solo una...

Doy un paso hacia ella y entrelazo los dedos con los suyos.

–Lina, me encantaría quedarme.

–De acuerdo, genial –suspira–. Es una cita.

–Quizá también podríamos ver una película.

–Quizá. –Se encoge de hombros–. Si hay tiempo.

¿Si hay tiempo? Me gusta cómo suena eso.

–Como ya hemos establecido que no tienes autocontrol cuando estoy cerca, mejor me voy. –Me alejo en dirección a la puerta. Una vez allí, giro y le guiño un ojo–. Nos vemos el viernes.

Maldición. Cuatro días se sentirán como una eternidad.

· CAPÍTULO VEINTIOCHO ·

LINA

De: MHartley@comunicacionesatlas.com

Para: CSantos@deltequieroalsiquiero.com; KSproul@comunicacionesatlas.com

Fecha: 24 de abril – 9:37

Asunto: Materiales para la presentación en el Grupo Cartwright

Lina, te presento a Karen.

Karen, te presento a Lina.

Lina, Karen es nuestra diseñadora gráfica. Nos ayudará a preparar los materiales para la presentación del 14 de mayo en el Grupo Cartwright. La idea preliminar es que prepare un simulacro de página web, gráficas para redes sociales y un guion gráfico para cualquier elemento en video. Dime qué te parece.

El tema del hada madrina de las bodas es un hecho, pero aún estoy trabajando en el marco conceptual. Me está tomando más tiempo del que esperaba. Si se te ocurre algo, no dudes en enviarme la idea.

Espero que te encuentres bien.

Max

24 abr.

Lina – 9:54

Me gusta cuando hablas de negocios. Me dan ganas de visitarte en la oficina y actuar como tu asistente. Sería excelente con las presentaciones orales.

Max – 9:57

Puede arreglarse. Soy muy buen orador.

9:58

¿Estás sexteando?

9:59

Sí.

10:00

Tendré que calmar mi entrepierna ansiosa.

De: CSantos@deltequieroalsiquiero.com

Para: MHartley@comunicacionesatlas.com; KSproul@comunicacionesatlas.com

Fecha: 24 de abril – 10:03

Asunto: RE: Materiales para la presentación en el Grupo Cartwright

Encantada de conocerte, Karen.

Max, estoy de acuerdo con los materiales que mencionaste y si se me ocurre algo, sin duda te lo haré saber. ¿Habrá alguna razón para que el tema del hada madrina tome más tiempo del esperado? Pensaré en eso también. En cualquier caso, no puedo esperar a ver el resultado.

Saludos,

Lina

24 abr.

Lina – 10:09

Planeo cocinarte el viernes. Será una comida brasileña. ¿Tienes alguna alergia? ¿Alguna comida que odies?

Max – 10:12

Ninguna alergia. Odio las arvejas. Y para que lo sepas, le tomé aversión a la pimienta. Estaré atento a eso.

¿Llevo algo?

10:13

Postre de Sugar Shoppe?

10:14

Hecho. Me muero por que sea viernes.

10:15

Yo también.

Justo cuando estoy sacando el *empadão* del horno, suena el timbre del portero eléctrico. Intenté dominar la receta, pero la superficie ennegrecida del pastel y el olor ácido a masa quemada confirman que me ganó.

Mientras mascullo un rosario de obscenidades en veinte segundos, dejo la fuente sobre la estufa y lanzo el guante por el aire. Ahora, todo el menú consiste en ensalada de hojas verdes y zanahorias asadas. Parece que estoy esperando a Peter Rabbit.

Presiono el portero con más fuerza de la necesaria.

–¿Sí?

–Lina, soy Max.

–¡Hola! –exclamo con toda la alegría que logro reunir–. Qué bueno que pudiste llegar. Sube. –Presiono el botón para dejarlo entrar.

Al recordar el estado de mi cocina, corro a la puerta para abrirla. Cuando Max baja del elevador con una caja de la pastelería en la mano, me encuentra abriendo y cerrando frenéticamente la puerta para airear el apartamento. Le hago una revisión visual detallada: viste pantalones oscuros desgastados y una camisa blanca por fuera. Así use un atuendo casual o formal, siempre exuda confianza con su estilo personal y nunca luce como si se esforzara demasiado. *Me gusta lo que veo.*

–¿Problemas técnicos? –Sus cejas se disparan hacia arriba cuando se acerca.

–Eso es poco decir. –Cuando me alcanza, dejo caer la cabeza contra su pecho–. Arruiné la cena.

Con la mano libre, me recoge el cabello para ponerlo sobre un hombro, con lo que me despoja de mi escondite natural.

–Solo estaría arruinada si no pudiera compartirla contigo.

Levanto la vista hacia él y hago un esfuerzo enorme por no mirarlo con corazones en los ojos, pero es probable que sea el emoji en persona en este momento.

–Ah, qué dulce. De todas formas, te recomiendo que esperes hasta que veas lo que hay para cenar.

También debería advertirle que los comentarios románticos son un desperdicio en una relación casual, pero soy incapaz de desmerecer su encantadora actuación. Tal vez él no necesite que le recuerde que esto es una aventura sin compromisos, pero yo sí. *Nota mental: no te hagas ideas ridículas de un futuro con Max.*

Me sigue adentro, deja la caja sobre la encimera y estudia la cocina. Los constructores lo llaman «concepto abierto», pero la verdad es que el bajo presupuesto no alcanza para levantar paredes.

–Vaya –comenta tras un vistazo general–. Te burlaste de mi sala estilo *Crate & Barrel*, ahora me toca hacerlo con la tuya. ¿Tienes suficientes velas, Lina? –Sacude las manos como un comediante–. ¿Macetas, almohadones peludos y tapices? ¡Santo Dios!

–¡Qué grosero! –Lo empujo de forma juguetona hacia la cocina–. Los invitados no deberían criticar... Mejor cierro la boca.

–Muy sensata –dice con un guiño. Luego señala el *empadão* sobre la estufa–. ¿Ese es el paciente?

–Sí –bufo.

–¿Qué se suponía que fuera? –Se acerca con una mano en la barbilla y asiente con seriedad.

–Un *empadão de frango*. Es un pastel brasileño. La corteza debería ser mantecosa y hojaldrada. El pollo y los vegetales del interior deben ser jugosos y tener el condimento perfecto. En lugar de eso, tenemos esta monstruosidad.

–¿Tiene algún sentido conservarlo?

–Solo como recordatorio de que nunca podré recrear las comidas de mi madre. Más allá de eso, no. –Resoplo con fuerza mientras contengo las lágrimas que amenazan con caer siempre que me emociono un poco–. Ni siquiera puedo hornear un estúpido pastel.

–Oye, oye. –Levanta una ceja–. Mira una hora de *Nailed It!* y verás que no estás sola. Es solo un pastel.

–No es solo un pastel, Max –replico desplomándome

sobre un taburete–. Quería preparar una cena especial para compartir algo de mi cultura. Es obvio que no funcionó. No sé cómo transmitiré mis tradiciones familiares si no puedo seguir una receta básica.

–¿Es de tu madre? –pregunta al sentarse a mi lado, con las manos unidas sobre la encimera.

–¿Qué? –Levanto la cabeza, confundida.

–La receta. ¿Es de tu madre?

–No, para nada. Ella no las escribe. Dice que la mejor manera de aprender es ver y ayudar. No entiendo cómo le resulta tan fácil. Si le pregunto cuánto debo agregar de algo (harina, tomate, ajo, lo que sea), responde «una pizca de esto, una pizca de aquello». –Giro hacia él–. Mi madre ni siquiera tiene cucharas medidoras, Max.

La mayoría se reiría de esto, pero en momentos como este quisiera tener las recetas de mi madre impresas, con medidas de referencia como media taza de aceite; y no «eh, más o menos esto, *filha*».

–Quizá podrías convencerla de que lo haga a tu manera. Puedes ir con tazas y cucharas medidoras y tomar nota. Cuando te diga «una pizca de esto», le dices «muéstrame con una taza». Luego anotas todo para poder hacerlo aquí.

–No es una mala idea, ¿sabes? –Inclino la cabeza mientras imagino cómo resultaría–. Quizá podría grabarla cuando cocine. Sería lindo, aunque sea para que quede para la posteridad. –Cierro los ojos un momento, molesta conmigo misma por haber dejado en evidencia lo mucho que me afectan aun las cosas más insignificantes. Mientras hablamos,

Max debe estar lamentando haber venido a cenar. Entonces, sacudo las manos como si pudiera borrar los últimos minutos con un movimiento–. Como sea, ya fue suficiente. No viniste para escucharme hablar de esto.

Gira todo el cuerpo en su dirección, con los pies apoyados en el aro inferior del taburete, y hace que mueva la cabeza hacia él para mirarlo.

–Vine a pasar tiempo contigo, y si eso implica que hablemos sobre algo que te está molestando, no tengo ningún problema en escucharte. Que sea casual no significa que no me interese por ti como persona. Eso sería imposible. Sospecho que también sería imposible para ti. Es decir, tengo la impresión de que no compartes tus preocupaciones con cualquiera. –Me acaricia el rostro y me da un beso en la frente–. Así que, gracias por permitirme ser más que una persona cualquiera.

¿Es posible que el corazón se expanda dentro del pecho? No sé suficiente de anatomía para afirmarlo, pero *siento* que mi corazón está haciéndole lugar a Max en su interior, a pesar de que yo no lo quiero allí. *Corazón, no podemos permitir nada de eso.* Es evidente que ambos necesitamos recordar qué hacemos aquí.

Me acerco a tomarlo de las manos y me inclino para besarle el cuello y hundir la nariz en su piel para sentir su aroma. Huele a una mezcla de tierra y cítricos, como si se hubiera caído una naranja de un árbol sobre tierra fértil y, de algún modo, él la hubiera envasado al instante.

–La ensalada puede esperar y las zanahorias se pueden

recalentar. ¿Te molestaría pasar a la atracción principal? Me puse una falda para la ocasión.

–¿La cena no era la atracción principal? –Sus ojos se oscurecen mientras considera la invitación.

La cena no *puede* ser lo más importante, pues eso no es lo que se hace en una aventura. En lugar de responder a la pregunta, me levanto y jalo su mano.

–Ven conmigo.

Se para de mala gana, con la mirada en el pastel arruinado sobre la estufa. Abre la boca, la cierra, la vuelve a abrir, pero lo que sea que fuera a decir, quedó oculto detrás de una sonrisa traviesa.

–Hablas en serio, ¿no?

–Claro que sí –afirmo al llevarlo hacia la habitación.

–Más almohadones y velas, por lo que veo –comenta al cruzar el umbral, por lo que recibe una palmada en el trasero. En respuesta, gira con una mano en alto–. Oye, sé que morías por tocarme el trasero, pero no tienes que fingir que lo haces como castigo por una observación válida sobre tu habitación.

–Sí que te lastimé al mencionar *Crate & Barrel*, ¿eh? –replico con los ojos entornados.

–Es posible. –Se lleva las manos al pecho y levanta el mentón–. Es que mi madre compra allí, y siempre pensé que su estilo… no se parecía en nada al mío.

–Ah, no pretendía hacértelo notar. Olvida lo que dije. –Sin rodeos, me saco la camiseta y la arrojo detrás de mí–. ¿Esto ayudará con la pérdida de memoria?

Me encuentro frente a él con un sostén azul absolutamente impráctico. Las medias copas solo sirven para que mis pechos parezcan estar presentados en bandeja; lo llamo arnés cosmético porque es un trozo de material con el único propósito de resaltar mi escote. Y que me lo saquen.

Max se lleva dos dedos a los labios e inhala despacio.

–¿Quién eres? ¿Dónde estoy? ¿En qué año estamos?

Apoyo las manos en su pecho y lo obligo a retroceder hasta que se choca con la cama y cae sobre ella. A continuación, subo sobre él con la velocidad y destreza de una atleta olímpica, y él forcejea con el broche frontal de mi sostén como si cantara *Itsy Bitsy araña*.

–¿Necesitas ayuda, compañero? –le pregunto.

–Es como forzar una cerradura –protesta entre dientes–. ¿Tiene un código de seguridad o algo? ¿Acepta tarjeta de crédito?

–Déjame a mí. –Aparto su mano de una palmada–. Observa y aprende. Tienes que presionar el broche hacia afuera y hacia arriba.

–Es una genialidad –comenta boquiabierto.

Me gusta que estemos cómodos el uno con el otro y no tener que adivinar qué está pensando. Encajamos sin artificios. Solo somos dos personas que disfrutan de estar juntas, dentro y fuera de la cama.

–¿Puedo? –pregunta con las manos en alto. Yo asiento con la cabeza, entonces desliza las manos debajo de las tiras del sostén para sacármelo–. Y estos son hermosos.

–Adelante, tócalos. Sabes que lo quieres.

Me rodea los pechos y me acaricia la piel con la punta de los dedos. Levanta la vista para ver mi reacción, pero mi rostro solo cuenta una parte de la historia. Estoy meciéndome sin vergüenza sobre sus muslos, soy incapaz de quedarme quieta y quiero acelerar las cosas porque sé lo que me espera cerca del final. Cuando sus pulgares me rozan los pezones, me caigo sobre él, frotándome contra su cuerpo.

–¿Puedo buscar un condón? Por favor –pregunto en voz baja y ansiosa. La necesidad es demasiada.

Asiente con la cabeza, abre la boca, pero no emite palabra.

Bajo de la cama, tomo un condón del cuenco sobre el aparador, lo arrojo sobre la cama y procedo a deshacerme de la falda y las bragas, antes de desabrochar sus pantalones. Mi asistente es capaz; se desabotona y saca la camisa mucho antes de que yo termine.

–Eres rápido –comento.

–Soy impaciente.

Se levanta apenas lo suficiente para sacarse los zapatos de una patada, quitarse los pantalones y descartarlo todo junto a la cama. Mi mirada se encuentra con la suya cuando se lleva una mano a la erección y comienza a acariciarla despacio. *Santo Dios*. Estoy en mi propio sauna, generado por el calor que emana de mi interior, se expande por mis brazos, detrás de mis rodillas y por el espacio entre mis muslos. Tengo las piernas inestables y la mente atontada. Así, con las manos temblorosas, me apoyo en el aparador detrás de mí, y él me mira con intensidad mientras se toca. Es fácil imaginar que soy yo quien le está provocando placer.

Sin dejar de mirarme ni de tocarse, palmea la cama con la mano libre hasta encontrar el condón, que abre con los dientes en un movimiento intenso que habla por él. *Esto es lo que provocas en mí.*

Se coloca el condón guiándose solo con el tacto, pues su mirada sigue fija en mi rostro. Observo cómo se lo pone, con la boca abierta para acordarme de respirar y las manos sobre el aparador para mantener el equilibrio.

–Me pregunto si me deseas tanto como yo –comenta.

No conozco el nivel de su deseo, pero si es tanto que nubla su juicio y le causa dolor en todo el cuerpo, entonces la respuesta es sí.

–Me arriesgaré a decir que sí.

–Entonces, ven a tomar lo que necesitas.

Ante la invitación, me enderezo, camino hacia la cama y extiendo las manos cuando estoy lo suficientemente cerca para tocar su cuerpo. Toma mis manos y me sostiene mientras me monto sobre sus caderas. Una vez allí, uso el cuerpo para tentarlo y acariciar su miembro, al tiempo que alineo mi centro con el suyo y lo recibo dentro de mí.

–Max –gimo al cerrar los ojos con fuerza y ver estrellas.

Encajamos a la perfección y, por unos segundos, me quedo quieta para sentir cómo mi cuerpo se abre para él. Luego aprieto mi coño y asciendo sobre él disfrutando la fricción.

Max jadea mi nombre, me toma el trasero y se mueve hacia arriba cuando yo bajo.

–¿Podemos hacer esto para siempre?

Abro los ojos de golpe y, a juzgar por su mirada

desorbitada, creo que la pregunta también lo sorprendió. Me muevo más rápido, concentrada en el cosquilleo de mi cuerpo para no dar lugar a los pensamientos que amenazan con dominar mi mente traicionera. Max sube las manos por mi espalda, me acaricia los hombros y vuelve a acariciarme los pezones con los dedos. A su paso, el contacto genera pequeñas chispas que potencian las palpitaciones entre mis piernas. Son caricias lentas, exuberantes y de una exquisitez tortuosa. Cuanto más rápido me muevo, más lento me acaricia, hasta que el ritmo se vuelve letal, como si quisiera demostrarme que no siempre tengo el control.

–Necesito correrme –jadeo.

–Y lo harás –responde en un tono tan agitado como el mío–. Mírame, Lina.

–Aquí estoy. –Bajo la vista del punto sobre su hombro hasta su rostro y disminuyo el ritmo para enfocarme en él.

–¿Sí? Deja de pensar en cómo debería ser y limítate a sentir. Te prometo que estaré aquí contigo.

Podría enamorarme de él con facilidad. Podría convertirme en una niña tonta con corazones en los ojos y arcoíris brotando del corazón. Max no debería ser el indicado para mí por muchas razones, y mucho menos para la versión de mí que necesito ser. Me encuentro dentro de un laberinto sin saber hacia dónde girar, pero desde algún lugar a la distancia, su voz me llama y, aunque no sé a dónde me llevará, la sigo. ¿Solo sentir? Puedo hacerlo. ¿Estoy con él? Sí, eso quiero. Así que asiento con la cabeza.

Con un brillo triunfal en los ojos, atrae mi torso hacia él

y hunde el rostro entre mis pechos. Así, nos mecemos uno contra otro durante varios minutos, en los que los únicos sonidos son nuestras respiraciones agitadas y el choque de nuestros muslos. Luego me levanto en busca de su boca, que es tan ávida como la mía. Mientras tanto, lo monto con fuerza, hasta que interrumpe el beso para tomar aire, morder mi barbilla y llenarla de besos, al tiempo que intenta percibir si estoy cerca del orgasmo.

–Lina, bebé… ¿estás… cerca?

–Sí –logro gemir. Apenas puedo mantener la cabeza en alto. El placer que me recorre el cuerpo es como un ancla que me mantiene firme en este momento y no deja lugar para nada más–. Necesito que me toques, Max. –Tras gruñir en mi oído, introduce la mano entre los dos y lleva el pulgar a mi clítoris–. Sí, así –afirmo sin dejar de mecerme sobre él.

Cuando me mira, sus ojos intensos y labios hinchados revelan que está tan preocupado por mí como yo por él.

–Apriétalo, bebé. Hazlo lo más ajustado que puedas. –Su voz cargada de deseo dispara el mío.

Mientras contraigo mi centro sobre él, Max mueve los dedos hasta que encuentra un ángulo glorioso, que genera la presión perfecta sobre mi clítoris. Lo único que puedo hacer es caer sobre él y decir su nombre.

–Max… Max… Sí, justo ahí.

–¡Dios! –exclama cargado de asombro–. No puedo creer que se sienta tan bien, bebé. ¿Cómo podría no querer esto una y otra vez?

Aprieto mi centro alrededor de su miembro e intento alcanzar el orgasmo que está cada vez más cerca. Entonces, Max cambia el ángulo y usa los dedos medio e índice para dibujar círculos centrados a la perfección en mi clítoris, de modo que todas mis terminales nerviosas se fusionan en un vórtice de placer continuo, que fluye dentro de mí como si millones de fuegos artificiales estallaran al mismo tiempo. Al grito de su nombre, me sacudo, tiemblo y retuerzo, en un manojo de movimiento y vibración que no podría controlar aunque quisiera.

Siento que pasan varios minutos, en los que experimento réplicas del temblor. Cuando por fin recupero un poco el conocimiento, noto a Max sacudiéndose contra mí, abrazándome con todas sus fuerzas.

–Cielos, Lina. Sí, sí. Cielos, sí. –Con eso, se queda quieto, suelta un gemido extenso y se desploma sobre la cama.

Cuando nuestros corazones se calman, beso su frente y sonrío contra él.

–¿Qué es lo entretenido? –pregunta, y su aliento cálido me hace cosquillas en el cuello.

–Estaba pensando en que somos muy elocuentes. Todos los «sí» y «cielos» son una muestra de la verdadera profundidad de nuestro vocabulario.

–Es importante tener variedad –ríe–. En cualquier caso, nuestros cuerpos se comunican como si hubieran creado su propio lenguaje. Eso es suficiente para mí. ¿Para ti?

–Sí, para mí también –afirmo porque no puedo hacer mucho más en este momento.

Ahora que puedo hilar pensamientos coherentes, recuerdo que el objetivo de la «atracción principal» era recordarnos (bueno, a mí, más que nada) que esto es una aventura. Sin embargo, al rodearlo con los brazos, debo admitir que ni siquiera me acerqué a ese objetivo.

· CAPÍTULO VEINTINUEVE ·

MAX

Sentir la espalda de Lina contra mi erección matutina califica como el mejor despertar de mi vida. Atraído por el aroma a melocotón de su cabello, la abrazo por la cintura, me acurruco e inhalo su aroma. Gime y se acomoda en la nueva posición.

No sé a dónde vamos ni si vamos a algún lado siquiera, pero creo que la mejor forma de encararlo es seguir mi propio consejo y no preocuparme por lo que *fue* o lo que *debe ser* y enfocarme en lo que *es*. Estoy durmiendo con la mujer con la que mi hermano estuvo a punto de casarse y no tengo intenciones de que eso cambie.

Lina estira los brazos y suspira con alegría.

–Buenos días –saludo contra su oreja.

–Buenos días para ti. –Lleva una mano hacia atrás para

acariciarme el mentón. Luego levanta la cabeza–. Ay. ¿Por qué hay una rama en mi cama?

–¿Qué?

Se sienta con el ceño fruncido y tantea debajo de las sábanas en busca de lo que la distrajo. Hasta que llega a mi miembro.

–Ah, perdón. Pensé que era una rama. Quizá se me había atorado algo mientras hacía jardinería. No me hagas caso.

Me quedo quieto por varios segundos, sonriendo entretenido, hasta que de un salto la acorralo contra el colchón, por lo que ella grita y finge indignación. Al final, logro inmovilizarla y presionar mi «rama» en la cima de sus muslos. Complacida consigo misma, me sonríe de lado, con un brillo malicioso en los ojos.

–¿Tienes cosquillas?

–Para nada. –Niega con la cabeza.

Observo cómo sus ojos se desvían hacia un punto sobre mi hombro: es la mirada que tiene cuando miente, y no dejaré que me engañe otra vez.

–Bueno, si es así, no te molestará que haga esto. –Con un gruñido, me sumerjo debajo de las sábanas y le hago cosquillas en la parte de atrás de las piernas y en la cintura. Chilla, se sacude como una yegua salvaje y me derriba en segundos. Me quedo tendido en el colchón mirando el techo, con una sonrisa que incluso se *siente* cursi en mi rostro. Si de mí dependiera, pasaríamos el día juntos, retroalimentando las buenas vibras. Pero no depende solo de mí, y Lina aún es escurridiza con nuestra relación. Quizá haya una forma de seguir con este día sin ponerla nerviosa. Conociéndola, si eso incluye su trabajo, estará a bordo.

–Esta noche, vayamos a cenar a Blossom –propongo. Giro de costado y observo cómo abre los ojos al escucharme–. Faltan menos de dos semanas para la presentación, así que creo que deberíamos comenzar a pensar cómo incluir el restaurante del hotel.

–Sí, gracias por recordármelo. –Se sienta y se acomoda el cabello detrás de la oreja–. La presentación *debe* ser nuestra prioridad. –Con un suspiro intenso, pone los ojos en blanco–. Pero hoy tengo mucho que hacer. ¿Quieres que nos encontremos allí?

–Podría pasar a recogerte.

–No, está bien –niega con la cabeza–. Seguro estaré por ese lado de la ciudad, así que podré pedir un taxi para ir directamente.

Si eso te hará sentir mejor, por supuesto.

–Está bien. También tengo algunas cosas que hacer de todas formas –le digo. Luego me acerco para besarla en la mejilla–. La pasé de maravilla. Iré al baño y te dejaré tranquila.

Aunque no puedo culparla por querer que nuestra relación sea casual, parte de mí se pregunta por qué tiene que esforzarse tanto. Este soy yo, intentando mantenerlo casual. ¿Por qué no puede hacer lo mismo? Quizá su necesidad de tomar distancia es un síntoma de la fuerza de atracción que nos unió en un primer momento. Quizá así somos nosotros. Lo que sí sé es que luce preciosa cuando duda de mis intenciones. ¿O soy yo el que está dudando de ella? Es muy posible que Lina tenga muchas cosas que hacer hoy, mientras que yo siento inseguridad respecto a mi lugar en su vida. *Mierda.*

–Eh, de acuerdo, está bien. –Deja caer los hombros, probablemente sorprendida de que no busque más sexo–. ¿Hago una reservación para las seis?

–Perfecto. –Me levanto, estiro y bostezo los resabios de sueño.

¿Acaso hay algo más perfecto? Desequilibrar a Lina, porque no quiero estar en esto solo. *Bienvenida al club «Me gustas, pero no sé qué hacer al respecto», señorita Santos. Te estábamos esperando.*

–Bienvenidos a Blossom. Mi nombre es Camille y seré su mesera esta noche. ¿Han cenado con nosotros antes?

–He venido a almorzar –afirma Lina–. Ansío probar otras opciones del menú.

–Perfecto –sonríe Camille–. Nos alegra recibirla otra vez. –Luego se dirige a mí–. Caballero, cualquier mesero presente puede ayudarlo, ya sea si quiere más agua, necesita cubiertos o me demoro demasiado en traer la cuenta. –Se inclina y baja la voz–. Eso nunca sucede.

Otro mesero se acerca a llenar nuestras copas de agua y un tercero deja una cesta de pan en el centro de la mesa. Camille nos entrega una delicada hoja de papel a cada uno.

–Este es el menú degustación. Es muy popular en estos días. Con gusto responderé cualquier pregunta que tengan después de mirarlo. Mientras tanto, ¿puedo ofrecerles un cóctel?

Lina ordena un Martini de granada y yo un Tom Collins.

Cuando Camille se aleja, Lina se acerca como si fuera a decirme un secreto.

–Moría por probar este Martini. Lo vi en el menú cuando vine a almorzar, pero no quería arriesgarme a estar mareada para el compromiso de la tarde.

–Bueno, puedes marearte conmigo. Sería divertido.

Una sonrisa se despliega en sus labios mientras abre el menú. No puedo dejar de mirarla; el vestido sencillo que lleva acentúa sus curvas y el rojo intenso resalta el brillo de su piel. El cabello le cae en bucles hacia un lado, con una hebilla dorada del otro lado para sostener una parte en su lugar.

Cuando me mira por encima del menú, me enderezo en el asiento.

–¿Qué piensas? –pregunta.

Para ser honesto, estoy pensando en lo hermosa que es. En cuanto al menú, ni siquiera lo miré aún.

–Estaba considerando la paella –agrega–. Conejo, cerdo, arroz, chorizo... Mmm, la lista de ingredientes es eterna. Aunque es para dos. ¿Quieres compartir?

–Me encantaría –afirmo y dejo el menú a un lado. Luego observo el salón principal y registro la decoración–. ¿Qué piensas del diseño del lugar?

Deja el menú sobre la mesa y gira a ambos lados antes de analizar el espacio detrás de mí.

–Me encantan las tablas grises avejentadas superpuestas en las paredes. Las flores silvestres debajo de los candeleros son el toque perfecto para unir el nombre del lugar con la decoración. Es un poco más oscuro de lo que me gustaría, pero es acogedor. Casi como una casa de campo elegante. –Al final, posa la vista en el centro de mesa–. Poner una vela dentro de un frasco antiguo sobre una bandeja es justo lo que necesitaba el lugar. Rústico *y* a la moda.

Mientras la escucho describir la decoración del lugar sin esfuerzo, por fin descubro lo que no me terminaba de convencer respecto al concepto del hada madrina de las bodas que elegimos para la presentación: no es la mejor manera de demostrar los talentos de esta increíble mujer.

Estaba tan seguro de que el elemento personal debía ser el foco, que perdí de vista a la persona real que está detrás del servicio que queremos vender. Caí en la trampa de creer que la armadura que Lina creó para sí misma era algo malo. Sin embargo, después del tiempo que pasamos en Surrey Lane, creo que debe gran parte de su éxito a la habilidad de usar esa armadura a su favor cuando la necesita. A quién deja entrar en su vida, frente a quién llora, a quién deja atravesar sus muros, con quién comparte sus emociones, a fin de cuentas, es decisión suya. Y eso no afecta lo que puede ofrecer en el trabajo, solo le permite manejarse en diferentes entornos sin salir de su zona de confort.

Su fortaleza es conseguir resultados, que las cosas se

hagan. Pero como siempre ha reconocido, no será la mejor amiga del cliente, no llorará en la boda ni brincará cuando la novia encuentre el vestido perfecto. Ese no es su estilo. Sin embargo, organizará la mejor boda posible con los recursos disponibles. Y *eso* es lo que todo cliente debería desear. Ahora solo tengo que explicarle por qué quiero proponer un cambio de estrategia.

–¿Podemos hablar sobre la presentación un momento?

–Claro. –Bebe un trago de agua y une las manos sobre la falda–. ¿Todo está bien?

–Sí. Es solo que... No creo que debamos usar el concepto del hada madrina. No te representa.

Lina se hunde en la silla y su sonrisa crece de a poco.

–¿Puedo contarte un secreto?

–Claro.

–Me alivia escucharlo. Estuve pensando en eso los últimos días y estaba esperando el momento indicado para mencionártelo. Me preocupaba que la idea nos hiciera parecer desesperados. O que me hiciera ver accesible a expensas de lo que hago mejor.

–Exacto. Al diablo con ser accesible. No necesitamos cambiar nada en ti. Solo necesitamos jugar con tus fortalezas, que son muchas. Creo que una temática que se enfoque en tu rol como *concierge*, como conserje de bodas sería efectiva. Encaja con el negocio del hotel, da la idea de que le darás tu toque personal a cada boda y puede apelar a una clientela más amplia. ¿Qué te parece?

Antes de responder, se acerca y me aprieta la mano.

–Me parece que soy muy afortunada al trabajar contigo y ahora ansío hacer esta presentación.

–Fantástico. –Debo tener una sonrisa radiante. Complacerla me complace, pero más especial es poder impresionarla tan solo haciendo mi trabajo–. Entonces, hablaré con...

De repente, una mano se posa sobre mi hombro y una voz pronuncia mi nombre a mis espaldas. Perplejo, giro y encuentro a Nathan Yang, un viejo amigo del vecindario, sonriéndome. Mi corazón recupera el ritmo normal.

–Nathan, ¿cómo has estado? Hace siglos que no nos veíamos.

–Es verdad. Demasiado tiempo –afirma antes de dirigirse a Lina–. Lamento interrumpir, pero debía saludar a mi viejo amigo.

–No hay problema –responde con una sonrisa amigable.

–¿Estás cenando aquí solo? –pregunto.

–No, no. –Nathan extiende el frente de su saco negro con las manos–. Soy el encargado del restaurante. Hace alrededor de un año que trabajo aquí.

–Vaya. Es genial. Felicitaciones, amigo. Lina y yo estábamos admirando la decoración hace un momento.

–Muchas gracias. Estoy orgulloso del lugar. –Cuando mira a Lina otra vez, entorna los ojos como si intentara descifrar dónde la ha visto antes. Se me seca la boca. *Maldición*. También era amigo de Andrew, y estoy seguro de que estuvo invitado a la boda. Si existiera un método para deshabilitar la parte del cerebro que hace reconocimiento facial, le haría una cirugía a Nathan en este momento.

–Lina. Max. Qué bueno verlos –saluda otra voz detrás de Lina–. ¿Nathan los está tratando bien?

¿Rebecca? Tiene que ser una broma, ¿no? ¿Con quién demonios me metí en mi vida anterior? Mi mirada se dispara hacia Lina, que parece estar congelada en el lugar. *Está bien. Podemos manejar esto, no hay problema. Estamos trabajando, no es nada extraño.*

–Hola, Rebecca. –Me levanto para estrecharle la mano–. Me alegra verte. Nathan y yo estábamos poniéndonos al día. Crecimos juntos. –Luego señalo a Lina–. Y estaba hablando con Lina sobre el diseño de interiores. Intentábamos definir cuáles eran los puntos fuertes del restaurante. Hay mucho para recomendar. Luego probaremos la comida.

–Me alegra que les guste lo que han visto hasta ahora –responde frotándose las manos y se acerca para que solo nosotros la escuchemos–. Y el restaurante se esmera al máximo los fines de semana, así que fue buena idea venir hoy. Prueben el menú degustación si tienen oportunidad. Nathan ha hecho un buen trabajo con él para atraer clientes.

–Apuesto a que sí –afirma Lina con una sonrisa rígida.

–Me encontraré con mi abuelo para cenar –anuncia Rebecca tras mirar su delgado reloj de oro–. Quiere saber cómo van sus propiedades. Y cómo estoy yo, tal vez.

–Siento haber estado mirándote, es que me resultas muy familiar –comenta Nathan con un dedo sobre los labios y la mirada en Lina–. ¿Nos conocemos?

–¿Hace calor aquí? –Lina se hunde más en la silla y se abanica con la mano–. ¿Han subido la calefacción?

Mientras tanto, Rebecca nos mira a todos con curiosidad como si fuera un partido de tenis.

–¿Te encuentras bien, Lina?

–Eh, sí, estoy bien –responde con voz ronca, por lo que se aclara la garganta–. De repente me siento un poco mareada.

Quiero envolverla entre mis brazos y esconderla del escrutinio de Nathan, pero sería poco profesional... y extraño. *Tranquilo, Max. Con suerte, Rebecca se irá antes de que Nathan haga la conexión.*

–Oye –dice apuntando a Lina con el dedo–. Ya recuerdo. Eres Carolina Santos, estabas comprometida con Andrew, el hermano de Max. Lamento que no haya funcionado. –Sus mejillas se encienden–. Rayos. Debí morderme la lengua, perdón por mencionarlo.

Maldita sea. Hasta aquí llegó mi suerte.

Rebecca observa a Lina con la cabeza de lado.

Por su parte, Lina recorre el restaurante con los ojos entornados y el rostro desprovisto de expresión, como si buscara la mejor ruta de escape.

Es un misterio cómo mantiene la compostura. ¿En cuanto a mí? Estoy listo para reptar debajo de la mesa, y mi mente no funciona a la velocidad suficiente para apaciguar la situación. De todas formas, ¿qué demonios podría decir?

Rebecca niega con la cabeza.

–Creo que me he perdido algo, pero podemos resolverlo el lunes por la mañana. –Nos mira a Lina y a mí con los labios apretados y agrega–: A primera hora del lunes, ¿de acuerdo?

Ambos asentimos sin mirarla a los ojos.

–Tengo que ir al tocador –anuncia Lina, que se levanta de golpe, aún inexpresiva–. Fue un placer verte otra vez, Rebecca. –Luego mira a Nathan–: Y encantada de conocerte.

La veo caminar con premura en dirección a los baños. Rebecca y Nathan también la observan.

Qué montaña de mierda.

· CAPÍTULO TREINTA ·

LINA

«La esperanza puede ser eterna, prima, pero la decepción te pateará el trasero».

La advertencia de Natalia me resuena en los oídos como la campana de una iglesia. Ding. *Hola, ¿eres estúpida?* Dong. *Por supuesto que te atraparon.* Ding. *Ahora Rebecca no solo siente lástima, sino que desconfía de ti.* Dong. *¿Qué harás ahora?* Ding. *Supongo que puedes olvidarte del puesto en el Cartwright.* Dong. *Al menos no lloraste delante de nadie.*

Camino de un lado al otro en el tocador, con las manos hechas un puño a los costados del cuerpo y evitando verme en el espejo. No necesito ver mis lágrimas, puedo sentir cómo corren por mis mejillas.

Alguien llama a la puerta. Me sobresalto un momento, luego me seco la cara; o lo intento.

–Ocupado –anuncio.

–Soy yo, Lina. ¿Puedo pasar? –Max abre una hendija de la puerta.

–No es buena idea, Max. Estaré bien. Dame un... –El hipo me interrumpe–. Dame un segundo, y salgo.

–Estás llorando, bebé. Déjame ayudar.

–¿Cómo puedes ayudar, Max? Yo sola arruiné esto.

Se queda callado un momento, hasta que lo escucho hablar con alguien más.

–Necesitamos un minuto –dice–. Tiene una crisis menstrual.

–¿Dijiste que tengo una crisis mental? –Debo haber oído mal.

–No, nunca bromearía con eso. Dije *menstrual*. No tengo idea de lo que implicaría eso, pero ella pareció entenderlo y se fue.

Resoplo al escucharlo. Me hace reír aun cuando tengo una «crisis menstrual».

–¿Te reíste? –pregunta–. ¿Lo ves? Ya estoy ayudando.

Pasan varios segundos, y se me revuelve el estómago al pensar que pudo haberse ido.

–¿Max? ¿Sigues ahí?

–Estoy aquí, Lina. ¿Me dejas pasar, por favor?

La urgencia en su voz sugiere que lo que me pide es más que el permiso de entrar al tocador. Pero si me ve así y no me juzga ni siente lástima por mí, ¿qué pasará después? Es probable que me enamore de él, eso es lo que pasará. Porque será el único hombre que haya visto mi lado más auténtico sin desmerecerme. Andrew nunca vio mi verdadero rostro y, gracias a eso, pude manejar nuestra ruptura como una profesional. No lloré, grité ni hice un escándalo. Ante su abandono, conservé la dignidad; porque nunca le entregué mi corazón. Incluso cuando le pedí que reconsiderara la decisión, lo hice con lógica y tranquilidad, señalando las razones por las que nuestra relación tenía sentido. Cuando se negó a cambiar de parecer, seguí adelante.

Entonces, ¿por qué debería darle a alguien la posibilidad de hacerme sentir débil otra vez? Sería la definición de autosabotaje. Además, ya me encargué de eso; teniendo en cuenta lo que acaba de pasar, creo que sería sensato dejar de socavarme por un tiempo.

–Lina –insiste Max.

–¿Sí?

–Tan solo hablaré, ¿sí? Creo que podría ayudar.

–De acuerdo –asiento con otro hipo.

–Esta es la situación: me gustaría que Andrew y yo fuéramos más cercanos, pero no lo somos. Desde que éramos niños, mis padres fomentaron la competencia entre nosotros. Creen que la rivalidad entre hermanos puede ser positiva, dicen que nos alentamos el uno al otro. Y es verdad, hasta cierto punto. Solo que también implica que no sabemos cómo relacionarnos más que para ser más listo, más exitoso o más lo que sea que el otro. Y estoy demasiado cansado de eso.

Esto es revelador. Andrew nunca hablaba de Max cuando salíamos, ahora entiendo por qué. Al pensar en lo que sabía de Max entonces (que era el hermano de Andrew que vivía en Nueva York), y lo que sé ahora, la diferencia es insólita. El hombre detrás de la puerta es enérgico, dulce, divertido, sensual y mucho más que el hermano menor de Andrew.

–No estoy seguro –dice de pronto–. El baño se inundó, así que están limpiando.

–¿Qué? –pregunto con el ceño fruncido.

–Le explico a esta persona por qué no puede entrar.

–Ah.

–En fin, en cuanto al trabajo para Rebecca –continúa–, sé que te dije que era mi oportunidad de desligarme de Andrew en el trabajo. Podría darme la posibilidad de destacarme para no tener que estar pegado a él a cada paso. Pero también es más que eso. Quiero ser yo mismo, vivir mi propia vida, sin que Andrew me defina. Quiero que Rebecca me elija solo porque soy bueno en lo que hago. Quizá así, Andrew y yo podamos aprender a agradarnos. –Se queda callado por un momento, hasta que su voz vuelve a llenar el aire, más débil esta vez–. No sé por qué dije todo eso. Creí que debías saber que lo que pasó esta noche también me afecta. Este cliente podría ayudarme a independizarme, y creo que podemos solucionar esto juntos; si me dejas, claro.

De alguna manera, sabe que, si comparte algo sobre sí mismo, yo querré hacer lo mismo. No puedo cerrarle las puertas, intentarlo sería en vano. Así que me acerco a la puerta del baño, bajo la manija y me asomo hacia afuera. Max está a la derecha, apoyado en la pared con las manos en la espalda y la mirada hacia el techo.

–Hola –saludo.

–Hola. –Gira a mirarme sin despegarse de la pared.

Le tomo la mano y lo jalo dentro del tocador. En cuestión de segundos, está secándome las lágrimas con los pulgares.

–Qué osada –señala por lo bajo. Después de una pausa, agrega–: Eres una chica audaz, con lágrimas y todo.

–Allí afuera, lo soy. –Señalo mi cuerpo de arriba abajo y pongo los ojos en blanco–. ¿Aquí? Así no es cómo luce una chica audaz.

Extiende los brazos frente a él, y me dejo caer sobre su cuerpo, donde dejo escapar un sollozo mientras me envuelve en un abrazo apretado. Con el mentón sobre mi cabeza, continúa.

–El asunto es que no hay una fórmula para serlo. Cuando tu madre y tus tías vinieron aquí en busca de vidas nuevas... fueron audaces. ¿Que mi madre dirija su propio negocio después de divorciarse de mi padre? Audaz. ¿Tú, que enfrentaste los obstáculos en el camino y te reinventaste en el proceso? Audaz. Existen diferentes niveles de grandeza, aunque llores. Cielos, *en especial* si lloras en el proceso.

–No es tan simple y lo sabes –lamento contra su pecho.

–Tienes razón, lo sé. O lo sé ahora porque tú me hiciste ver que es complicado. Solo quiero que entiendas que creo que eres increíble, fuerte y sí, absolutamente audaz. No puedo controlar lo que piensen los demás, pero esto es lo que yo sé.

Y pensar que no quería dejarlo entrar al baño. Ni a mi corazón. Ya no puedo imaginarme no hacer cualquiera de las dos. No comparto mis sentimientos con muchas personas, lo hago solo con Jaslene y con mi familia, pero estoy lista para hacer una excepción con Max. Él me entiende como ningún otro hombre lo ha hecho hasta ahora.

Alguien llama a la puerta y, segundos después, una mesera asoma la cabeza.

–Disculpen, hay fila esperando afuera. ¿Ya superó su crisis menstrual, señorita?

Me separo de Max, boquiabierta ante las palabras de la chica. ¿Cómo fue que la noche llegó al punto en que pudo hacer esa pregunta sin inmutarse?

–Estoy bien. Gracias –respondo.

Arrastro a Max fuera del baño, con la cabeza baja para evitar las miradas irritadas de las personas que esperan su turno en un tocador que tiene solo dos cubículos.

–Necesito ir a casa y ahogarme en alcohol para dormir. Podemos hablar del problema de Rebecca mañana.

–Todavía tenemos que cenar –me recuerda mientras me abraza por los hombros–. ¿Qué te parece si pedimos la paella para llevar?

–Suena bien, pero tardarán una eternidad en prepararla –bufo.

–¿Y si te dijera que ya la ordené? –repone arqueando las cejas.

–Te agradecería desde el fondo de mi corazón y te diría que habrá entrenamiento esta noche.

–Maldición. Es una lástima –lamenta.

–¿Por qué?

–Porque no la ordené.

–Pero pensé que... –Niego con la cabeza–. No importa.

Es ridículo, pero no cambiaría nada en él. Lo arrastro hacia la acera. Con paella o no, ambos haremos ejercicio esta noche.

–Max, tengo que levantarme. –Sacudo al pulpo que está desparramado sobre mí–. Max.

No se mueve.

–Max, hay pastel marmolado con cobertura de *butter-cream* en la cocina.

–¿Qué? ¿De verdad? –Con eso se estira y levanta la cabeza.

Aprovecho su estado atontado para escapar de debajo de él. Qué ingenuo. Por mucho que me gustaría quedarme acurrucada en la cama, les prometí a Natalia y a Paolo que los vería en Río de Wheaton para revisar la disposición de las mesas para la fiesta.

–¿Me engañaste con pastel para despertarme? –Max se sienta con una mano apoyada atrás, mientras se frota la nuca con la otra. La sábana cae sin cuidado por debajo de su cintura.

–Lo hice, perdón.

–Anotado. –Se refriega el rostro–. Pero me vengaré –advierte. Acomoda la almohada detrás de él, se apoya en el cabecero y me observa mientras me recojo el cabello–. ¿Estás lista para idear un plan para lidiar con Rebecca Cartwright? Sabes que ignorar el problema no lo hará desaparecer.

Aparto algunos cabellos de mi rostro para hacer tiempo, pues no sé cómo explicarle mis acciones a Rebecca sin humillarme aún más frente a ella. Además, sospecho que las posibilidades de que me dé la oportunidad de conseguir el puesto son entre bajas y nulas. Si pienso demasiado en la oportunidad que perdí, me pondré sensible y eso no cambiaría nada. Creo que, llegado este punto, debo reconocer mi error y asegurarme de que ni Max ni Andrew paguen por él. Ah, y tengo que encontrar otra oficina.

–Para ser honesta, aún no estoy segura de qué voy a decirle, pero me gustaría hacerlo sola. Este es mi desastre y yo debo limpiarlo. –Me aclaro la garganta y apoyo el trasero contra la cómoda–. ¿Te parece bien? Es decir, supongo que también querrás hablar con ella, pero me gustaría hacerlo primero.

–Confío en ti para que manejes la situación –afirma después de analizarme un momento–. Luego cuéntame cómo reaccionó para que sepa cómo lidiar con ella.

–Está bien. Ahora, tengo que alistarme rápido.

–No te retrasaré –dice y se encoge de hombros.

Aunque finge no querer retrasarme, lo conozco bien. De reojo, veo cómo se toca los labios con lentos movimientos circulares. La sábana, que hace un momento lo cubría hasta la cintura, al parecer se ha deslizado hasta sus muslos. Mientras recorro la habitación recogiendo ropa desparramada y buscando prendas limpias, le echo un vistazo con los ojos entornados cada vez que está en mi campo visual. Con eso logro el efecto deseado de ver su cuerpo como una masa amorfa sin atractivo alguno. Es eso o saltar sobre él y faltar al compromiso con Natalia y Paolo.

Max se pone de rodillas, con el miembro moviéndose libremente, y se arrastra hasta el borde de la cama.

–¿Qué te pasa en los ojos? ¿Te sientes bien?

–Estoy bien –respondo con los ojos más entornados. Así, su miembro se ve casi como un perico meciéndose en una jaula. Y... santo Dios, esa es mi señal para retirarme–. Creo que tengo los ojos cansados de tanto llorar ayer. Mi visión mejorará pronto.

–Pero ¿por qué no me miras? –pregunta con voz abatida.

–Max, intento comportarme. –Inflo las mejillas y me enfrento a él–. Tengo que llegar a este compromiso, pero estás arrodillado en mi cama con el pene moviéndose. –Me arriesgo a echarle un vistazo–. Por cierto, ¿cuándo dejará de hacer eso? ¿Los péndulos no se quedan quietos en algún momento?

–¿De hacer qué? –ríe y sacude las caderas, con lo que reinicia el movimiento.

Santo cielo, ni siquiera bebí café todavía. Protestando por lo bajo, tomo mi ropa interior limpia y mi bata y me despido.

–Chau, Max. Me voy a duchar.

–¿Puedo ir contigo? –pregunta, mirándome con ojos de cachorro.

–No. –Me detengo en la puerta y lo apunto con un dedo–. Tú te quedas aquí. Si te importo, aunque sea un poco, te quedarás donde estás.

Con eso, levanta las manos en señal de rendición y se desploma sobre el colchón.

–Me importas mucho más que «un poco» –dice haciendo comillas en el aire–. Así que puedes considerarme neutralizado. –Luego esponja la almohada, apoya la cabeza y cierra los ojos–. Disfruta tu ducha.

Ah, qué astuto. ¿Cómo se supone que me resista cuando me desarma tan solo con palabras? Es imposible. Así que acepto la derrota (o quizá sea una victoria), vuelvo a entrar a la habitación, apoyo los puños sobre el colchón y me inclino sobre él.

–La disfrutaré más si es contigo.

–¿Y qué hay de Natalia y Paolo? –pregunta tras robarme un beso inocente.

–Tardaré menos tiempo en alistarme. –Le pellizco la nariz–. Solo por ti.

En cuanto escucho mis palabras, se me ocurre que estuve haciendo muchas cosas solo por Max últimamente. Es un descubrimiento que no me perturba tanto como creo que debería.

· CAPÍTULO TREINTA Y UNO ·

LINA

Después de una hora organizando la disposición de las mesas para Natalia y Paolo, nos encontramos con un atasco cuyo nombre es Estelle. Es esa amiga de la familia que aparece en todas las reuniones, a pesar de que nadie admite haberla invitado. Natalia dibuja una X roja sobre ella.

–No puede sentarse cerca de mi madre. Si se queja del pastel, *mãe* se lo estampará en el rostro.

La tía Viviane aporta lo suyo al pasar junto a la mesa.

–Es verdad. Se lo estamparé en el rostro y lo disfrutaré *mucho*. –No deja de caminar durante el comentario y, para cuando levanto la vista del esquema, ya no está.

–¿Eso será antes o después de que tu madre haya bebido unas cuantas *caipirinhas*?

–Es así estando sobria por completo y en su mejor momento –dice Natalia con un suspiro, señalando a su madre con el pulgar.

–Bueno. ¿Qué dicen de ubicar a Estelle en la mesa doce?

–Tuvo algo con Lisandro hace algún tiempo. –Paolo niega con la cabeza–. Después de unos tragos, estarán uno encima del otro. Hay niños en esa mesa.

–De acuerdo. ¿Qué tal la mesa siete?

–Estelle está enojada con Lynn porque no la invitó a un fin de semana de chicas en Nueva York hace unos meses –bufa Natalia.

–Lo tengo –anunció y chasqueo los dedos–. Denle una dirección equivocada. Problema resuelto.

–Ojalá pudiera –resopla–. Espera. Pongámosla en tu mesa. Serás una buena influencia para ella. Y Jaslene no necesitará un asiento porque será la planificadora oficial ese día.

Es un buen punto. Jaslene y yo no solemos cambiar los papeles durante un trabajo, pero daré un paso al costado en esta boda porque Natalia es mi prima preferida y me gustaría disfrutar el momento con ella y con mi familia. Además, Jaslene me pidió que le diera más responsabilidades, así que esta es la oportunidad ideal.

Paolo intenta llamar la atención de Natalia con disimulo, pero nada en él es sutil.

–¿Qué? –le pregunta ella con los ojos abiertos como platos, y él me señala con la cabeza–. ¡Ah, sí! –exclama mi prima–. No estás pensando en llevar a nadie, ¿o sí? ¿Una cita o algo?

Qué forma interesante de preguntar, Nat. Entiendo que

quiere que la respuesta sea que no, pero *sí* estuve pensando en pedirle a Max que fuera conmigo; si es que puedo reunir el valor.

–Bueno, ahora que lo mencionas, quería hablarte al respecto.

Viviane aparece de la nada. También mi madre.

–¿Puedo ayudarlas? –les pregunto.

–No te preocupes –responde mi madre mientras se seca las manos en una toalla y mira sobre mi hombro–. Solo quería ver el esquema.

–Llevamos una hora en esto, ¿y tienes que verlo ahora? –pregunto, pues reconozco una mentira maternal al escucharla.

–Sí, tal y como dije –afirma.

La tía Viviane es demasiado ansiosa para captar información de soslayo. Es de las personas que la consiguen a su propio tiempo.

–¿Qué es eso de una cita? ¿A quién llevarás?

Respiro hondo y exhalo despacio:

–A Max Hartley, ¿de acuerdo?

–¿Es por algo más sobre ese trabajo? –Viviane desestima la respuesta–. ¿Crees que si lo llevas a la boda te ayudará a conseguirlo?

Natalia y yo nos miramos entretenidas.

Tu madre no tiene idea.

Lo sé, prima. Déjalo pasar.

–Tía, le pediré a Max que vaya conmigo porque me gusta pasar tiempo con él. ¿Es explicación suficiente?

–Mmm –es todo lo que dice.

–Por supuesto que puede venir, tontita. –Natalia me aprieta la mano, luego le da un codazo a Paolo–. ¿Cierto?

–Sí, claro. –Él se encoge de hombros.

–Será algo social, nada más, ¿de acuerdo? –Decido darles las últimas noticias, con la esperanza de que no hagan un escándalo–. Ya no puedo competir por el trabajo. Mi posible jefa descubrió que le mentí respecto a Andrew y a Max, así que dudo que me deje hacer la presentación.

Mi madre y la tía Viviane acercan sillas a la mesa diminuta y me miran expectantes. *Maldición.* Por supuesto que esperan una explicación. Por suerte, mi madre es requerida en el mostrador y se marcha, sin lograr disimular la irritación porque alguien quiera *comprar* algo en una *tienda*.

–¿Qué está pasando? –La tía Izabel aparece desde el depósito.

–¿Recuerdas el trabajo que Lina quería conseguir? –Viviane la pone al día–. Mintió al fingir que no conocía a su exprometido y al hermano. Estamos esperando el resto de la historia.

–Muy bien, continúa. –Mi madre vuelve y se para frente a nosotros con las manos en las caderas.

Les doy una versión resumida de la debacle, y ellas aportan los efectos de sonido: un coro de «uuh», «aah» y «*ta brincando, nés*», que puede traducirse como «estás bromeando, ¿no?».

–Los jóvenes de este país tienen demasiado tiempo para meterse en problemas. –Izabel se abanica con las dos manos–. Si se quedaran en casa con la familia, estas cosas no sucederían.

–Sí, por eso mismo Solange se volvió loca cuando se fue –comenta Natalia por lo bajo. Le doy un puntapié por debajo de la mesa, a lo que pone los ojos en blanco.

Izabel no tiene idea de que Solange, su única hija, pasó por un período de rebeldía cuando se fue de casa para ir a la universidad. Y estoy segura de que Solange preferiría que su madre siguiera ignorando sus andanzas. De todas formas, eso quedó en el pasado. Ahora que se graduó de la universidad, está mucho más tranquila.

–¿Y qué pasará ahora, *filha*? –pregunta mi madre.

–No estoy segura –respondo mientras me masajeo las sienes–. Y lo siento, sé que estoy arruinando las oportunidades que han dado. Odio haber dejado que mis estúpidas emociones me llevaran otra vez por un camino destructivo. Créanme, sé que ninguna de ustedes hubiera cometido los mismos errores, pero encontraré una salida de este embrollo. De un modo u otro, me aseguraré de no decepcionarlas.

–¿Por qué dices algo así? –Mi madre baja los brazos y coloca una mano sobre la mía–. Nunca serías una decepción para nosotras. Lo único que queremos es que seas feliz.

–La felicidad no parece suficiente, *mãe* –replico–. No lo es cuando pienso en los sacrificios que has hecho, en los que *todas* han hecho –digo mirando a mis tías–. Debería construir sobre los cimientos que asentaron, trabajar más duro, lograr algo más. ¿No se supone que eso es lo que deben hacer las nuevas generaciones?

–Me he roto el trasero trabajando para que tu hermano y tú no tuvieran que hacerlo –suspira mi madre–. Mi recompensa es ver que hagas algo que amas y que puedas vivir de ello. Eso es todo lo que siempre quise, que estuvieras bien. Y estás *más* que bien, Lina. Enfócate en eso.

–Es que desearía ser tan fuerte como ustedes –confieso–. Mira lo que han conseguido.

–Y mira lo que *tú* has conseguido –repone sacudiéndome el brazo–. Tienes tu propio negocio, *filha,* eso requiere de habilidad y de mucha fuerza. Sí, has enfrentado algunos baches en el camino, pero así es la vida. No pienses que debes ser igual que yo, no somos la misma persona. No soy perfecta ni una superhumana, solo hice lo que tenía que hacer en ese momento. Ahora es tu turno y eres mucho más fuerte de lo que crees.

Está repitiendo lo que Max me dijo cuando estuvimos encerrados en el baño de Blossom. Quizá tengan razón y no me doy crédito suficiente por lo que he logrado hasta ahora.

–Vive tu vida, no la nuestra. –Mi madre se acerca y me abraza por los hombros–. Lo has hecho muy bien hasta ahora. Si este trabajo es lo que quieres, lucha por él. En cambio, si quieres seguir con tu propio negocio, hazlo. Crea un futuro que tenga sentido para ti y para nadie más.

Dios, tiene razón. En lugar de preocuparme por alcanzar sus estándares, tengo que pensar en crear los míos. Aunque sus lecciones siempre me servirán de guía, lo que funcionó para ellas no siempre funcionará para mí. Y eso no significa que esté fracasando, solo que estoy viviendo mi propia vida.

–Gracias por estar siempre para mí, *mãe*. –Me extiendo para apretar su mano.

–Solo quiero que recuerdes una cosa –agrega.

–¿Qué?

Levanta el dedo índice y me mira con los ojos entornados.

–Si alguna vez me pones en un hogar de ancianos, te acecharé desde la tumba.

Lina

Acabo de llegar a casa.

He pasado la tarde con mi madre.

Max

La próxima vez que la veas,
dile que extraño sus brigaderos.

Brigadeiros.

Cierto, no volveré a cometer ese error.

¿Cómo va la disposición de las mesas?

Todo resuelto. Excepto porque hay un lugar vacío a mi lado. ¿Quieres ocuparlo?

¿En qué fecha? No importa. Siempre que sea
en fin de semana, estaré allí sin importar la fecha.
Aunque necesito saberla para anotarla en la agenda.

18 de mayo a las 11 a. m.

Rayos. Llegaré de un viaje de negocios esa mañana.
Me presentaría un poco más tarde, ¿está bien?

Está bien. Podemos encontrarnos en la recepción.
Un poco de Max es mejor que nada.

Qué halagadora. Entonces, es una cita.

Estoy nerviosa por la conversación
de mañana con Rebecca.

Es más abierta que la mayoría de la gente.
No dudo de que se te ocurrirán las palabras
perfectas para decir.

Gracias. Daré lo mejor. Ya me
alistaré para dormir.

Buenas noches, Lina.

Buenas noches, Max.

Es probable que no duerma en absoluto. Hay mucho en juego en mi reunión con Rebecca.

Las oficinas comerciales del Cartwright están hechas para el bullicio. Los empleados gritan órdenes al teléfono desde cubículos pequeños, y esos teléfonos suenan sin cesar, como si nadie supiera cómo contestarlos. Hay un grupo de hombres reunidos alrededor de un dispensador de agua, como si esperaran a que alguien viera su semejanza con una fotografía de archivo.

Rebecca sale de su oficina, se saca las gafas al estilo *El diablo viste a la moda* y corona la actitud con una sacudida del cabello, señal de que quiere ponerme los puntos durante nuestra reunión. De reojo, veo que los hombres del dispensador se alejaron en varias direcciones. Es como si Rebecca hubiera gritado «¡Listos o no, aquí voy!», y ahora todos estuvieran jugando a las escondidas. No es la mujer que conozco, y esta versión no es un buen augurio para mí.

–Lina, ¿dónde está Max? –pregunta.

Vaya. Al parecer ni siquiera le alegra verme.

–Le pedí que nos dejara hablar a solas primero. –Me pongo de pie y me seco las manos en los pantalones.

–Espero que no pensaras en hablar de mujer a mujer. –De brazos cruzados, frunce el ceño como si fuera una idea absurda.

–No. Quería hablar de persona a persona.

Suspira, deja caer los brazos y gira hacia la oficina.

–Entonces, ven conmigo.

Ni siquiera me mira en el camino. El cambio drástico en su actitud desde que descubrió que fui pareja de Andrew es alarmante. Al entrar a la oficina, ocupo la silla que ella señala. La decoración es como la del hotel: agradable, pero sin toques personales que identifiquen la oficina como territorio de Rebecca. Ella se sienta detrás del escritorio, con las manos entrelazadas, y me mira de frente.

–No tengo nada que aportar por el momento, así que puedes decir lo que consideres necesario.

Respiro tan hondo que mi pecho se eleva y me dispongo a hacer lo que debí haber hecho desde un principio: decir la verdad.

–Andrew y yo nos comprometimos hace cuatro años y planeamos la boda hace tres, pero nunca nos casamos porque él decidió que no podía hacerlo. El día que hiciste pasar a Andrew y a Max a la sala de conferencias, debo decir que no había visto a Max desde el día de la boda y a Andrew desde una semana después. Para ser honesta, entré en pánico. Quería impresionarte y que pensaras en mí como una organizadora de bodas superprofesional, que tiene todo bajo control y es imperturbable. En síntesis, la persona a la que conociste el primer día. Pero me preocupaba cómo podías reaccionar y, más que eso, me preocupaba cómo reaccionaría yo al estrés de un reencuentro inesperado con mi exprometido. Ahora que lo pienso, hubiera sido impresionante si reconocía a Andrew como mi exprometido sin mostrar ningún sentimiento. Tal vez me hubieras contratado en ese preciso momento.

El rostro de Rebecca se suaviza un poco, de granito a papel de lija: aún es rugoso, pero muestra un poco de flexibilidad.

–No quería que me vieras emocionada o, peor, llorando. Y déjame decirte que era una posibilidad –aseguro asintiendo de forma enérgica con la cabeza–. Odio la idea de mostrarme débil bajo cualquier circunstancia y de que alguien me pierda el respeto por ello. Entonces, extendí la mano y fingí que no conocía a Andrew. Y, supongo que por la sorpresa o porque se sentían en deuda conmigo, él y Max me siguieron el juego. No fue su idea, pero una vez que estuvo en marcha, creo que no supieron cómo decir la verdad de una forma aceptable para ti. Lamento haberlos arrastrado a esto y espero que no paguen las consecuencias por mi error.

–No tienes que abogar por ellos –advierte y se reclina en la silla–. Tu versión de los hechos es suficiente por ahora.

Inflo las mejillas y enfrento su mirada tibia.

–Bueno, para ser totalmente honesta, debo decirte que Max y yo estamos viéndonos. Y Andrew no lo sabe.

Abre los ojos como platos y me mira boquiabierta.

–Es una maldita telenovela.

Genial. Progresó hacia las maldiciones. Estoy en problemas.

–No espero que entiendas por qué lo hice...

–Lina, lo entiendo –afirma con calma–. No me agrada lo que hiciste, pero entiendo por qué. Verás, soy directora de un grupo hotelero fundado por mi abuelo. Siempre me ha preocupado que la gente crea que puede engañarme porque solo conseguí el puesto por mi posición privilegiada –explica y pone los ojos en blanco–. No es mi imaginación, me ha sucedido tantas veces que es algo esperable. Solo que creí que contigo no sería un problema. Me esfuerzo por levantar muros que dificulten la interacción con mis empleados, pero tengo mis días. Y hoy ha sido uno de ellos, en gran parte porque descubrí que Andrew, Max y tú me engañaron. Las personas hacen lo necesario para protegerse de las cosas a las que les temen. Yo no soy la excepción. Al parecer, tampoco tú. Así que sí, lo entiendo, pero no me agrada. Es todo lo que puedo decir.

Es refrescante hablar con alguien que no solo comprende mi experiencia, sino que no piensa que mi reacción fue descabellada. Protegerse a uno mismo del dolor no implica que estés roto, sino que eres humano. Estoy agradecida con Max por haberme ayudado a ver eso. Todos debemos decidir si queremos bajar la guardia y cuándo hacerlo. Yo no bajé el mío con Andrew. Algunas veces, la otra persona debe ganarse el privilegio de atravesarlo, como Max se ganó un lugar detrás del mío.

–Que lo entiendas significa mucho para mí, aunque estés molesta. Al menos saldré de esta experiencia sabiendo que mi reacción no fue del todo descabellada. Ya es algo. –Me levanto de la silla y le extiendo la mano–. Fue un placer conocerte. Te deseo mucha suerte en la búsqueda.

Observa mi mano con una arruga en el ceño.

–No tan rápido, Lina. Todavía no hemos terminado. Esto es parte de tu entrevista. Dije que tendría en cuenta todo para tomar la decisión y sigo pensando lo mismo. –Me estudia con el mentón en alto–. A menos que quieras que borre tu nombre de la lista de candidatos.

–Por supuesto que no –respondo sin dudarlo–. Aún me gustaría ser candidata. Gracias.

Rebecca desestima el agradecimiento.

–Dile a Max que se salvó, por ahora. Para todos los demás, yo no sé nada. Dejaré que ustedes manejen las cosas entre él y Andrew.

–Aprecio la oportunidad, Rebecca.

–Para ser franca, espero que me deslumbres en la presentación, porque esto ha sido... demasiado.

No podría estar más de acuerdo. Pero si Max y yo nos concentramos en crear una presentación arrolladora, podríamos conseguir lo que queremos después de todo.

· CAPÍTULO TREINTA Y DOS ·

MAX

Tras el pitido del intercomunicador, la voz de Sammy invade mi oficina:

–Max, aquí hay alguien que dice ser tu mejor amigo. También dice que has estado haciendo un pésimo trabajo de tu lado de la relación.

–Dile que pase, Sammy –le indico negando con la cabeza. *Qué idiota demandante.*

En menos de diez segundos, Dean aparece con una sonrisa engreída y un traje de tres piezas.

–Estamos en primavera, amigo. El chaleco es un exceso.

–No vine para que juzgaras mi elección de vestuario. –Entra a la oficina y se desploma en la silla de visitas mientras yo me levanto para cerrar la puerta. En gran parte, lo hago por seguridad porque uno nunca sabe lo que saldrá de su boca.

–Entonces, ¿qué haces aquí?

Entrelaza los dedos, apoya los codos en las rodillas y me observa.

–Estuve intentando descifrar por qué no he sabido de ti en una semana y media. No tenemos que vernos a diario, claro, pero tenemos partido de básquetbol una vez a la semana (mi único ejercicio, por cierto), y es la primera vez en la vida que no apareces. Así que estuve pensando qué podía estar manteniéndote ocupado. –Se endereza en la silla–. Hasta que el foco se encendió: pasa demasiado tiempo con Lina, supuse que trabajando con esfuerzo en la propuesta del Cartwright. Luego me dije a mí mismo: «Dean, si Max está pasando mucho tiempo con Lina, ¿qué podría llevarlo a ignorar a su mejor amigo?». Y entonces, la respuesta cayó como un rayo sobre mí. –Finge dar un latigazo–. Max y Lina están bailando la samba horizontal.

–Es el mambo horizontal, idiota –suspiro.

–Primero –levanta un dedo–, su familia es brasileña, así que será samba. Investigué esa mierda. Segundo, ¿eso es todo lo que dirás?

Paso una mano sobre mi rostro. Cuando Dios repartió a los mejores amigos, debí haber hecho más preguntas respecto a la capacidad del que me dio. Dean ofrece una mezcla equilibrada de consejos sabios y comentarios cuestionables; los segundos siempre hacen que me pregunte si debería seguir los primeros. En cualquier caso, ya no puedo cambiarlo.

–Está bien. Te lo diré: hicimos un viaje y pasaron cosas.

–¿Pasaron cosas? –insiste con las cejas en alto.

–Y siguen pasando. Es todo lo que puedo decir.

–No. No necesito que detalles posición por posición, pero puedes contarme qué estás pensando. Una pista o dos de cuáles son tus planes con esta mujer.

–¿Quieres saber si mis intenciones son honorables? –No puedo evitar reírme de la falsa indignación en su voz.

–Algo así. –Se encoge de hombros–. Y no solo por el bien de ella, sino por el tuyo.

No hay dudas de que le intereso, no debería ser tan duro con el hombre. Solo que este no es el lugar indicado para hablar de Lina y de mí. Además, no puedo tener planes con ella a menos que los hagamos juntos.

–Amigo, no tengo respuestas. Lo único que sé es que ella me gusta. A estas alturas, mucho más de lo que debería.

–¿Y qué papel juega tu hermano en esto?

–Por ahora, ninguno. –Tomo un bolígrafo de la mesa y lo hago girar entre los dedos–. No hablamos mucho sobre él. Cuando estamos juntos, solo somos nosotros dos, nadie más. No pienso en Andrew, y ella tampoco. Dependiendo de cómo sigan las cosas, tendremos que contárselo a él, por cortesía o algo así. Pero hasta entonces, estoy enfocado en Lina.

–Bueno, ¿y qué hay de todo lo que hablamos? –insiste–. Todas las razones para que no estén juntos, como salir de la sombra de tu hermano, tu familia, tu competencia con Andrew. ¿Nada de eso importa?

–Aún importa, solo que no tanto como creí. Por primera vez, ya no tengo interés en competir con Andrew. Lina dice que debería competir conmigo mismo, con la mejor versión de mí mismo. Y tiene razón.

–Me agrada esa mujer.

–Además, hasta donde sé, Andrew no es más que un hombre con el que salió hace mucho tiempo. Todos tenemos un historial de citas. Resulta que la de Lina incluye a mi hermano mayor.

–¿Y qué hay de tus padres?

–A mi padre no le importará, y mi madre se adaptará. ¿Y quién sabe? Quizá llegue a ser suegra de Lina después de todo.

–Ah. Vaya, vaya. ¿Hacia allí va todo esto?

–Todavía no. –Niego con la cabeza–. Pero ¿quién dice que no podría pasar algún día? Escucha, no mentiré diciendo que nada de eso importa, pero si quiero estar en esta relación de verdad, y sí quiero, debo descubrir cómo lidiar con los problemas que no podemos dejar de lado con facilidad.

Repito esas palabras en mi mente: *Si quiero estar en esta relación de verdad, y sí quiero...*

¿Qué demonios hago aquí sentado, hablando de esto con Dean? Tengo que hablar con Lina y decirle que quiero tener más que una aventura, a pesar de los obstáculos. No hay razón para que no podamos tener un futuro juntos si ambos lo queremos.

Sin embargo, el ceño fruncido de Dean apaga mi emoción.

–¿Por qué esa expresión? Dime lo que piensas.

–No lo sé, Max –suspira–. El asunto con Emily hizo que cuestionaras tu valor. Me preocupa que estés pasando eso por alto y no pienses cómo podría afectarte en esta nueva relación.

Emily me afectó. Es decir, no todos los días la persona con la que sales durante un año te dice que desearía haber conocido a tu hermano mayor antes que a ti. Pero Lina ya superó a Andrew; la situación no es igual en absoluto.

–Sí, te entiendo. Créeme, si tuviera la más mínima sospecha de que a Lina aún le interesa Andrew, pensaría de otro modo, pero ella no parece ni remotamente interesada en volver a relacionarse con él. Eso es suficiente para mí –concluyo y me levanto de un salto–. Tengo que irme, Dean. –Cuando abro la puerta de par en par, me pregunta a dónde demonios iré–. Si quiero tener esta relación, tengo que decírselo, ¿no crees?

–¿Decirle qué a quién? –pregunta mi madre desde el corredor–. ¿Sales con alguien y no me lo has dicho?

Mierda. No necesito esto ahora.

–Mamá, te quiero y te prometo que te lo explicaré –le aseguro con las manos en sus hombros–. Pero hay algo que tengo que hacer antes de acobardarme.

–Mírate. –Sonriente, me lleva una mano al mentón–. Alguien está enamorado.

Mi madre nunca nos demuestra afecto ni a mi hermano ni a mí en la oficina. Supongo que la idea de que inicie una relación seria con alguien es motivo para que rompa esa regla.

–Bueno, muy bien. –Eleva el mentón como si estuviera molesta por mi silencio–. Haz lo que tengas que hacer. Pero, antes, déjame preguntarte algo: ¿has visto a tu hermano? Hay papeles de su presentación para el Cartwright desparramados por toda la sala de conferencias.

–Lo vi en esa sala caminando de un lado a otro cuando llegué –asegura Dean.

–No tengo idea de dónde podría estar –agrego. Luego le echo un vistazo a mi amigo, que está encorvado en la silla, masajeándose la nuca–. Relájate, Dean. Todo saldrá bien. Vayamos a jugar básquetbol esta semana.

Me desestima con la mano y se toca la frente, pero pienso ignorarlo. En este momento, estoy concentrado en decirle a Lina lo que siento, no puedo dejar que las preocupaciones de Dean me acobarden.

Mientras subo al taxi, se me ocurre que mi plan de abrir mi corazón tiene dos puntos débiles: que aún estoy esperando saber cómo resultó la reunión de Lina con Rebecca y que no sé si Lina está en la oficina. Si la reunión no resultó bien, no voy a hacer ningún tipo de declaración hoy. Entonces, le envío un mensaje redactado con cuidado para conseguir esa información sin develar que pienso sorprenderla.

Max

Ey, Lina, ¿ya saliste de la reunión con Rebecca?

Lina

Estaba a punto de escribirte. Gran conexión...

Sí, ya estoy en la tienda. Me ha ido muy bien.
¿Quieres que almorcemos y te pongo al día?

Ya que ella me invitó, no tiene caso ocultarle nada.

Perfecto. Puedo estar allí en veinte minutos.

¿Cómo? ¿No estás en tu oficina?

Estoy en un taxi. Ya iba de camino.

De acuerdo. Te veo en un rato.

👍

Mientras el taxi atraviesa la carretera George Washington, se ven fragmentos del río Potomac entre los árboles que bordean el camino. No puedo ver nada relacionado con la naturaleza sin recordar el día que hice el amor con Lina sobre el capó de su automóvil. ¿Un arbusto con flores bonitas? Capó. ¿Césped? Capó. ¿Aves en el cielo? Capó. Se vuelve inconveniente, pues hay demasiada naturaleza por aquí.

–¿Por qué sonríes, amigo? –pregunta Benny, el conductor. Parece rondar los cincuenta y tiene una barriga que me recuerda a la de mi padre.

–Estoy pensando en una mujer –confieso mirándolo a través del espejo retrovisor–. Espero poder decirle que quiero estar con ella.

–Siempre es mejor decirle cómo te sientes a la persona que te importa, sea bueno o malo –afirma con una sonrisa nostálgica–. Como siempre digo, la honestidad es el *único* camino.

–Sí. Solo espero que le guste lo que le voy a decir.

Quince minutos después, Benny me deja frente a Algo Fantástico. El escaparate exhibe maniquíes en trajes de novia, con ramos de flores frente a sus cabezas. Una marquesina de color azul pálido, adornada con listones, sirve de toldo para el pequeño frente de la tienda.

Cuando entro, una campana tintinea sobre la puerta, y un hombre de cabello oscuro rizado, con canas en las sienes y una cinta métrica colgada del cuello, me recibe sonriente.

–Hola. Mi nombre es Marcelo. ¿Cómo puedo ayudarlo?

–Hola. Estoy buscando a Lina... A Carolina Santos.

–¿Lo está esperando? –Inclina la cabeza y me observa con los ojos entornados.

–Sí. –Respiro hondo y enderezo los hombros.

–Puedes pasar al fondo –concede con una sonrisa de suficiencia–. Está terminando una prueba.

Avanzo por un corredor estrecho, hasta un área con cuatro probadores, cada uno con cortinas de gasa sobre la entrada arqueada. Dos de ellos están ocupados.

–Las chicas...

–Diles «mujeres» si quieres o «damas», aunque tampoco me encanta. Pero los pechos no son chicas. «Tetas» está bien. Y, por lo que más quieras, no los llames «partes de nena».

–Bueno –responde la otra mujer en voz alta–. Cuando Paolo vea mis *tetas,* su *pene* va a estallar.

Natalia, en pocas palabras.

Un jadeo desde otro probador me recuerda que estoy espiando, así que golpeo la pared para anunciarme.

–Lina, soy Max. ¿Quieres que espere afuera?

Ella separa las cortinas y asoma la cabeza, con una sonrisa dulce en el rostro.

–Hola. Ya casi hemos terminado, y Natalia está vestida. Espera. –Un minuto después, abre las cortinas. El suelo está cubierto de zapatos, cajas abiertas y pañuelos descartables. Natalia está sentada atándose las agujetas, mientras que Jaslene guarda el traje de la novia con cuidado en una bolsa.

–Vaya. ¿No es el hombre que ha logrado meterse como un gusano en el corazón de mi prima? –comenta Natalia.

Lina la mira boquiabierta antes de darse la vuelta.

–¿No será «como una lombriz»? –pregunto sonriente.

–No, dije *gusano*. –La mujer niega con la cabeza, luego apunta dos dedos a sus ojos y a los míos.

–Ignórala, Max. –Jaslene cierra la bolsa para trajes y recoge una caja–. Natalia es así con todos. –Levanta algunos pañuelos, que arroja a un cesto de basura–. Incluso con su futuro esposo.

–No soy un ogro. –Natalia inclina la cabeza para mirarme de arriba abajo–. Pero para ser clara: aún estás a prueba.

–Valoro la oportunidad de hacerte cambiar de opinión.

–Vamos, démosles espacio –sugiere Jaslene mientras se la lleva–. Te invito un batido.

Dios bendiga a esa mujer. Le enviaré algo de Sweet Shoppe.

Después de apilar las últimas cajas sobre una silla, Lina se acerca, mirándome con los ojos oscuros y provocadores.

–Hola. –Desliza los brazos alrededor de mi cuello, se para de puntitas y me roza los labios con los suyos. *Esto* es justo lo que quiero: que nos saludemos con besos, que nos encontremos a mitad del día para almorzar, que nos escapemos para un rapidito cuando estemos de humor. La tomo por la cintura para atraerla hacia mí y profundizar el beso. Ambos gemimos cuando nuestras lenguas se encuentran.

En algún lugar, alguien se aclara la garganta. Aunque sé que debo alejarme de Lina, estoy como aturdido, pero vuelvo en mí cuando ella jadea.

–Andrew, ¿qué haces aquí? –pregunta.

Al girar, me encuentro a mi hermano de pie afuera del área de probadores. Su expresión está en blanco, pero forma un puño con una de sus manos al costado.

–Vine a preguntarte por tu presentación –le dice a Lina–. Quería asegurarme de que Max estuviera haciendo bien su trabajo. En cambio, me encuentro con esto: a mi hermano y a la mujer con la que iba a casarme besándose en una tienda para novias.

Lina está tapándose la boca con la que acaba de besarme con tanta dulzura, pero deja caer el brazo y me gira para enfrentarlo por completo.

–Ah, vamos, Andrew. Sé que es un poco impactante, pero no juguemos al hermano ofendido. Tú rompiste conmigo, nada menos que el día de nuestra boda, ¿recuerdas? Hace *tres* años.

Nunca me he imaginado este escenario, por lo que me resulta difícil modular las palabras correctas para responder. Lo que logro decir es torpe e inútil:

–Andrew, no estamos haciendo nada malo. Si lo piensas un minuto, verás que tengo razón.

Él me observa y suelta el aire de las mejillas.

–Lo entiendo, Max. No es que hayamos tenido un código de hermano ni nada por el estilo alguna vez.

–Dios, espero que no –bufa Lina con sorna.

Con la mirada en el techo, cuento hasta diez. *No dejes que te exaspere. Te atacará porque lo hemos tomado por sorpresa*. Lamento no habérselo dicho antes, en verdad lo hago. Puede que no seamos cercanos, pero si me pongo en su lugar, entiendo por qué querría saber lo que está pasando.

–Supongo que tendría que haberlo imaginado –continúa–. Contigo, todo es una competencia. Sí, es posible que te guste Lina, pero sé que, en un rincón profundo de tu mente, querías ganarte lo que era mío.

–No seas idiota, Andrew –advierto dando un paso hacia él–. Ella nunca fue tuya para empezar y sabes que eso no es...

–Conozco su historia de competencia, Andrew. –Lina también se adelanta–. Max me contó lo que debía saber. No tiene caso que toques ese tema.

–Ah, ¿sí? –Andrew inclina la cabeza y alza una ceja–. ¿Cómo puedes estar tan segura, Lina? Conozco a mi hermano hace mucho más tiempo que tú. –Me paraliza con su expresión presumida–. ¿Esto se trata de Emily? ¿Es tu forma de probar que también puedes robarte el corazón de una mujer? Bueno, no funcionará. Tenlo en mente, hermanito. *Lina* quería casarse *conmigo. Yo* decidí no casarme con *ella*. Incluso después de que no me presenté a la boda, *ella* me pidió que lo reconsiderara.

Lina suspira. Se me revuelve el estómago. No tenía idea de que había querido reconciliarse con él, y hay algo en la revelación que me inquieta. Aunque me encantaría ignorarlo, no puedo. Andrew intenta alterarme, soy *consciente* de eso, pero no puedo negar que lo está logrando. Lina lo quiso a él primero; seguirían juntos si Andrew no la hubiera dejado. Mierda, lo quiso incluso después de que la *abandonara* el día de la boda.

–Piénsalo, Max. Si no le hubiera dicho que no, ahora estaríamos casados. Hasta podrías ser tío. –Niega con la cabeza–. No lo entiendo. Siempre te ha preocupado vivir bajo mi sombra, pero seduces a la mujer con la que iba a casarme. No parece una estrategia muy sensata.

Mi hermano está envalentonado; nunca lo he visto así. No deja de lanzar ataques verbales sin piedad. El problema es que es mi hermano y conoce mis puntos débiles. Pero Lina no tiene por qué escuchar toda esta basura, ya la ha dañado lo suficiente.

–Andrew, no lograrás nada con esto. Por una vez, intenta pensar en otra persona. Lo que quieras decir de mí, está bien, pero ella no lo merece –advierto señalando a Lina, que me coloca una mano en la cintura por detrás, un pequeño gesto de solidaridad que me mantiene cuerdo.

–Bueno. –Chasquea la lengua–. Esto se está volviendo incómodo, así que los dejaré para que hablen. –Gira para irse, pero se detiene de pronto, con un dedo en el aire–. Ah, un minuto. Me olvidé de decirte lo más divertido. Esto te encantará, Max.

–Por todos los cielos –murmura Lina.

Dios, ¿por qué no se va de una vez? Si pudiera estar seguro de que no destruiríamos este lugar, lo sacaría a patadas yo mismo.

–Di lo que tengas para decir y vete, Andrew.

–Considéralo un pequeño regalo de mi parte. Un obsequio de bodas anticipado, si quieres. Max, tú no me animaste a cancelar la boda. Pasaste casi toda la noche hablando de dónde pasarías tu luna de miel si te casaras. –Se inclina para susurrarle a Lina–: Costa Rica es su lugar predilecto, por cierto.

–Pero en el mensaje admitiste que yo tenía razón, que tenía sentido lo que te había dicho sobre no estar listo para casarte –recuerdo negando con la cabeza–. Lo vi con mis propios ojos. Lina también lo vio.

–Sí, eso leíste, pero ¿recuerdas haberme dicho algo?

Mi visión se empaña con una nueva oleada de adrenalina que me recorre las venas. Tiene que estar bromeando. ¿Qué clase de plan diabólico es este?

–¿Por qué demonios mentirías con algo así?

–¿La verdad? –suspira–. No quería enfrentar a nuestros padres solo. Era mucho más fácil lidiar con ellos si mi hermano menor superpersuasivo había tenido algo que ver en la decisión. –Observa a Lina, que está caminando de un lado al otro mientras niega con la cabeza–. Como sea, les encantará saber que volverás a la familia. Estoy seguro de que a mi madre no le importará que tu reaparición afecte la dinámica familiar. También estoy seguro de que es un alivio saber que no tenías razones para odiarlo. Ahora pueden empezar de cero y podremos ser una gran familia feliz.

Lina se ubica a mi lado y, juntos, lo miramos con expresiones perplejas.

–Eso fue sarcasmo, por cierto –aclara con un suspiro mi hermano. Nos saluda con la mano y, como obsequio de despedida, nos ofrece la sonrisa comemierda que le sienta tan bien–. Cuídense.

Cuando se va, dejo caer la cabeza sobre las manos y respiro hondo. Ese mensaje, ese estúpido mensaje que pasó por todos los miembros de la familia y que demostraba mi papel en aquel fiasco, fue una mentira. ¡Vaya mierda! De todas formas, por mucho que quiera asestarle un puñetazo en el mentón a mi hermano, ese mensaje es la menor de mis preocupaciones.

Todas las relaciones requieren trabajo, pero a una que comenzó como la nuestra no le espera un futuro muy prometedor. ¿A dónde nos llevaría? ¿A que yo termine justo donde no quería estar, atrapado en la sombra de Andrew otra vez? ¿Viviendo la vida de la que *él* escapó? ¿Amando a la mujer que lo amó a *él* primero? ¿Preguntándome si seré suficiente para reemplazar a la persona con la que *ella* quería estar? No merezco eso. Y Lina tampoco. Creí que podría superar su conexión con mi hermano, pero la verdad es que no puedo. Siempre me preocupará ser la segunda opción o que esté conformándose conmigo. Esto era lo que Dean quería advertirme, ¿no?

La realidad me golpea como un rayo: estoy en una relación que no tiene posibilidades de prosperar. Y no es justo para ninguno de los dos. La honestidad es el *único* camino, ¿no?

–¿Eso sucedió de verdad? –comenta Lina–. Siento que estoy en la dimensión desconocida.

–Sucedió –suspiro.

Por desgracia, esto no hará más que empeorar a partir de ahora.

· CAPÍTULO TREINTA Y TRES ·

LINA

Y pensar que casi me caso con ese hombre. Sin duda, me salvé de un idiota.

Max sigue con el rostro entre las manos; le debe haber roto el corazón saber que Andrew lo acusó de ser parte de la causa para no casarse conmigo. Mierda, lamento todo lo que *yo* he dicho y hecho cuando creía que era en parte culpable. Pero llegamos adonde teníamos que estar, ¿no?

–Ey, está bien. Lo peor ya pasó –lo consuelo con un apretón en el hombro. Levanta la cabeza, con una sonrisa triste.

–Sí, no esperaba lidiar con esto el día de hoy. Tenía otros planes.

–¿Quieres salir de aquí? –Deslizo una mano por su pecho, hasta enlazar un dedo en una de las presillas del pantalón–. Podemos hablar durante el almuerzo.

Su mirada se desvía hacia un punto sobre mi hombro, una actitud que conozco muy bien y que me pone en alerta máxima.

–Creo que la confrontación me aniquiló –reflexiona masajeándose la nuca antes de mirarme–. ¿Podemos postergar el almuerzo?

Es comprensible, no todos los días tu hermano descubre que sales con su exprometida.

–Claro, pero déjame que te cuente sobre la reunión con Rebecca. Tuvimos una buena charla. Fue incómoda, pero productiva. Entendió lo que me llevó a mentir. No le agradó, pero lo entendió. Dijo que era una telenovela.

–Tiene razón –coincide con los hombros tensos–. Para ser honesto, todo este drama me obliga a hacer la pregunta del millón. ¿Qué demonios estamos haciendo, Lina?

–¿Qué quieres decir? –Se me frunce el ceño de golpe, retrocedo y libero el dedo de su pantalón.

Se da la vuelta y comienza a deambular por el lugar.

–Quiero decir, ¿por qué estamos –agita las manos–, juntos? ¿Qué creemos que pasará? –Sin dejar de caminar, se masajea las sienes como si responder a su propia pregunta le provocara jaqueca–. Esto es lo que pienso: nos perdimos en un mundo de sueños. Uno en el que no importa que hayas estado a punto de casarte con mi hermano. En el que no me importaba que él fuera a estar siempre en algún lugar en las sombras. Conoces mis problemas. Pensar en que Andrew siempre estará mirándonos con esa sonrisa burlona me enloquece. –Lo acentúa con una mano en forma de garra–.

Demonios, tú misma me has dicho desde un principio que no funcionaría –suspira–. Este es el punto: merecemos una relación que no esté a la sombra de mi hermano. Y, seamos honestos, sabes bien lo que quieres y se parece mucho más a Andrew de lo que yo seré jamás.

Se ha formado toda una idea sobre mí, y no podría estar más equivocado. Pero mis entrañas me dicen que esto se trata de sus traumas, no de los míos.

–Entonces, ¿qué es lo que *tú* quieres?

Antes de responder, se frota el rostro y suelta una exhalación extensa.

–Quiero estar primero. Quiero a alguien que piense que *yo* soy lo mejor que le ha pasado. Ibas a casarte con él, Lina. *Él* fue quien eligió alejarse, no tú. E incluso después de que no apareció en la boda, intentaste hacerlo cambiar de parecer. Eso significa algo. No puedo ser tu segunda opción, Lina. Hay demasiada historia entre Andrew y yo como para dejarla de lado.

–Sí, intenté hacer que cambiara de opinión. Pensé que él era lo que quería, lo que necesitaba. Pero estaba equivocada y...

Antes de que pueda terminar, me interrumpe con una mano en alto.

–Quiero estar seguro de que no intenté conquistar a una mujer por una estúpida competencia con mi hermano. Nunca podré estar cien por ciento seguro de eso, Lina. ¿Y tú? ¿Crees que eso es justo para alguno de nosotros?

Tengo un nudo en el estómago. Eso último es una

estupidez absoluta. Es una excusa para alejarse, para fingir que, en parte, lo hace por mí. Si me hubiera buscado solo para «ganarme», no le importaría lo que siento por él, hubiera querido ganar a toda costa. Está aferrándose a cualquier excusa. Después de que me habló tanto *de estar con él, de dejar ir, de dejarlo entrar,* algunas palabras estratégicas de su estúpido hermano hicieron que todo se viniera abajo. *Increíble.* La punzada en el estómago me impulsa a responder.

–Crees que estábamos condenados desde el inicio.

Tras mirarnos a los ojos un instante, rompe el contacto primero.

–Sí. ¿Qué sentido tiene intentar arreglar algo que no tiene solución? ¿No sería mejor cortar por lo sano ahora? ¿Antes de que alguno salga herido?

Quiero gritar que me está lastimando en este maldito instante, pero los años de autopreservación me tapan la boca con una mano invisible. ¿Por qué quiso estar conmigo? ¿Por qué me dijo todas esas cosas en el retiro? Todo eso acerca de nuestro potencial, de que no podía dejar de pensar en mí. ¿Por qué me dijo que le importaba «mucho más que un poco»? ¿Por qué? ¿Por qué? ¿Por qué?

El espacio en el que debería estar mi corazón se siente vacío, como si alguien me lo hubiera arrancado del pecho con la facilidad que arrancaría la página de un libro. Si así me siento ahora (segundos antes de ahogarme en lágrimas por el dolor que me está causando), no puedo imaginar cómo sería en un año. O dos. O cinco. Estos sentimientos no son saludables, despiertan emociones que estaban mejor bajo siete llaves. Pero él no los verá salir de mí. Ni hoy ni nunca.

A pesar de todo, una vocecita en mi mente me dice que luche por él. Tiene miedo y lo entiendo, cree que no es suficiente y no logra procesar que lo elija a él antes que a Andrew. Cree que me estoy conformando con la segunda opción. Solo que no lo haré cambiar de opinión diciéndole nada de eso y no sé si exista un modo de convencerlo de que se equivoca.

–Ey. –Sacude mi mano para sacarme de mis pensamientos conflictivos.

–Ey.

–Esto no es fácil para mí, pero ambos sabemos que la relación tiene fecha de caducidad. La aparición de Andrew solo acortó el plazo. Quizá sea lo mejor.

Que reduzca nuestra relación a una explicación tan simple me deja sin energía para contradecirlo. No puedo obligarlo a estar conmigo y no debería ser necesario. Lo mejor que puedo hacer es decir lo que pienso y seguir con mis cosas. Ser accesible pero determinada debería funcionar.

–Escucha, creo que no nos estás dando el crédito suficiente, pero no te suplicaré para que estés conmigo. Si lo que sea que tenemos debe terminar aquí, que así sea. Lo positivo es que creo que podemos manejarlo como adultos. Solo faltan dos semanas para la presentación y podemos hacer todo el trabajo restante por e-mail o por teléfono. –Libero mi mano de la suya–. Así que terminemos esta presentación y consigamos mi maldito trabajo, ¿de acuerdo?

–De acuerdo –concede con una sonrisa fugaz.

–Conoces la salida, ¿cierto?

–Claro –afirma erguido–. Estaremos en contacto.

Vete de una vez. Vete, vete, vete.

Una vez que desaparece del área de probadores, inhalo temblorosa y doy rienda suelta a las lágrimas.

La buena noticia: no lloré delante de él, aunque moría de ganas de hacerlo.

La mala noticia: a juzgar por lo mucho que me duele verlo partir, creo que ya estoy enamorada.

–Lina, ¿qué haces aquí atrás todavía? Nos fuimos hace como una hora.

Jaslene me observa desde la entrada, con un vaso de papel gigante en la mano.

¿Qué estoy haciendo? Sufriendo. Compadeciéndome de mí misma. Repasando mis pasos para ver qué podría haber hecho mejor.

–Estaba cansada y decidí sentarme, eso es todo.

–¿Te sientes mal? –Se acerca para comprobar mi temperatura–. ¿Necesitas que traiga algún medicamento?

–No me siento mal, Jaslene. Al menos no físicamente.

–Te duele el corazón, ¿eh? ¿Es eso? –Mi amiga se compromete con los problemas de los demás, así que no me sorprende que se siente en la silla al otro lado de la mesa.

–Sí –admito. Las lágrimas fluyen con libertad–. ¿Así le

llamas a querer arrancarte el corazón del pecho y no usarlo nunca más?

–¿Qué sucedió? –Deja el vaso en la mesa, no sin antes colocar una servilleta debajo, y me ofrece un pañuelo.

–Andrew.

–¿Qué? –Se sacude en la silla, mirándome desconcertada–. ¿Estuvo aquí? –Luego entorna los ojos–. Ah… *ah*… Vio a Max, ¿cierto?

–Síp.

–¡*Chacho!* Pésimo momento. ¿Estaban…?

Natalia irrumpe de repente, con un vaso el doble de enorme que el de Jaslene.

–¡Ya volví! ¿Me echaron de menos?

–Siempre –afirma Jaslene, en un tono llano que enfatiza el sarcasmo, al que Natalia responde maullando y arañando el aire con dos dedos.

–Sigue así y te desinvitaré a mi despedida de soltera. –Luego se sienta en el suelo, frente a nosotras y se cruza de piernas de forma dramática–. Ahora, díganme qué pasa. Ay, mierda, Lina. Estás llorando.

Asiento con la cabeza y procedo a contarles la versión reducida de la explosión nuclear de esta tarde. El hipo me interrumpe cada cuatro palabras, así que me toma una eternidad. Al final, Jaslene me bombardea a preguntas para conseguir la versión no abreviada. Mientras tanto, Natalia permanece callada, solo da sorbos ocasionales a su batido de frutas. Es doloroso revivir todo lo que pasó, pero supongo que es parte del proceso. Hacer catarsis.

–¿Nada que decir? –le pregunto a mi prima.

–Todavía estoy procesando la información. Y ahora me siento culpable por cómo traté a Max.

–Max estará bien. –Jaslene toma aire entre dientes. Luego se inclina para apretarme la mano–. Lamento que estés sufriendo. Si pudiera cargar parte de tu dolor, sabes que lo haría. ¿Quieres ir a la clase de capoeira esta noche? Podría ayudar a que no pienses en él.

–Dudo que sea posible, pero intentaré lo que sea –resoplo y me deslizo en la silla.

Natalia bebe otro trago de su batido y chasquea los labios.

–Bueno. Según entiendo, Max tiene miedo. Tú tienes miedo. Andrew está perdido. Y los tres tienen que poner sus mentes en orden. Pero sabes que tú tienes todo mi apoyo –agrega con un guiño. Su resumen conciso me hace reír.

–Gracias, Natalia. Siempre puedo contar con que dirás las cosas como son.

–¿Me equivoco? –exige con las manos en alto.

De los tres (Max, Andrew y yo), debo ser la única capaz de reconocer que no se equivoca.

MAX

–¿Estás con nosotros? –Mi madre me arroja un bolígrafo.

–¿Qué? –pregunto mientras me apuro a atraparlo–. Sí, aquí estoy. No es necesario recurrir a la violencia.

Reclinada en la silla, me observa durante unos diez segundos antes de hablar.

–Bueno, si estabas prestando atención, habrás escuchado que hice una pregunta.

–Repítela, por favor.

–¿Y *tú* sabes cuál fue la pregunta? –le exige a Andrew, pero él tiene la mirada fija en el anotador sobre sus piernas, así que también le arroja un bolígrafo–. ¿Qué demonios pasa con ustedes dos?

Hace menos de veinticuatro horas que mi relación se fue al diablo, así que sé lo que pasa conmigo. En cuanto a mi hermano, a quién demonios le importa.

Pero igual él sigue desconectado.

–Andrew. –Mi madre golpea el escritorio para llamarle la atención.

–Hecho –dice él sobresaltado, mientras garabatea en su anotador.

–¿Qué cosa?

–Lo que sea que necesites que haga –responde dudoso.

–Bien, empecemos de nuevo. –Apoya los codos en la mesa y se masajea las sienes–. ¿Qué está pasando con la cuenta Pembley?

Andrew lleva esa cuenta y, como siempre, soy su respaldo. Pasa las páginas de su anotador, en busca de las páginas con el código de color de esa cuenta.

–Pembley. Tenemos una reunión con ellos la semana que viene. ¿Está bien para ti, Max?

–Sí.

–¿Y con el Grupo Cartwright? –continúa mi madre.

¿Te refieres al cliente que quería impresionar para demostrarte que soy capaz de manejar mis propias cuentas? Ah, no lo sé. La directora sabe que le hemos mentido. La organizadora con la que debería estar trabajando de seguro me arrojaría a una trituradora si pudiera. Y si tengo que sentarme con mi hermano durante más de quince minutos, es probable que me lance sobre él.

–Todo está encaminado. Karen debería enviarme las maquetas hoy. Cuando lo haga, las compartiré con Lina.

–Bien –asiente antes de pasar a Andrew–. ¿Y tú?

–Bueno –comienza jalándose la corbata–. Henry no está de acuerdo con la dirección actual, así que estamos cambiando los planes para probar algo nuevo.

Interesante. ¿Por eso ayer deambulaba por la sala de conferencias desparramando papeles? No puedo esperar a ver cómo resulta. Aunque, ahora que lo pienso, Rebecca nunca dijo que veríamos las presentaciones del otro. Debería pedirle que vea la nuestra primero, en caso de que Andrew decida robarnos las ideas. No me sorprendería de él.

–Eso no suena muy bien, Andrew. Necesito que ordenes el plan pronto –responde mi madre.

–Lo haré, lo prometo.

Terminados los asuntos de rigor, mi madre extiende las manos sobre la mesa, se apoya sobre los codos y me mira.

–He querido preguntarte, ¿cómo está Lina?

No puedo hablar sobre ella con indiferencia, eso me mataría. Y ya he recibido demasiados golpes en ese frente.

Al demonio con esto. Si tengo que hundirme, arrastraré a Andrew conmigo.

–Pregúntale a él –indico señalándolo con el pulgar–. La vio ayer mismo.

–¿La viste? –Mi madre levanta la cabeza de golpe–. ¿Por qué?

–Sí, Andrew. Cuéntanos por qué visitaste a Lina en su oficina, a pesar de que soy yo el que trabaja con ella. –Giro en su dirección, listo para la explicación.

–Como dije, quería asegurarme de que estuvieras haciendo un buen trabajo –afirma después de aclararse la garganta.

–Querías conseguir información sobre nuestra presentación, ¿no es así? No querías que yo lo supiera, así que recurriste a ella. Porque no se te ha ocurrido ni una sola idea sin mis aportes.

–Piensa lo que quieras –suspira con falso tedio–. Yo tenía motivos laborales legítimos para estar allí, a diferencia de ti.

–¿Qué se supone que significa eso? –exige mi madre, que nos mira con el ceño fruncido.

Esto es ridículo. Estamos peleando como niños. ¿Y para qué? ¿Para ser más listo que el otro frente a nuestra madre? No tengo ningún interés en hacer eso.

–Significa que Lina y yo nos convertimos en más que amigos o colegas. Ninguno de los dos lo planeó, por supuesto, pero fuera lo que fuera, ya se terminó. Así que ya no tiene caso que hablemos de eso o, en tu caso, que me provoques con el tema. Cuando estamos en la oficina, quiero trabajar, eso es todo. –Me deslizo hacia el borde de la silla, preparándome para retirarme–. Pero para que no haya más secretos entre nosotros, ¿por qué no confiesas, Andrew?

–¿Que confiese qué? –pregunta mi madre mientras se saca las gafas.

Andrew y yo nos miramos durante varios segundos, hasta que él agacha la cabeza y se afloja la corbata.

–Max nunca me alentó a que no me casara con Lina. Lo inventé.

–¿Qué? –jadea boquiabierta.

–¿Ya terminamos? –No tengo ganas de escuchar esta basura–. Si eso es todo, los dejo hablar a solas.

–Ya terminamos. –La mirada de mi madre rebota entre los dos.

Entonces, me dirijo a la puerta. Mi prioridad ahora es ayudar a Lina a conseguir el trabajo de sus sueños. Todo lo demás no interesa. Antes de que atraviese la puerta, mi madre me llama.

–Espera, Max.

–¿Sí? –Giro para verla, y me mira a los ojos con los labios en una línea determinada.

–Sea lo que sea, lo resolveremos. Lo prometo –asegura.

–Sí. Nos vemos después –la saludo sin ánimos. No sé qué responder a eso porque no hay nada que resolver. Al menos no nada importante.

• CAPÍTULO TREINTA Y CUATRO •

MAX

De: MHartley@comunicacionesatlas.com

Para: CSantos@deltequieroalsiquiero.com

Fecha: 1 de mayo – 10:23

Asunto: Materiales para la presentación en el Grupo Cartwright

Hola, Lina:

Adjunto las maquetas del sitio web y de las gráficas para redes sociales que Karen preparó. Dado que el guion gráfico requiere más trabajo, esperaremos a saber si estás cómoda con este enfoque antes de continuar con eso. Dime qué te parece.

Espero que te encuentres bien.

Max

De: CSantos@deltequieroalsiquiero.com
Para: MHartley@comunicacionesatlas.com
Fecha: 1 de mayo – 10:57
Asunto: RE: Materiales para la presentación en el Grupo Cartwright

Gracias.
Tengo curiosidad: ¿a ti qué te parece?

Tan solo recibir su respuesta a mi e-mail hace que me retumbe el corazón dentro del pecho. Me descubro mirando la pantalla con los ojos entornados, con esperanzas de que aparezcan más palabras, pero eso es todo. ¿Qué más podría esperar? Está haciendo lo que dijo: actuar como adulta. Yo debería hacer lo mismo.

De: MHartley@comunicacionesatlas.com
Para: CSantos@deltequieroalsiquiero.com
Fecha: 1 de mayo – 11:02
Asunto: RE: Materiales para la presentación en el Grupo Cartwright

Creo que fue un acierto haber elegido el concepto de concierge de bodas. Tus servicios encajan muy bien con lo que el Cartwright ya puede ofrecer. Pienso que hará que la transición sea natural. Espero que Rebecca esté de acuerdo.

P. D.: ¿Cómo estás?

De: CSantos@deltequieroalsiquiero.com

Para: MHartley@comunicacionesatlas.com

Fecha: 2 de mayo – 9:43

Asunto: RE: Materiales para la presentación en el Grupo Cartwright

Hola, Max:

Puede revisar el material completo. Por favor, hazle llegar mi agradecimiento a Karen por su increíble trabajo.

Coincido en que el concepto de concierge de bodas encaja de forma natural con los servicios actuales del hotel. Estoy ansiosa por dar la presentación y no puedo esperar a ver el guion gráfico.

Saludos.

Lina

Me alegra que esté satisfecha con nuestro trabajo. Y desearía que hubiera respondido a mi pregunta. Quiero encontrar una excusa para mantener el diálogo, pero mi respuesta es, en una palabra, patética.

De: MHartley@comunicacionesatlas.com

Para: CSantos@deltequieroalsiquiero.com

Fecha: 2 de mayo – 10:13

Asunto: RE: Materiales para la presentación en el Grupo Cartwright

Lo enviaré pronto.

Unos minutos más tarde, recibo un mensaje de Dean.

Dean

Tú. Yo. Unos tragos en Maroon el viernes por la noche.

Max

¿Por qué?

Para que pases un poco de tiempo conmigo.

Cielos. No estás de luto.

Lo siento. Claro, ahí estaré.

Tiene razón. Terminar una relación puede ser difícil, pero tengo que superarlo.

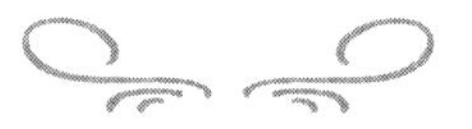

–¿Por qué estamos aquí, Dean?

–¿Qué? –pregunta y se acerca con una mano en la oreja.

–¿Por qué estamos aquí? –repito.

–Porque es viernes –responde mientras rebota al ritmo de la música, una basura tecno que no me interesa escuchar–. Recuerdas como divertirte, ¿no?

No me molesto en responder a eso.

Un camarero con alas plateadas en la espalda se inclina sobre Dean para apoyar dos tragos sobre la mesa de café. Si son como los que bebimos antes, no serán para nada suaves. El lugar no está atestado, pero desearía que lo estuviera, así no tendría que ver lo patético que es.

Nosotros estamos sentados en un sofá de terciopelo púrpura, y las personas que tenemos enfrente ocupan uno de gamuza verde. A Lina le encantaría el púrpura... Con eso, mis pensamientos se disparan. Imagino a Lina en su apartamento, a *nosotros* en su apartamento. En su cama. En su ducha. En la isla de la cocina, bebiendo café antes de que me vaya.

–Deja eso. –Dean me da una palmada en la nuca.

–¿Qué? –respondo. Suena más como un gruñido que como un intento de conversar.

–Deja de pensar en ella –explica al tiempo que sigue a una mujer con la mirada–. Ya ha pasado una semana. Es hora de que aceptes la decisión que has tomado y sigas adelante.

Suena definitivo. Y triste.

Me entrega un vaso y, aunque no tengo idea de qué contiene, lo vacío de un trago. Wiski con cola.

–A menos que... –agrega.

–¿A menos que qué?

–Que esto no sea de tu agrado –dice señalando alrededor–. ¿Quieres conocer gente de algún otro modo? ¿En una aplicación de citas? ¿En la iglesia? ¿En una cita a ciegas organizada por uno de tus amigos? Puedo ocuparme de eso si quieres.

No me interesa ninguna de esas opciones. Estoy arruinado y ni siquiera me molesta.

–Tengo que ir al baño. –Me levanto tambaleante, por lo que casi me caigo en el proceso.

–Tranquilo, hombre –advierte Dean–. Te llevo a casa.

–Eh, está bien. Déjame ocuparme de esto primero. –Uso la mano como si sostuviera una manguera. En el baño, mantengo una estabilidad sorprendente. Cuando vuelvo a salir, la música es apenas audible y hay un hombre sobre un escenario pequeño al fondo del lugar–. Mierda, ¿hay micrófono abierto? –pregunto para nadie en particular.

Las personas que me rodean me miran horrorizadas. Quizá debería calmarme, pero ¿de qué otra forma voy a entretenerme? De repente, una mano fuerte me da una palmada en la espalda antes de apretar mi hombro.

–¿Estás listo, amigo?

Me libero de Dean porque *sé* que tengo que participar del micrófono abierto. Está escrito en algún lado.

–Subiré allí –señalo.

–¿A dónde? –pregunta con el ceño fruncido.

–Allí –insisto apuntando al escenario–. Tengo un par de cosas trabadas en el pecho y necesito liberarlas. –Levanto los brazos y chasqueo los dedos sin parar–. Recitaré poesía o algo. Eso es, un poema.

–Crees que eso ayudará, ¿eh? –Mi amigo se frota el rostro con la mano.

–Estoy seguro de que lo hará –afirmo con un piquete en su pecho.

–Bien, te llevaré. Quédate detrás de mí. –Se abre paso entre la multitud, conmigo aferrado a su camisa húmeda. Luego habla con una mujer mientras me apunta con el pulgar. Ella me mira de arriba abajo antes de asentir–. Serás el siguiente. Haz que valga la pena.

La mujer con la que habló Dean cruza unas palabras con el hombre del micrófono, que luego anuncia:

–Vamos a escuchar unas palabras de un caballero que necesita sacarse algunas cosas del pecho. Denle un aplauso de bienvenida a Clímax. –Subo al escenario a los tumbos para susurrarle al oído, entonces agrega–: Ah, lo siento, es Max. –Luego me entrega el micrófono y baja de un salto.

Tengo que entornar los ojos por el brillo de las luces sobre el escenario y retroceder para poder ver. Tras aclararme la garganta, comienzo con mi espectáculo unipersonal, susurrando a ritmo lento.

Lina.
Su nombre es Lina.
Lina, Lina, Lina.
¿Dónde está Lina?
¿Por qué la dejé ir?
Lina, Lina, Lina.
Se mueve como una bailarina.

Se ríe como una campanita.
Ella nunca…
Lanzaría al pozo una monedita.
Su rostro es tan serio
que es un misterio.

Al público le agrada, lo noto. Algunos asienten con la cabeza y sonríen, pero no puedo extenderme mucho más porque mi estómago está por explotar.

Lina tiene mi corazón.
Debí saberlo desde un comienzo.
Mi madre dice que es maravillosa.

–Aaaah –exclama alguien con ternura.

El problema es que
de mi hermano casi fue esposa.

–Ay, mierda –suelta otra persona.

A la expresión colectiva de sorpresa le siguen murmullos emocionados. *Sí, eso mismo.* Todos saben que una situación así está cargada de peligro.

Dean me rescata desde una esquina del escenario.

–Max, fuiste como Adam Sandler en *La mejor de mis bodas*. Un clásico –reconoce dándome una palmada en el hombro–. Pero comienzo a pensar que este asunto de Lina no desaparecerá solo porque lo has decidido.

Tiene que desaparecer. No quiero preguntarme si está conmigo solo porque no pudo estar con Andrew. Eso me arruinaría. Quiero ser lo mejor que le haya pasado, al igual que ella es lo mejor que me ha pasado a mí. Y Andrew no desaparecerá, será un recordatorio constante de que no tengo el corazón de Lina por completo. *No, no quiero vivir esa pesadilla, gracias.* Puede que ahora esté sufriendo, pero el dolor agudo de la pérdida disminuirá tarde o temprano. Algún día.

LINA

¿Quién iba a decir que existían tantas canciones sobre cabalgatas?

Natalia saca billetes de un dólar de su sostén.

–Oye, vaquero –llama agitando los billetes–. Olvida el caballo y móntame a mí.

–Cariño, aquí tengo la montura, ¿dónde está mi corcel? –Jaslene, un tanto ebria, saca su propio fajo de dinero.

Tengo que hablar con la persona que autorizó este plan. *Ah, un momento, esa soy yo.* Falta solo una semana para la boda de Natalia y cedí a su pedido de que la trajéramos a un club de strippers masculino en DC. Pero ese no es el problema.

–Ven aquí, encanto –grita la tía Izabel.

Este es el problema: tengo que lidiar con Jaslene y con

cuatro mujeres de la familia, no con solo una. Quiero que se diviertan, *claro*, pero sin cruzar el límite de la decencia ni romper las reglas del club (es decir, tocar donde no deben, decir groserías o sacarse su propia ropa). Controlarlas a todas mientras miran el espectáculo es como jugar a aplastar al topo. *No hagas eso. No puedes arrojar el dinero. Baja la mano. No, no necesitas otro trago, Natalia. Sí, es real. No, no puedes tocarlo. ¡Jaslene, eso no es un vibrador! No puedes subir sin que te inviten.*

–¡Agita lo que tu papi te dio! –canturrea la tía Viviane.

¿Cómo es que se le ocurren esas cosas?

–¡Agita lo que tu papi te dio! –repite Natalia.

Ah, ya entiendo.

Mientras tanto, la mano de mi madre está pegada a su rostro como una estrella de mar. Lo curioso es que los dedos separados le permiten espiar el espectáculo si así lo quiere. Yo *debería* estar disfrutando de nuestra noche en la ciudad. Me gustan las coreografías elaboradas representadas por hombres musculosos, pero ver erecciones sacudiéndose frente a mí me recuerda a Max en mi cama, y mi mente no está interesada en ninguna otra erección por el momento.

De repente, mi madre me choca el hombro y se ubica a mi lado. Todas las demás están distraídas por el nuevo bailarín que se pavonea por el escenario. Usa chaparreras sin retaguardia. Natalia debe estar encantada.

–¿Qué pasa, *filha*? Luces triste.

–No es nada, *mãe*. Solo estoy cansada. –Tenemos que hablarnos a los gritos para poder escucharnos.

–¿Te peleaste con Max?

–¿Por qué preguntas eso? –Me reclino para mirarla con el ceño fruncido y los labios apretados. Ella niega con la cabeza.

–Es que... creí que había algo entre ustedes. Y ahora luces perdida, por eso me surgió la duda.

No puedo ocultarle nada a mi madre. Al menos no por mucho tiempo.

–Sí, había algo... pero ya no. Fue su decisión.

–Fue una mala decisión. Espero que lo sepas.

–También pensé eso al principio, pero ya no estoy tan segura.

No puedo culpar a Max por creer que nuestra relación estuvo condenada desde el inicio, porque tal vez lo estaba. Una cosa es enamorarte de la exprometida de tu hermano, otra es enamorarte de la exprometida de tu hermano cuando han pasado toda la vida compitiendo. De todas formas, compartimos momentos tan alegres y perfectos que no puedo evitar imaginar que tendríamos muchos más en el futuro. Y extraño estar con el único hombre que llegó a adorar a mi verdadero yo, el que me apoyó y el que me hizo sentir segura compartiendo mis miedos y mis decepciones. Quisiera poder borrar los recuerdos que tengo de él, porque no puedes extrañar a alguien que no recuerdas.

Santo Dios, esto duele.

Cuando un destello plateado me llama la atención, veo que el presentador pasa por nuestra mesa en busca de una voluntaria que suba al escenario a sentarse en el lugar de honor.

La tía Viviane sacude las manos y se señala a sí misma; parece el señalero de un aeropuerto, guiando al piloto en el aterrizaje. Como el presentador sigue evitándola, se lleva las manos a la boca para gritarle:

–No ignores a esta mujer mayor de caderas voluptuosas y gran trasero. Yo también quiero divertirme.

El hombre se detiene, gira hacia ella y se acerca para extenderle una mano.

–Entonces, ven conmigo.

Ay, por Dios.

Mi tía le toma la mano y lo sigue por las escaleras. Poco después, un bailarín de hombros anchos y piel morena la rodea y la lleva a la silla. Una vez allí, ella se frota las manos a la espera del espectáculo. Él baila de forma provocadora, levantándose la camiseta para mostrarle sus pectorales y abdominales tonificados.

Viviane bosteza de forma exagerada, entonces, el bailarían lleva la cabeza hacia atrás y se pone las manos en las caderas. Mi tía es un enigma que quiere resolver. El bailarín se enfrenta a la audiencia, con una mano en la oreja y la otra en el aire.

–Hagan ruido si quieren ver más –exclama el presentador.

Con eso, el bailarín desliza una mano por su abdomen, menea las caderas y jala los pantalones abotonados para revelar una tanga negra, que desaparece de la vista cuando se inclina.

Su trasero está en el rostro de la tía Viviane.

Su *trasero,* en el rostro de la tía Viviane.

Natalia se dobla de la risa. Jaslene chilla, se levanta de un salto y lanza un puño al aire en aprobación. Viviane sonríe, pero no parece impresionada en absoluto, así que el presentador se acerca a ella.

–¿Qué pasa? ¿Es demasiado para ti? –pregunta y le acerca el micrófono.

–¿Demasiado? Ni siquiera es suficiente. –Viviane frunce el ceño y se cruza de brazos–. Puedo ver lo mismo en la playa de Copacabana. Ellas también. Hay traseros por doquier.

Los dos hombres se encogen de hombros y el presentador la envía de vuelta a su asiento.

¿Saben qué? Estaré bien, con o sin Max. ¿Preferiría que fuera con Max? Sí, mil veces sí. Pero si no está destinado a ser, de todos modos, soy bendecida en muchos otros sentidos; estas mujeres maravillosas y mis vibradores a batería son los principales.

Ahora solo tengo que conseguir el trabajo de mis sueños. Con eso debería ser suficiente.

Tiene que ser suficiente.

· CAPÍTULO TREINTA Y CINCO ·

MAX

El día de la presentación en el Cartwright, Lina entra a paso firme a la sala de conferencias, con un maletín color café en una mano y un vaso térmico en la otra. Tiene el cabello recogido con una hebilla elegante, sin ningún mechón fuera de lugar. Los pantalones azules, que combinó con una blusa beige, transmiten autoridad y seguridad, mientras que el barniz de uñas rosado que asoma de sus zapatos abiertos da un indicio de su lado juguetón.

A medida que se acerca, me seco las manos sudorosas en los pantalones y siento una punzada de arrepentimiento al caer en la cuenta de que no puedo saludarla con un beso. Cuanto más cerca está, más se me estruja el pecho, y la necesidad de tocarla es tangible, pero no puedo hacer nada al respecto. Mi corazón se ha vuelto loco, se salta latidos o se acelera según le parezca, de seguro solo basándose en la cercanía de ella. Pero, más que nada, siento esperanzas de que conseguirá lo que quiere: el trabajo de sus sueños.

–Hola –saluda con una sonrisa gentil.

–Hola.

Es casi imposible hilar las palabras. Mi mente es un embrollo de arrepentimientos y «qué tal si». Por suerte, Lina no depende de mis habilidades verbales para conseguir el trabajo, pues ella misma hará la presentación.

–¿Esto es todo? –pregunta señalando a la mesa.

–Sí. Vine unos minutos antes y revisé todo cuatro veces. Siéntete libre de revisarlo tú misma. Si nos falta algo, tengo todo en la computadora y puedo imprimirlo.

–Esperemos que no sea necesario –comenta al ocupar su lugar en la mesa y comparar los papeles con la lista de su móvil–. ¿Algún consejo de último momento?

–Sé tú misma –respondo al sentarme frente a ella–. Debes venderte, así que, si no crees en lo que estás diciendo, Rebecca tampoco lo creerá.

–Buen consejo –reconoce sin dejar de repasar los papeles–. Bueno, creo que está todo listo. Me alegra que no hayamos optado por una presentación PowerPoint. A veces, el papel es lo mejor, en especial para presentar folletos y esas cosas. Repasar la maqueta de la página debería ser pan comido. La revisé una docena de veces.

Al final, respira hondo y descansa las manos unidas sobre la mesa. La miro, deseando que también me mire, pero tiene la vista fija en la ventana.

–Lina…

–Iré al tocador antes de empezar –anuncia de forma abrupta.

Me pongo de pie para verla marcharse y luego me desplomo en la silla. *Concéntrate en ella. Concéntrate en la presentación. Todo lo demás no importa.*

Vuelve varios minutos después. Unos segundos más tarde, llega Rebecca.

–Buenos días, Lina –saluda. –Max –dice con un gesto de la cabeza.

–Es un placer verte otra vez, Rebecca –comento al estrecharle la mano.

–Igualmente. ¿Comenzamos?

–Estoy lista. –Lina se pone de pie y ocupa su puesto al frente de la sala. Mientras que Rebecca la mira expectante, yo la animo con la mirada.

–Del Te quiero al Sí quiero es una empresa de organización de bodas de primera, con tres ejes principales para la satisfacción de las necesidades del cliente –comienza con los hombros rectos–. Primero, la atención personalizada es clave. Nos enorgullecemos de conocer las necesidades individuales de cada cliente y de satisfacerlas. Segundo, ningún detalle es insignificante. Nos ocupamos de cada uno de ellos para que la pareja no tenga que hacerlo. Tercero, las bodas son una oportunidad para la creatividad. En otras palabras, no hay una sola forma de contraer matrimonio, así como no existe un estereotipo de pareja. Esta filosofía nos permite explorar nuestra imaginación y llevarla a la realidad.

Su voz es fuerte y sus palabras son claras y directas. En mi mente, estoy agitando el puño en el aire para celebrar su desempeño. Si Lina impresiona a Rebecca, la lógica indica que yo también la impresionaré.

–Ahora entra en juego el historial de excelencia del Cartwright...

Con eso, Rebecca inclina la cabeza. Lina sonríe y procede procede a resaltar la reputación, las comodidades y la grandeza del Cartwright, manejando el material con facilidad y confianza.

–Entonces, ¿cómo combinamos las habilidades de Del Te quiero al Sí quiero con los recursos y servicios del Cartwright? Proveeremos servicios de conserjería de bodas personalizado, al igual que el hotel brindaría conserjería a sus huéspedes...

Continúa con la presentación sin contratiempos, e incluso relata la anécdota de las cejas rasuradas del primo de Rebecca, con lo que se gana risotadas de ambos.

–Así que, eso es todo –concluye–, esas son mis ideas para cubrir el puesto de coordinadora de bodas en el Cartwright.

Rebecca la felicita de forma efusiva antes de salir de prisa hacia su próxima reunión.

–Lo hicimos, Max. –Con los ojos cargados de lágrimas de felicidad, Lina me abraza por la cintura y descansa la cabeza en mi hombro–. Lo hicimos. Aunque no consiga el trabajo, sé que logramos una presentación estupenda.

Sé que no derramaría esas lágrimas delante de cualquiera y me honra seguir perteneciendo al pequeño círculo que puede ver su versión desarmada.

–*Tú* lograste una presentación estupenda. Yo solo estuve al pie del cañón, como dije que estaría.

Ninguno de los dos le pone fin al abrazo, a pesar de que ya se ha extendido más de lo que cualquiera consideraría profesional. Estoy tentado a decirle que lo he arruinado todo, que quiero otra oportunidad, pero tengo miedo. Temo que no sienta lo mismo que yo. Temo que mis sentimientos sean demasiado fuertes para ser correspondidos.

El abrazo llega a su fin, cuando Lina retrocede y agita una mano.

–Bueno, me tengo que ir. Tengo algunas citas para ver oficinas; en caso de que esto no funcione.

–Sí, claro, lo entiendo –respondo mientras me acomodo la corbata y las mangas–. Buen trabajo.

–Ay, estoy tan emocionada. –Sonríe al tiempo que rebota en el lugar–. Crucemos los dedos.

–Crucemos todo. –Cruzo los dedos de las dos manos y también los ojos para que sea más efectivo.

–¿Y qué hay de esos? –pregunta señalando mis pies, así que también los cruzo–. Bien.

–Deja aquí todo lo que no necesites. Lo recogeré y lo llevaré a la oficina.

–¿Estás seguro?

–Claro.

–Está bien. Te aviso cuando tenga noticias. Gracias otra vez.

–De nada, Lina.

Avanza hacia la puerta, y la veo dar cada paso hasta que

voltea para ofrecerme una de sus sonrisas, esas que solían ser reticentes pero que ahora salen con libertad. Eso refleja el gran avance que hemos hecho en poco tiempo y revela que la distancia es solo por mi causa. Quisiera reprogramar mi mente para que no me importe ser su segunda opción, pero incluso pensar en eso hace que me duela el pecho.

De todas formas, aún quiero pasar tiempo con ella de cualquier manera posible.

–Lina, respecto a la fiesta de Natalia...

–¿Sí? –Con eso, gira hacia mí por completo.

–Si estás de acuerdo, aún quisiera ir. Dije que te acompañaría y cumpliré la promesa.

–No tienes que hacerlo, Max. –Me evalúa con la cabeza de lado y sin expresión alguna.

–Pero quiero hacerlo.

En cuanto las palabras salen de mi boca, me percato de que no estoy para nada preparado para enfrentar la posibilidad de no tener excusas para volver a verla. ¿Y si no consigue el trabajo? ¿O si Rebecca decide que quiere que otra persona maneje la cuenta? Ninguna opción encaja para mí porque implicarían que no hemos cumplido nuestros objetivos y acabarían con la última conexión que nos queda.

–Quiero ir –repito.

–Está bien, te veo allí, entonces.

Así, pasaré un tiempo con ella y fingiré que mi corazón no está hecho pedazos. Suena estupendo. Soy un hombre con muchos talentos, pero tener ideas brillantes que no me torturen no es uno de ellos.

· CAPÍTULO TREINTA Y SEIS ·

LINA

—Respira, cariño. Estarás fantástica.

—Está bien, está bien. Puedo con esto. Lo sé. —Jaslene sigue mi consejo y toma aire para tranquilizarse—. Es que... Quiero que el día de Natalia sea lo más perfecto posible y me pone nerviosa ser la responsable de que eso suceda.

—No estás sola —le aseguro tomándola de los hombros—. Estaré por aquí todo el día si me necesitas. Ahora, repasemos la lista de tareas de la mañana para asegurarnos de que tengas todo en orden.

—De acuerdo. —Procede a sacar el móvil de su ajustado vestido celeste—. Pedirles a todos los proveedores externos el horario estimado de llegada a la locación. *Hecho.* Confirmar todos los vehículos necesarios para la boda. *Hecho.*

–Sigue deslizando la pantalla–. El vehículo va de camino a la casa. *Hecho.* Cambiar el mensaje de la contestadora de la oficina para incluir números de emergencia. Mierda. Lo he olvidado. Ya lo hago.

Sale corriendo de mi oficina hacia su cubículo justo cuando suena mi teléfono.

Reconozco de inmediato el número de Rebecca en la pantalla. Se me forma un nudo en el estómago. *Santo Dios. Ha llegado el momento.*

–Hola. Lina Santos.

–Hola, Lina. Te habla Rebecca Cartwright.

–Hola, Rebecca.

–No daré vueltas con esto. Creo que no esperarías eso de mí.

No suena prometedor. Sí, debo haber titubeado una o dos veces en la presentación, pero pensé que había hecho un buen trabajo en general, y ella parecía impresionada. *Maldita sea.* ¿El hombre de Andrew le habrá volado la cabeza?

–Acabo de reunirme con la junta local para informarles que te ofrecería el puesto de directora de servicios de bodas del Grupo Cartwright. Tu trabajo en la boda de Ian y Bliss me impresionó y tu presentación de esta semana ha sido excelente. A pesar de algunos traspiés, has probado ser la persona indicada para el trabajo. Sería un honor trabajar contigo.

Festejo con un puño en el aire mientras sostengo el teléfono contra mi mejilla.

–Rebecca, es una noticia fantástica. Me alegra mucho, muchísimo.

–Bueno, es un buen comienzo. ¿Tienes algo en contra de seguir trabajando con Max en la estrategia de marketing?

–En absoluto –respondo sin duda, pues confío en que podemos trabajar juntos, aunque no tengamos un vínculo romántico.

–Fantástico. Te enviaré un correo con los detalles de la propuesta e información de los beneficios. Si tienes alguna pregunta, puedes llamarme. Espero tu respuesta cuando hayas tomado la decisión.

–Muchas gracias, Rebecca.

Decido contarle mañana la noticia a mi familia porque quiero que se enfoquen en Natalia y en Paolo. Pero el instinto me dice que la comparta con Max.

Lina

¡Tengo el trabajo!

Max

Felicidades, Lina. Es una excelente noticia.

No podría estar más feliz por ti.

Ahora tenemos algo que celebrar.

Yo invito la champaña. ☺

Quiero decirle muchas cosas, agradecerle por haberme animado a ser yo misma durante la presentación y por no haber insistido con un tema que no encajaba con mi personalidad. Quiero decirle que aprecié los momentos en los que se mostró vulnerable conmigo (durante el retiro y en el baño de Blossom) porque me brindó un lugar seguro justo cuando lo necesitaba. Quiero agradecerle por haberme rescatado durante el ensayo de Brent y Terrence, cuando me superó la emoción por mi fracaso amoroso. También me encantaría decirle que quiero volver a ese campo de flores y no contenerme una segunda vez. En cambio, respondo:

Gracias.

A fin de cuentas, no ha cambiado nada y no puedo obligarlo a darnos una oportunidad.

Así que, decido enfocarme en mi enorme logro y salir corriendo a contárselo a mi mejor amiga.

–Jaslene, tengo el trabajo.

–¡Aaaaah! –Gira la silla, se levanta de un salto y me embiste para darme un abrazo–. Estoy muy feliz por ti.

Saltamos contentas tomadas de las manos.

–Debes estar feliz por ti también. Si quieres el puesto de subcoordinadora de bodas, es tuyo.

–Sí, por supuesto que *sí*. –Vuelve a abrazarme con fuerza, hasta que oímos que alguien se aclara la garganta y nos separamos.

Mierda. La tienda está cerrada por la boda de Natalia y Paolo, pero me olvidé de trabar la puerta cuando llegué. Ahora me veo obligada a ver el rostro de Andrew.

–¿Qué haces aquí, Andrew?

Me estremezco por dentro. La última vez que le pregunté eso, hizo un berrinche que acabó con mi relación con Max.

–Lamento aparecer así, Lina. ¿Me das un minuto?

Su tono aprehensivo me da curiosidad, así que levanto un dedo.

–Tienes solo un minuto. –Me sigue a la oficina, donde me cruzo de brazos y espero cerca de la puerta–. Te escucho.

Se frota las manos antes de hablar.

–Lo siento. Es tan simple y complejo como eso. Siento haber cancelado la boda como lo hice, no merecías eso. Y siento mi comportamiento de la última vez que estuve aquí. No tengo excusas, así que no intentaré inventar una. Tampoco espero que me perdones, pero necesitaba decirte esto. He estado mirándome a mí mismo y no me gustó lo que vi.

–¿Tu hermano será el siguiente en tu lista de redención? Porque debería serlo.

Andrew tuerce los labios, como si mentes racionales pudieran disentir al respecto y él aún no hubiera tomado una decisión.

–Lidiar con Max es un poco más complicado, pero estoy trabajando en eso. Hasta entonces, haré algunos cambios personales y creí que debías saberlo, en caso de que afecten tu decisión respecto al puesto en el Cartwright o a tu relación con mi hermano.

–¿Ya sabes del trabajo? –inquiero ladeando la cabeza.

–El organizador con el que trabajé me informó que no había conseguido el puesto, así que supuse que era tuyo –explica con un suspiro–. Como sea, el trabajo para el

Cartwright me hizo darme cuenta de que estaba siguiendo patrones negativos, como aprovecharme de las habilidades de Max e intentar que él arreglara mis errores. La verdad es que estuve tan centrado en nuestra rivalidad que no sé quién soy sin ella. Estoy estancado, sin hacer nada que me movilice a nivel personal, y creo que necesito hacer algo por mi cuenta. Por eso dejaré Atlas; bueno, mi madre me ha dado ocho semanas para pensar a dónde iré.

–¿Tu madre te ha *despedido*? –pregunto boquiabierta.

–Bueno, debo decir que fue una decisión conjunta –dice rascándose las mejillas–. Ambos sabíamos que no estaba dando lo mejor en mi puesto. Max es mucho mejor que yo haciendo el trabajo. Como sea, la firma con la que trabajaba en Atlanta dijo que me recibiría con los brazos abiertos, así que supongo que aceptaré. –Se encoge de hombros–. Quién sabe. Pero lo que pasó aquí no dejaba de molestarme y quise venir a pedirte disculpas.

No sé si es sincero ni perderé el tiempo averiguándolo. Pidió disculpas y supongo que no hace daño que haga un trabajo de autoevaluación.

–Aprecio el esfuerzo, Andrew. Gracias.

Ya que terminó con su intento de redención, espero que se vaya, pero sigue parado en mi oficina, mirándome.

Es muy incómodo. *Ayúdame, Jaslene.*

–Bueno –digo dando una palmada–. Debo asistir a una boda, así que...

–Claro. –Con ojos amplios, despierta del aturdimiento–. Cuídate –saluda al salir.

–Cuídate, Andrew.

Mi Dios. Todo indica que será un día revolucionario. Un hermano menos. Pero, por desgracia, no hay otro hermano en juego.

No puedo dejar de sonreír al ver a la pareja recién casada entrando a la fiesta. Y los invitados no pueden dejar de comentar acerca de la locación: una galería de arte con patio exterior en el vecindario Penn Quarter.

–¿Tú has conseguido este lugar para ellos, Lina? –pregunta la infame Estelle. Está sentada frente a mí y, hasta ahora, ha sido una compañera encantadora. Su reputación de causar dramas innecesarios parece infundada.

–Fue una de las opciones que les mostré, sí. Pero la idea de celebrar la boda en un lugar único ha sido de ellos.

–Y debió ser la más económica también, ¿no? –sonríe a sabiendas–. Todos saben que Viviane es... –se toca el codo derecho con la mano izquierda– con el dinero.

Ya veo, Estelle es un troll de las bodas. Pero no arruinará el día de Natalia. El clima es perfecto (soleado pero no muy caluroso), y Jaslene está evitando los problemas con su carpeta como la Mujer Maravilla con sus brazaletes. Mi prima Solange, que vino solo para la boda, coquetea por todas las mesas, encantando a todos los invitados como si fuera una anfitriona profesional. Mi madre, que está sentada junto a la tía Viviane, Marcelo, la tía Izabel y los padres de Paolo, me saluda con la mano. Le guiño un ojo en respuesta y luego comienzo a aplaudir emocionada cuando los novios entran a la pista para su primer baile.

Le echo un vistazo a mi móvil para ver la hora: Max aterrizó hace dos horas y me escribió para decir que estaba de camino. Espero que llegue a tiempo para escuchar mi brindis por Natalia y Paolo, pues si me enfoco en él mientras hablo, podré contener las lágrimas.

Jaslene se acerca apurada mientras mira alrededor, como si estuviera buscando problemas potenciales.

–Vas muy bien –le aseguro.

–¿Eh? –pregunta al girar hacia mí–. Ah, gracias. Escucha, ya están sirviendo la champaña, así que le avisaré al DJ que comenzarás pronto. ¿Estás lista?

Tengo un papel presionado en una mano y una copa de champaña vacía en la otra, así que levanto ambas en el aire.

–En cuanto llenen mi copa, estaré lista.

–Excelente. Buena suerte. –Con eso, se aleja a paso firme en dirección a la cabina del DJ. Mi mejor amiga está comprometida con su papel, y yo me siento tan orgullosa que podría llorar. *Vuela, pajarito. Vuela.*

Poco después, un mesero sirve champaña en todas las copas de la mesa. Luego la música comienza a bajar, señal de que debo ocupar mi puesto en la pista de baile, y el DJ se acerca para entregarme el micrófono, al que golpeteo para probarlo.

–Hola a todos. ¿Puedo pedir su atención, por favor? –El lugar queda en silencio, y una figura solitaria parada en la entrada atrae mi mirada. *Max*. Viste un traje azul cobalto y una corbata blanca y negra a lunares. De solo saber que está aquí, mi corazón se descontrola.

Desde allí, levanta una mano y balbucea «Hola». Veo que habla un instante con Jaslene, luego encuentra nuestra mesa y se sienta tratando de pasar lo más desapercibido posible, pero no sin saludar a los compañeros de mesa.

Ahora que el alboroto de la celebración cesó como he pedido, mi silencio da paso a murmullos de los invitados. *Ah, claro, el brindis.*

–Soy la prima preferida de Natalia, Carolina Santos... –Natalia aparece con una nota. Niego con la cabeza al leerla, pero debo compartirla con los demás–: Antes de iniciar mi brindis por la pareja, a Natalia le gustaría que supiéramos que debemos evitar declaraciones de amor, anuncios de embarazo o propuestas de matrimonio durante este evento. Quienes no lo cumplan serán expulsados.

Eso inspira varias risitas sinceras, con lo que Natalia levanta la cola de su mono y hace una reverencia para el público. Una vez que regresa a su lugar junto a Paolo, respiro hondo y vuelvo a empezar.

–A decir verdad, me sorprendió que Natalia y Paolo me pidieran que hiciera un brindis en su boda. Verán, aunque soy organizadora de bodas de profesión, no soy la persona más expresiva cuando estoy en público. Sin embargo, mientras estaba preparando este discurso, me di cuenta de que tengo ciertas opiniones definidas acerca del amor, y muchas de ellas son bastante recientes...

MAX

La gracia y elegancia de Lina son perfectas para la ocasión. Tiene el cabello recogido a un costado como una actriz glamurosa del Hollywood de antaño, y el vestido color melocotón abraza su figura con gran suavidad. De todas formas, mi mente rememora los minutos en los que estuvo prisionera de una pelota inflable en la Granja Surrey Lane, y el recuerdo me provoca una sonrisa. Pero enseguida el día queda olvidado al oírla decir que tiene opiniones definidas acerca del amor, algunas recientes.

Entonces, me siento inclinado en su dirección, atento a cada palabra que está a punto de decir.

Ella se humedece los labios y me mira con intensidad.

–Les diré que, desde que tengo memoria, la idea de amar a alguien me revolvía el estómago y encendía alarmas en mi mente. Temía que amar me hiciera débil y que, cuando esa persona irremediablemente se fuera, me humillaría intentando convencerla de que se quede. Claro que el amor puede ser engorroso, pues es capaz de inspirar emociones que saquen lo mejor y lo peor de uno. Pero esta es la conclusión a la que he llegado: el amor, sea romántico o no, no es abstracto. Se da entre *personas*, por lo tanto, intentar evitarlo no tiene sentido. Sería tan ilógico como luchar contra un fantasma. Y aunque es verdad, abrirte al amor puede revelar tus debilidades, si es con la persona indicada también puede revelar tus fortalezas. En el momento en que bajas la guardia y dejas que alguien entre a tu vida (de verdad), estás en la posición más vulnerable, *pero* también te abres a vivir una experiencia preciosa si el amor es recíproco. Una vez le pregunté a Natalia cómo supo que Paolo era el indicado, a lo que respondió: «Lo supe porque amarlo me aterraba». Fue tan sencillo como eso. Y ahora lo entiendo. Encontró a la persona con la que estaba dispuesta a bajar la guardia, y él la correspondió. No se aprovecharon de las vulnerabilidades del otro, por el contrario, se nutrieron el uno al otro, se abrieron al amor y hoy lo estamos celebrando.

El corazón me late errático. Gran parte de sus palabras remiten a la conversación que tuvimos. Hace unas semanas, describí al hombre ideal para ella, alguien lleno de vida como su familia. Alguien que la adore, que la haga soltarse el cabello de vez en cuando, que le provoque frustraciones, pero que solo la haga llorar por cursilerías. Natalia me dijo que esa era la peor pesadilla de Lina, y ahora entiendo por qué: no podría esconderse detrás de su implacable escudo con esa persona. Ese hombre vería a la Lina real, como yo la vi. Y sí, sería vulnerable, pero también estaría abierta al amor.

Escucharla es una revelación, como si un reflector iluminara de pronto todas las esquinas oscuras de una habitación en penumbras. Andrew no era esa persona, y por ese motivo quería casarse con él. Lina no lo amaba.

Y aunque lo haya amado en algún punto, es claro que ya no. Ella misma acaba de decirlo: amar significa dejar caer los muros para la persona que está dispuesta a escalarlos. Andrew nunca lo intentó. En cambio, yo sí lo hice. Porque soy la persona indicada para ella.

A fin de cuentas, no importa si soy la primera, segunda o quincuagésima opción de Lina; lo que importa es que soy la *correcta*. Y no es su obligación demostrar que soy una prioridad en su vida, sino que es obligación *mía* demostrar que soy el mejor hombre para ella. Todos los días. Por el tiempo que ella me lo permita. *Si* es que aún me lo permite.

LINA

–Así que, alcemos las copas por Paolo y Natalia –anuncio con mi champaña en alto–. Que sus días estén colmados de amor y sus noches de comodidad.

–Y de sexo –agrega Natalia antes de vaciar la copa de un trago y plantar un beso en los labios de su esposo.

Con eso, los invitados se echan a reír y el DJ reproduce una *pagode* brasileña que pone a todos a bailar. Es un estilo moderado, que tiende a atraer a quienes no están de ánimos para sacudir las caderas a toda velocidad como exige la samba.

Mientras las personas se apresuran a mi alrededor para encontrar lugar en la pista de baile, yo camino con calma hacia mi mesa. Cuando alcanzo a Max, él se pone de pie y extiende la mano, que acepto aún sin saber qué quiere ni a dónde vamos.

–Hola.

–¿Podemos hablar? –pregunta en lugar de responder al

saludo. Su expresión es seria y el tono suena urgente–. ¿En un lugar más tranquilo?

–Claro. Hay una terraza, ¿quieres subir?

–Eso sería ideal –afirma con el rostro más relajado.

A medida que subimos los dos pisos por escaleras, me esfuerzo por recuperar el aliento. Volqué demasiada emoción en el brindis y estoy agotada.

Una vez arriba, Max abre la puerta de acero hacia el jardín aterrazado y me hace señas para que lo siga. El lugar está cubierto de verde, con algunos bancos de flores que le dan color. Hay unos sofás y sillas en el centro que se ven tentadores, pero me siento atraída hacia la cerca perimetral de hierro torneado.

Max me sigue hacia allí.

–¿De qué querías hablar? –le pregunto.

Niega con la cabeza antes de posar los ojos en mí.

–Del hecho de que fui un tonto cabeza hueca.

Ah, muy bien.

–Adelante. Tienes la palabra.

–Te dije que no podía ser tu segunda opción y que no podía ignorar la historia entre Andrew y yo, pero me equivoqué. *Me equivoqué por completo.* No me importa ser la primera o la millonésima opción, me importa ser la *correcta*. Y lo soy, Lina, lo juro. Escalaré tus muros para demostrarte lo mucho que me importas. Tomaré cada una de tus vulnerabilidades y las trataré con cuidado. Lo arruiné y lo sé, pero si me lo permites, pasaré el resto de mis días demostrándote que soy la persona para ti. Porque te amo.

Por Dios. Voy a chillar y ni siquiera me importa. Las lágrimas están allí, esperando mi autorización para caer, así que las dejo. Max me ama. Este hombre hermoso, listo y encantador, que ha estado para mí desde el primer día, me ama. Y merece la pena derramar algunas lágrimas por eso.

Se acerca y me acaricia la mejilla.

–Déjame entrar otra vez, bebé. Déjame ser el que te cuide las espaldas, el que nunca te juzgue, el que te adore y te ayude a liberarte. –Seca mis lágrimas con el pulgar–. El que te haga llorar, pero solo por sensiblerías.

El corazón resuena contra mi pecho como si quisiera responder por mí, pero con gusto dejaré que mi voz se encargue del trabajo pesado.

–Para ser honesta, siempre me has aterrado. Al confiar en ti y en nuestra relación, me expongo a una clase de dolor del que no me recuperaría con facilidad, pero creo que te has ganado ese lugar y estoy lista para dar el salto. Me has desafiado a pensar en la muralla que rodea mi corazón y en quién merece atravesarla. Estoy convencida de que eres mi lugar seguro, de que contigo puedo ser yo misma y no me juzgarás por eso. De hecho, me amas por eso. También quiero ser el lugar seguro para ti. Cuando tengas un día horrible o algo salga mal, quiero que pienses en mis brazos como el lugar para reconfortarte. Porque te amo, Max, y también quiero estar contigo.

Cierra los ojos con fuerza durante varios segundos y, cuando los abre, están llenos de un brillo radiante y afectuoso, como si hubiera visto el futuro y le agradara la imagen.

–Y para que quede claro –agrego–: No eres ni mi primera ni mi segunda opción. Eres mi *única* opción.

–Lina.

Hay tanta emoción contenida en esa simple palabra. Es como si hubiera agregado una nueva entrada en el diccionario: «Lina, sustantivo: mi amor; mi futuro».

Y así, con una sonrisa que hace galopar mi corazón, me toma en sus brazos y cubre mi boca con la suya. Sus labios son a la vez suaves y expertos en el beso que sella nuestra nueva situación. Estamos enamorados, estamos juntos, y yo no podría estar más feliz por descubrir a dónde nos llevará esto.

–Continuará, ¿cierto? –pregunto al recordar dónde estamos y fundirme más en su abrazo.

–Continuará *para siempre* –concluye con un beso en mi frente.

Un sollozo cercano hace que nos separemos. Al girar, veo a la tía Viviane y a la tía Izabel junto a la puerta. Izabel está secándose los ojos con un pañuelo. Mi madre, con una sonrisa triunfal, extiende una mano frente a Viviane, que resopla antes de revolver su bolso y colocar veinte dólares sobre la mano extendida.

–*Mãe,* ¿has apostado por mí? –pregunto azorada.

–No, nunca, *filha*. He apostado por Max.

–Tu madre es una mujer muy lista –me susurra él.

Sin duda lo es. Y en esta apuesta, seguiré su ejemplo con seguridad. Puede que las probabilidades no estuvieran a su favor hace unas semanas, pero a partir de ahora, apostaré por Max todos los días.

AGRADECIMIENTOS

Escribir comedias románticas nunca es fácil (qué se considera buen humor es absolutamente subjetivo y, a veces, el humor subido de tono fracasa), pero escribirlas mientras el mundo está en llamas es mucho más difícil. Es una tarea que requiere disciplina (racionar el tiempo en las redes sociales es indispensable), la capacidad de mantener el foco a largo plazo en inspirar alegría a pesar de estar triste y el apoyo entusiasta de un grupo fantástico que capte lo que intentas hacer. ¡Ah! Y se necesitan bocadillos deliciosos; muchos muchos bocadillos. Debo decir que ese grupo de apoyo fantástico también evita que caigas en la madriguera de las redes («Mamá, ¿estás en Twitter *otra vez*?»), te provee de bocadillos («¿Qué? ¿Nunca comiste una dona de Krispy Kreme? Debemos solucionar ese bache en tu historial alimenticio, ¡YA!») y son expertos en llevar alegría a tu vida (sigue con los GIF hilarantes, Sarah). Dicho esto, los miembros de mi grupo de apoyo merecen una tonelada de agradecimientos por su aporte para que este libro llegara a manos de los lectores. Esto va para esos individuos increíbles que forman parte del grupo, con nombre y anónimos, y a otras personas que merecen una mención muy especial:

A mi esposo: mientras escribo esto, estás llevando a las niñas a la escuela, a tan solo dos semanas de tu cirugía de pie, porque yo tengo que enviarle los agradecimientos a mi editora esta mañana. Eso resume el apoyo que me has dado a lo largo de los años. Eres el hombre más bueno que conozco, en todos los sentidos, y es una bendición tenerte en mi vida. Te amo por siempre de todas las formas posibles.

A mi hija mayor, Mar-Mar, quien me hizo compañía cuando estuve enclaustrada en mi oficina escribiendo y editando este libro, me sostuvo la mano cuando luché con la oración inicial hasta que se rindió ante mí (sí, eso sucedió) y contribuyó a la idea brillante de la portada: no recibiste un cheque, pero sí serás recompensada (con bocadillos y abrazos). Te adoro.

A mi hija menor, Nay-Nay, quien se ofrecía a llevarme café cuando lo necesitaba, dejaba notas adhesivas en mi oficina con datos aleatorios por motivos que aún desconozco y me animaba cuando no me sentía muy bien: eres una de las niñas más dulces que conozco y sí, es una opinión absolutamente sesgada, pero son mis reglas. Punto.

A mi madre: *mãe,* no hacía falta que te recordara todos los motivos por los que eres mi inspiración, pero me alegra haberlos inmortalizado en un libro. *Eu te amo muito.*

A mi superagente, Sarah Younger: soy muy afortunada al beneficiarme de que seas una chica ruda. Gracias por estar en mi esquina del cuadrilátero, por saber cómo manejar cualquier situación y por ayudarme a crecer.

A mi increíble editora, Nicole Fischer: gracias a ti, mi ensalada de palabras ahora es un libro. ¿Lo ves? Tenía razón al decir que eras maga. Siempre aprecio tus consejos y tu paciencia, y tus «LOL» siempre me sacan una sonrisa.

A mi prima Fernanda, quien padeció millones de preguntas sobre signos de acentuación portugueses y comida brasileña picante: significa mucho para mí que hayas estado dispuesta a ayudarme sin aviso. ¡Te quiero, *mulher*!

A mi amiga y cómplice en la escritura, Tracey Livesay: nuestras llamadas y mensajes por distintas vías me ayudaron a atravesar días difíciles. Espero haber hecho lo mismo por ti. Me alegra mucho que seas mi persona «ay, cariño, no».

A mis compatriotas de Romancelandia; mi banda #4Chicas (Priscilla Oliveras, Sabrina Sol y Alexis Daria), Olivia Dade, las Damas #BatSignal y al equipo #STET: gracias por estar al pendiente de mí, desafiarme y animarme. ¡Mua!

A mis lectores beta, Ana Coqui, Soni Wolf y Susan Scott Shelley: este libro es mucho más fuerte de lo que hubiera sido de no haber confiado en sus devoluciones invaluables. No tengo palabras de agradecimiento suficientes para ustedes.

A Liz Lincoln: gracias por involucrarte y por ser el par de ojos extra que necesitaba con desesperación.

Y, por último, a todas las personas maravillosas de Avon/Harper Collins que han luchado y siguen luchando por mis libros: son el único Equipo A que reconozco.

SOBRE LA AUTORA

Mia Sosa escribe romances divertidos, intrépidos y un tanto candentes, que celebran nuestro mundo multicultural. Como graduada de la Universidad de Pensilvania y de la Escuela de Derecho Yale, se dedicó al derecho de las comunicaciones y de la primera enmienda en la capital nacional durante diez años, luego cambió el traje formal por ropa de entrecasa (léase: pantalones de algodón). Nació y creció en East Harlem, Nueva York, pero en la actualidad reside en Maryland con su amor universitario, sus dos hijas adictas a la lectura y un perro que los domina a todos.

COURTING
Bromance
CLUB DE LECTURA
PARA CABALLEROS
LYSSA KAY
ADAMS
VeRa

LA PRIMERA REGLA DEL CLUB ES QUE NO SE HABLA DEL CLUB.

Gavin Scott, jugador de béisbol profesional, tiene una carrera de primera, pero es un marido más bien de segunda. Cuando descubre que Thea, su esposa, lleva toda la vida fingiendo en la cama, pierde la cabeza. Y ella, que está harta de amoldarse a él, le pide el divorcio. Sin embargo, él hará cualquier cosa para recuperarla, incluso pedirles consejos a sus amigos. Lo que no se espera es una críptica invitación a un club secreto...

El Club de lectura para caballeros reúne a personalidades de todo Nashville que dedican su tiempo a leer, analizar y aprender de novelas románticas. Gracias al club y a la adictiva lectura de *Cortejando a la condesa*, Gavin elaborará una estrategia llena de declaraciones floridas y gestos llamativos para cautivar al amor de su vida...

Pero este Romeo tiene más mano con el bate que con los ramos de flores y pronto descubrirá que recuperar a Thea será más complicado de lo que espera.

Adéntrate en el mundo de *Bromance*, donde los príncipes azules tienen mucho que aprender, las heroínas mucho que decir y las páginas no dejan de volar.

Elegí esta historia pensando en **ti**
y en todo lo que las mujeres románticas
guardamos en lo más profundo
de **nuestro corazón** y solo en contadas
ocasiones nos atrevemos a compartir.

Y hablando de compartir, me gustaría
saber qué te pareció el libro...

Escríbeme a
vera@vreditoras.com
con el título de esta novela
en el asunto.

VeRa

yo también
creo en el amor